藏龙诀

夜郎迷城

申示山人 著

北京联合出版公司
Beijing United Publishing Co.,Ltd.

图书在版编目（ＣＩＰ）数据

藏龙诀 : 夜郎迷城 / 申示山人著 . -- 北京 : 北京
联合出版公司 , 2016.11（2023.8 重印）
　ISBN 978-7-5502-8579-8

　Ⅰ . ①藏⋯ Ⅱ . ①申⋯ Ⅲ . ①长篇小说—中国—当代
Ⅳ . ① I247.5

　中国版本图书馆 CIP 数据核字 (2016) 第 224633 号

藏龙诀：夜郎迷城

作　　者：申示山人
出 品 人：赵红仕
责任编辑：徐秀琴
封面设计：吴黛君

北京联合出版公司出版
（北京市西城区德外大街83号楼9层 100088）
北京新华先锋出版科技有限公司发行
涿州汇美亿浓印刷有限公司印刷　新华书店经销
字数183千字　787毫米×1092毫米　1/16　16印张
2016年11月第1版　2023年8月第4次印刷
ISBN 978-7-5502-8579-8
定价：59.00元

Contents
目 录

1

引　子

中国是个有着悠久历史的文明古国。一直以来，中国人都有将值钱的东西埋在地下隐藏的习惯，而历朝历代的达官贵人还会将一些宝物用作陪葬，以至于从古到今都有盗墓这一行当。但除了古墓之外，中国乃至世界上还留有很多前人埋藏或者失落的宝物。至于具体有多少，这个谁也说不清。反正，不时会听到一些宝藏被发现的消息。例如，南京博物院的镇馆之宝——西汉"金兽"，就是一个农民挖水渠挖出来的；还有炒得沸沸扬扬的天价乌木，也只不过是在自家门口的河沟里挖到的。所以说，中国文明源远流长，地大物博，真的有无尽的宝藏，只是未被发现而已。

因此，一种叫作"寻宝猎人"的神秘职业就应运而生。而我，就是从事这种职业的。"寻宝猎人"的工作性质和盗墓有相似之处，比如都是高风险的投入，而最终目的也是获取到宝物。但也有许多不同，比如我们采用的都是合法的方式，而且一般不去打搅死者的安息，更不会去破坏有历史研究价值的古迹。我们当然是为了宝物给我们带来的利益，但对于那些对国家乃至整个人类具有重大意义的文物，我们是绝不会贪心地占为己有的。

说到我们中国境内的宝藏，大致可分为以下六种：

第一种是古代某座炬赫一时的城池神秘消失后，随之一起失落的宝藏。例如云南抚仙湖宝藏、楼兰古城宝藏、黑水城宝藏等。

第二种是古墓里的宝藏，这些大家都知道，不必细说举例。

第三种是历史名人藏宝，例如闯王李自成、大西王张献忠、平西王吴三桂、翼王石达开等这些人在失败后，他们积攒的大量财宝虽有一部分被缴没或者被部下瓜分，但据考证，应该还有更多的财宝被他们隐藏起来了，至今不知下落。2015年有新闻称在四川江口发现张献忠的沉银，数量不少。但据我们判断，这也只是张献忠当年大西政权的部分公库存银，来不及用来发放军饷或运走而只好匆忙沉于江中。而张献忠个人拥有的富可敌国的财宝，到底藏到哪儿去了呢？

第四种是中国海域内的沉船宝藏，例如近年来成功打捞的"阿波丸号""南海一号""碗礁一号"和"华光礁一号"等沉船宝藏，这种宝藏熟悉水性，或从事水上作业的人可以去碰一下。但茫茫大海，而且要求的技术条件很高，一般人可承担不起。能否有收获，运气的成分很大。

第五种是海盗宝藏，最出名的有上川岛的海盗张保仔的宝藏和南澳岛大海盗吴平的宝藏。这种宝藏几乎每天都有人打着旅游的旗号偷偷去寻找，但至今也不见有谁寻获。

第六种就是民间传说的宝藏。例如洲湖村船形古屋藏宝、镇棠港村的宝藏传说等。中国有许多古老的乡村，这些古村不多不少都会有一些藏宝传说流传下来，这里的流传并不是指正式记载于史册而流传下来，而是指地方上流传，更多是出自于农村。

古人藏宝的技术，可以说是包罗万有、博大精深，集中华民族几千年文化之精华，并非一朝一夕所能悟解。许多宝藏传说流传下来，都没有所谓的藏宝图。因为古人知道，地图是最容易落入他人之手的。凡藏宝者皆是大人物，藏宝数量都是以车以坛为单位计算，如此庞大工程，其身后必有能人异士相助。因此，他们留下的只言片语或寥寥几笔的符号，就成了开启宝藏大门的"金钥匙"。

我从事"寻宝猎人"这一神秘职业已经有好几个年头，虽说不上经验丰富，但也收获不少，最大的收获就是得到了一本旷世奇书——《藏龙诀》。此书由何人所著，如何流传下来，我也一直在试图解开答案。此书内容涉及甚广，读起来晦涩难懂，三言两语难以说明。而我在寻宝期间所经历的种种惊险离奇事件，更是令人惊心咋舌。当初为了心中的"宝藏梦"，年少轻狂的我甚至差点就把自家祖坟给挖了，这也是我开始走上"寻宝猎人"这条路的起点。至于故事的始末缘由，这就要从我回乡祭祖那天开始说起……

第一章　族谱藏宝

农历九月初九重阳节，是中国的敬老日，也是一些地方上的祭祖之日。南方人叫作"拜太公山"或"拜龙山"。这一天对于家族中的人来说是很重要的日子，跟清明节一样，所有家族成员都要回来拜山，特别是男丁，更不可缺席，否则会被视为不孝子孙。

每年这个时候，我都会跟随家人一大早赶回乡下拜太公山。我原来的名字叫作金七星，因为我们老家有一个叫七星岩的旅游景点，我爸想我长大后也像七星岩一样有名气。上小学时，七星岩变成了我的外号。我听着老大不高兴，因为我们这边的方言，"岩"和"癌"是同音，所以很不吉利。于是，在我的坚决要求下，父亲去问了族里最有威望的二叔公，他老人家说，"七星"组成的不就是"北斗"吗，就叫金北斗好了。于是我就用了这个名字。我这个人，从小方向感就很好，七星岩景区所在的七星山，方圆数十里，原始森林保护得很好，我读小学的时候就经常带着一拨同学进去探险，杳无人迹的地方，他们都不敢去，只有我去了，而且从来没有迷过路。大家说，怪不得我叫金北斗，原来还有这个好处呢。我有时候跟二叔公夸耀这事，他只是笑笑，说："你这娃娃，就是不安生！"

小学四年级的时候，我的父母到省城里做生意，全家也就都搬到了城里。

如今，我已经二十七岁了，大学毕业后在省城一家私人企业里工作。公司给的待遇还可以，只是工作极其烦琐枯燥。我的性格属于那种不甘于现状、喜欢挑战的人，便打算跳槽。其实大学毕业五年来我已经换了六份工作了，亲戚朋友说我眼高手低，沉不住气，耐不得苦。我自己知道不是。我就是不喜欢那种每天过得大同小异，今年就知道明年会怎样的生活。

扯了些废话，抱歉。还是说我回老家的事儿吧。

那是在一个叫石龙村的地方，一个以金氏家族为主聚居的小村庄。石龙金家到我这一代已经是第十五代了。虽然自小在城里长大，但我跟其他同龄人不同。我的思想比较传统，对这些古老节日比较感兴趣。因为只有到了这种节日，才有大团结的出现，才能够见到许多亲人亲戚，隆重的场面就像郊游一样。在广东民间有一句这样的俗语，叫作"有咩事留着拜山先说"，其中一层意思就是拜山的时候肯定会见面的，那时再慢慢聊。

相反，比我小几岁的妹妹一听见要回乡下就一百个不情愿，说什么乡下很脏，又不好玩，又说拜山很累，总之叫苦连天。前两年清明节回去拜山的时候，她一个不小心踩到牛屎，至今心理阴影未消。不过再不情愿，她也得跟着我们回去。好在她对老家的乡亲族人倒不嫌弃，去了也能和村里的年轻妹子们玩到一起。

重阳拜太公山和清明祭祖差不多，都是要清除杂草、扫除垃圾、焚香秉烛、鞠躬或跪拜、奠酒烧纸元宝，最后放一挂大鞭炮才算礼成。唯一不同的是，清明祭祖要拜祭许多先人，什么三太公、四太婆，但重阳这天就只是拜祭金氏家族中最早定居到石龙的那位先祖。

拜祭完后，接下来就是要到祠堂进行所谓的"太公分猪肉"仪式了。我听说以前的确是由族中最老的太公来分那些拜祭食物，然后由各房辈分高者领取，到后来慢慢就变成在山上野餐。又不知从什么时候开始，变成了全族人在祠堂里吃大锅饭，一直至今。

在吃饭的时候，原本的大好晴天突然暗了下来，天空开始乌云密布，不久便大雨倾盆。重阳节下暴雨，还是比较少见的。等雨变小的时候，我已经吃完了饭，四处张望，并没有看见二叔公，找人打听下，才知道他已经被人送回家里去了。二叔公是金氏家族中年纪最大的，也是金氏家族的族长，听说过两年就成为百岁老人了。虽说年近期颐，但老人家身子不错，生活完全能自理，只是两腿患有风湿病，一下雨就酸痛。

二叔公的家在村尾，是座古老的青砖锅耳大屋，看上去有点残破。听我爸说，在他小的时候二叔公对他如亲儿子般，所以每次回到乡下，我们都会来二叔公家里坐坐的。我记得小时候一回来乡下，二叔公和二叔婆都会拿出一些自己种的新鲜水果给我和妹妹吃，待我们非常好。前几年二叔婆过世了，二叔公便成了孤家寡人，独自守住这间古屋。也许天意弄人，二老年轻的时候一心想要个儿子，却想不到生出来的八个都是女儿，而且还夭折了两个，如今六个女儿都嫁了人，只能逢年过节的时候才回家看望一下老人家。

我刚推开虚掩的木门，就听见里面传来翻箱倒柜的声音。我叫了几声"二叔公"，一头白发的二叔公拄着拐杖应声走出来，看见我，忙叫道："哦，我以为是谁来了呢，原来是北斗啊。吃过饭没啊？"

我点点头说吃过了。二叔公接着问我："怎么只有你自己一个啊，你爸他们呢？"

我说："估计还在吃饭吧。对了，您怎么那么快回来啊，吃过饭没？"

"人老啰，吃不多。这不，刚吃点饭腿就犯疼了，就要回来搞点药油搽搽。唉，这老风湿，一到这种天气就受罪。"二叔公拍拍大腿道，忽然想起什么，"是了，你来的刚好，屋里漏水，把一些重要的东西弄湿了，你来帮我弄弄。"

"好啊。"

我扶着二叔公，走进他睡的房里。里面一片昏暗，空气中弥漫着一股药油味，几个木抽屉被拿了出来放在地上，里面还有一包包不知什么东西。

二叔公用拐杖指了指墙角的一个大柜子说道："这场重阳雨可害惨我了，腿酸痛不说，偏偏把我这些重要的东西弄湿。你看，那里的瓦破了个洞，雨水把整个柜子都弄湿了。"

我说："二叔公，这洞那么大，我也不会弄啊，得叫村里的人来修一下，要不然今晚又下大雨的话就不好了。"

二叔公摆摆手，道："先不急，不是叫你捡雨漏（修瓦面的意思），最重要是这东西。"说着，二叔公拿起抽屉里的一包东西。

我一看，这包东西用几层油布包着，看上去有点神秘的样子。一个孤寡老人能有什么重要的东西要如此包裹呢？难道是宝物？想到这里，我立即紧张了起来。因为二叔公一直把我当作他的亲孙子一样，要是这真的是宝物，传给我的话……我不敢想象下去，赶紧问道："二叔公，这是什么？"

"这是族谱。"二叔公一边说，一边小心翼翼地把一层层油布打开。

原来只是族谱，我不免有点失望。但很快，我瞪大了眼睛，收紧了呼吸。因为在我们石龙村这里，族谱这东西不是一般人能够接触到的，只有村中父老才有资格。而且，村里一直有这样一个传说，说金氏族谱上面记载了一件先祖藏宝的事。但传说究竟是真是假，也没谁能确定。因为族谱神圣的原因，所以大家一直以来都只是把这传说当作故事来听，并没有哪个人很认真地去追查真伪。

二叔公心痛地叹息道："幸好我腿痛回来搽油，要不然后果真的不堪设想啰。你看，这几本都湿了大半了，唉……"

我拿起一本族谱说："不怕，我来帮你弄干它，二叔公，你这里有没有电吹风？"

"啥电吹风？"二叔公好像听不明白的样子。

"吹头发那种啊。"我比画一下。

二叔公笑道："哎呀，你二叔公我一个乡下老头，哪有这些新鲜玩意儿啊！"

"这个……"我挠挠脑袋，"没吹风机也不怕，用柴火烤一烤，很快就干了。我立即去生火。"

说干就干，但烧柴生火对我这个大多数时间在城市生活的人来说，真的是一项技术活。搞了半天，火还是没弄好，最后还得由二叔公亲自上阵才搞定。

第一次接触族里最神圣的东西，我的心情真的难以形容。趁着这个机会，我仔细翻阅起来。族谱一共有五本，统一用麻线装订，纸张已经有点泛黄，但质感相当的好，而且里面的内容全部都是用毛笔字记载下来的。不过，毛笔字最大的缺点就是遇水即化，有些地方已经变成黑乎乎一坨了，幸亏不是湿得很严重，还能辨别清楚，要不然真的毁了这族里的宝物了。

在翻到最旧的一本族谱时，我突然发现前面几页缺了，看样子好像被人硬生生撕去一样。我连忙问二叔公这是怎么回事，二叔公说，这的确是被人撕去的，而这个人的目的，就是冲着族谱藏宝传说而来的。

我惊讶起来："难道传说是真的？"

二叔公点点头，说道："真有此事。不过……"他把烟斗伸向火苗里点着，"不过由于族谱被人撕去最重要的那几页，所以宝藏究竟藏在哪里，这个谁也不知道。至于族谱藏宝一事，我还是听我爷爷那一辈说的。"

"二叔公，那这故事到底是怎样的？给我说说呗。"我央求道。

"你这娃儿，不会使啥坏心计来打祖先的主意吧？"二叔公笑着吧嗒两下烟斗，"你呀，小时候一回乡下，就缠着要二叔公讲故事给你听，到现在还是一样没变……"接下来，二叔公就跟我说了族谱藏宝这个传说的由来。

话说清朝嘉庆年间，金氏家族的祖先金同焕是贵州大定府一位赫赫有名的富商。他十五岁开始跟父亲学经商，经常走南闯北，到他五十岁的时候，已经拥有万贯家财，富甲一方。金同焕膝下一共有三个儿子和一个女儿，老大叫金天宏，老二叫金天明，老三叫金天罡，小女儿叫金宝珠。俗语说得好：不肖子孙多败家。老大金天宏染上了赌瘾，而且又是个酒鬼，不仅挥金如土，还经常醉酒调戏妇女惹上是非，被当地人称为"花花公子"。一个金天宏就已经把金家搞得乱糟糟，整天不得安宁了，没想到老二金天明更加厉害，终日不务正业，只喜欢舞刀弄枪，还偷偷结交一些什么绿林好汉，实质上就是土匪。这些土匪哪里是什么好人，明眼人一眼就看出他们的目的是金家的财产。但金天明屡教不听，最终被一帮土匪引诱上山并强行监禁起来，一旦反抗，便会遭到一顿毒打。金同焕救心切，又怕报官后土匪狠起来撕票，只好私底下同意了土匪提出的条件，花了一大笔钱作为赎金换回金天明。经历过这次惊吓后，金天明一蹶不振，慢慢还染上了抽福寿膏的瘾，花钱如流水，身子也越来越差，如同废人一般。

两个儿子如此不争气，金同焕只好把全部心血寄托在第三个儿子金天罡身上，指望他能继承衣钵。俗语有言：龙生九子，各不成龙。金天罡虽然不像大哥、二哥那般不争气，性格又敦厚老实，但却不是块经商的料，交给他的几间店铺经营不到一年就全部做不下去，关门大吉了。恨铁不成钢，金同焕真的是又气又心痛，如此下去，金家就算是败了。连遭打击的金同焕得了病，身体开始逐渐消瘦。金夫人建议他将生意交给已经嫁了人的小女儿来打理，也好过被几个儿子败光，但金同焕跟过去所有的大户人家一样，家业传男不传女。儿子再差也是自家人，女儿再好嫁出去就好比泼出去的水，不是自己的了。把家业交给女儿，那就等于把自己一生的心血送给了外姓人，这如何使得！便始终没有同意夫人的建议。

金家显赫一时的家境架不住老大、老二的胡折腾，日渐没落，金同焕不得不想办法保存实力，于是便想将家财藏起来，以免被两个败家子败光。但藏到哪里呢？这是个问题。藏宝不同于其他，不能随便了事，既要藏得实，也要藏得有意义。终于，金同焕想到一个人可以帮他，这个人就是灵虚道人。金同焕在年轻的时候经常走南闯北做生意，在一次偶然的机遇下碰到了这个灵虚道人，从此结下不解之缘。灵虚道人乃是世外高人，有了他的帮助，金同焕对藏宝一事再无后顾之忧。于是，在一个月黑风高的夜晚，三大马车静悄悄地从金家后院驶了出来，至于驶向哪里，只有金同焕和两个家丁知道。而过了不久，两个家丁先后意外身亡，这事跟金同焕有没有关系，就没有人知道了。

二叔公说到这里，停了下来，往烟斗里塞了点烟丝，继续点着吧嗒起来。我翻着族谱，有点不明白，便问道："二叔公，为什么这族谱没有金同焕这个人的记载呢？"

二叔公说："被人撕去那几页就有他的记载啰，记载他生前的成就都用了一页纸呢。"

我说："我还是不明白，既然同焕老太公当时那么富贵，那我们的家乡为什么会在这个山旮旯的村里？"

二叔公说："其实啊，我们这一支的直系老太公就是那个老三金天罡。"

原来，当年金同焕藏宝之后，没过几年就病逝了。在临终之前，他把三个儿子叫到床前，每人给了一块玉佩，说这就是分给他们的家产，这话还没说完，他就一命呜呼了。老大和老二不相信万贯家财就只剩下这几块玉佩，开始大吵大闹，但两人找遍了整个金宅也没找到金银珠宝，一气之下还拿出锄头对着空地乱挖一通，最后不得已才放弃。这边才刚安定下来，那边金同焕生前做生意结下的仇人便上门闹事来了。这还不止，两个败家子在外面欠下了不少债，隔三差五便有人上门讨债，那些讨债的人把金家的门槛都踩烂了，就连门前的一对石狮子也被抬走了。面对如此窘境，金夫人终日以泪洗面，有一天，她把全部家丁打发走后，就在房里悬梁自尽了。草草料理完金夫人的身后事，金天罡便含泪离开了这个是非之家，带着家眷逃到山里，最后在石龙村这个地方落脚，开荒垦地，开枝散叶，逐渐形成现在人丁兴旺的金氏家族。

我问："那老大和老二呢？"

二叔公咳嗽两声，说道："据说啊，金天罡在这里安家后，也曾经回去过金家大宅，但那里已经变成人家的了，一打听，才知道是大哥金天宏因欠债没钱还，就半买半送将大宅让给了别人，估计就连那块玉佩也给卖了。金天罡再三打听两个哥哥的下落，有人告诉他，一年前金天宏因醉酒调戏别人的妻子，被活生生打死了。二哥金天明经常烟瘾发作，有人说他死了，但也有人说，他其实是失踪了，并没有死。究竟死了还是失踪了，至今还是个谜。"

听完之后，我对自己的祖先感到非常悲哀，一个显赫的金家最终被搞得家破人亡，真是作孽。但悲哀归悲哀，我最关心的还是那批宝藏，于是我问二叔公："那撕掉这几页族谱的人是谁？他有没有寻到宝？"

二叔公说，这事就发生在他小时候，偷撕族谱的那个人是住在村东头的金大头。这人就像金天宏一样不务正业，整天沉迷赌博，家业输了不少，最后几乎闹到卖妻卖儿的地步。大家见是同宗，又见他信誓旦旦要戒赌，重新做人，于是筹钱帮他还了债。但江山易改，本性难移，过了一段时间，他又开始重操旧业，后来不知道从哪里知道族谱藏宝的事，于是打起了主意。当时族谱是放在祠堂里面的，金大头偷偷撬开木柜子，把记载金同焕和他藏宝的那几页撕了去。后来东窗事发，他被大家追拿，在逃跑的过程中失足掉进山沟里跌死了。大家搜遍了他全身，却不见那几页族谱，回去后搜他的家里，依然没有发现。有人猜他把这族谱给了赌场的人，但族里的人去找过，也都没有人承认。

听到这里，我打断问道："那他的家人呢？"

二叔公吧嗒着烟斗说："俗话说，祸不及妻儿。金大头死后，他的妻子抱着刚满月的儿子回了娘家，我们也没再追究，这事就这样不了了之，族谱的下落也成了谜了。"

我问："那么说，宝藏还没被挖？"

二叔公说："别说挖，估计在哪个地方都不知道呢。"

我又问："刚才说金老太公在临终之前交给每个儿子一块玉佩，那藏宝地点会不会就藏在玉佩里？"

二叔公笑了笑，说道："你这娃儿啊，真是聪明，这也被你猜到。"

我追问道："那留给我们老太公那块玉佩呢？现在在谁手里？"

二叔公说："当年老三在整理母亲的遗物时，在一封遗书上得知了父亲藏宝一事。金同焕老太公知道自己一死，金家一定会破落。他希望两个不肖儿子能在经历这番变故后重新做人，三兄弟齐心协力，利用藏起来的钱财来重振家门。可是遗书上却没有任何关于藏宝的信息，看来死去的母亲也仅知道有藏宝一事，而不知道藏宝在哪儿。老爷子真是深思熟虑啊，怕老太太一时心软，告知三兄弟藏宝的地点。可老爷子去得太快，死前根本没来得及说出藏宝的事儿。难道这些宝藏就永远不见天日了吗？老三怨艾叹息了一会儿，忽然想起了父亲临死的时候分给兄弟三人的玉佩。玉佩虽然都是上好的古董货色，称得上名贵，但跟金家曾拥有过的庞大财富来比，只能算九牛一毛。莫非藏宝的线索就在这玉佩上？老三想找两个哥哥一起商量商量此事，可仇家债主纷纷上门闹事，尤其是两个哥哥，以前惹的事、欠的债更是多不胜举，一大帮子人坐在家里天天盯着他们俩，东西搬空了不说，还说还不了钱就拿金家人的命来抵。老三被迫逃走，等他回去再找两个兄弟的时候，得知他们已经死了，而两人的玉佩也不知所踪。老三只好回到石龙村，只字不提金家宝藏的事，但妻儿经常能看见他拿着一块玉佩摩挲。直到他快要去世的时候，才向儿子提起了有关金同焕藏宝的事，但这块玉佩，是不是跟藏宝有关，自己也无法确定。他很严肃地对自己的儿子说，从来财货害人，当年自己的两个哥哥就是例子，而自己在石龙村虽然粗茶淡饭，却保了一辈子平安。因此告诫儿子不得妄兴贪念，把心思都花在寻宝之上，以耕读传家才是正道。再说玉佩即便跟宝藏有关，也只有一块，那两块早就不知所踪，不必再动念了。老三的儿子是个孝子，谨遵父亲之训，于是将玉佩当作陪葬品一起下葬了。"

听到这里，我忍不住叹息："哎呀，真可惜啊……"

二叔公看了看我，脸色忽然变得异常凝重，他说："阿斗啊，靠双手劳动赚回去的钱才是正道，别年纪轻轻就想不劳而获，要不然后果不堪设想啊！"

看着二叔公的表情，再听他的语气，我知道这里面一定大有文章，于是我试探着道："二叔公，我只是好奇而已啦，没什么其他想法。难不成这里面还有什么故事？"

二叔公叹息一声，说道："唉，以前也有人想寻得这宝藏，但不知道为啥，去寻宝的人都是一去不复返，最后派人去找，找到的都是被火烧焦的尸体。至此之后，再也没人敢去寻宝了。"

虽然听起来感觉害怕，但我还是接着问："他们为什么都是被火烧死的？"

二叔公摇摇头道："这个谁也不知道，有人说是被害的，有人说是意外，也有人说这是祖先显灵，他们得到的报应。我觉得啊，这真的是祖先显灵，不让后人动邪念。"

对于一个受过高等教育的人来说，我是不相信什么祖先显灵这样的迷信的。但一时半会儿，我还猜不出他们的死因。每个人都是被火烧死，这听起来真的有点诡异。

二叔公将烟斗里的烟渣子抖出，又往里面塞进一撮烟丝，吧嗒两下继续说："其实嘛，我听老一辈说，虽然当年金家老三没有从玉佩中找到跟金同焕老太公藏宝有关的线索，但却找到了关于我们族人的一个秘密。"

我连忙问道："啥秘密？"

二叔公道："其实我们金氏族人，是夜郎古国的后裔。"

我一听这话，顿时来了精神，我早就觉得我们金氏家族是有点来头的，因为我们这里有两个比较古怪的节日，那就是"斗牛节"和"竹王节"。前者还没什么，其他地方都有斗猪斗狗这些节日，但后者就真的很奇怪，竹这种植物到处都有，不知为何如此崇拜。而这些节的由来，也有多个版本，不知谁真谁假。我曾上网查过，发现"竹王节"跟古代一个神秘消失的古国有关，也就是夜郎国。

提起这个神秘的古国，大家必然会想起一个耳熟能详的成语——"夜郎自大"。这个成语首见于司马迁的《史记》，说的是公元前122年，汉武帝为寻找通往身毒（今印度）的通道，曾遣使者到达今云南的滇国。其间，滇王问汉使："汉与我谁大？"后来汉使途经夜郎，夜郎国君也提出同样问题。这段很平常的故事后来便演变成家喻户晓的成语。以此喻指狂妄无知、自负自大的人。其实，据历史学家考证，夜郎并非自大，历史上的夜郎国曾是一个国富兵强的泱泱大国。

夜郎国，根据历史记载，大约最早出现在战国时期，是在我国西南地区由少数民族建立的一个国家。而夜郎国被中原政权记述的历史，大致起于战国时期，楚襄王（前298年—前263年在位）派将军庄跃溯沅水，出且兰（今贵州福泉市），以伐夜郎王。直到这个时候，人们方知西南有一夜郎国。至西汉成帝河平年间，夜郎王兴同胁迫周边二十二邑反叛汉王朝，被汉使金立所杀，夜郎也随之被灭。

对于这个夜郎古国，我虽有听闻，但这个古老的文明在中原史籍中留下的记载太少，且语焉不详之处甚多，因此也就只是觉得很神秘罢了，并没有觉得跟我有什么关系。如今听二叔公这番话，顿时觉得我们金氏族人非常神秘。我即刻向二叔公问道："我知道夜郎古国是由少数民族建立的国家，但为什么我们是它的后裔，我们不是汉族吗？"

二叔公笑笑道："其实我们最初确实是少数民族，跟现在的彝族是近支。但日子久了，也不知道在哪朝哪代成了汉人，除了一些重要的风俗传下来，其他可都被汉化啰。"

我又问道："那三块玉佩难道不是金同焕老祖宗叫人打造，留给三个儿子的吗？如果里面记载的是夜郎国的秘密，那么他为何不明说呢？"

二叔公点点头，喷了个烟圈道："唉，这个很难说。也许老祖宗没来得及说，也许他自己也并不知道，也许这不过是我们金家上辈人以讹传讹。那玉佩究竟为何人何时所造，其实也是个谜，这代代相传下来，估计也传偏了，有人把金同焕藏宝和玉佩关联在一起，也就成了刚才我说的那个故事。但宝藏一说传得有鼻子有眼，还记录到了族谱里，大家也都相信了。"

我心想，不管是夜郎国的秘密，还是金同焕那个宝藏传说，都值得为此去冒一次险。何况，要是前者的话，找到夜郎国的秘密，就能证实金氏族人是夜郎国后裔的话，那将会是历史大事件，足以震惊整个考古界。而且，距今两千多年的神秘古国，多少都会藏有惊世之宝吧，要是寻得一两件，恐怕够吃一辈子了。

正想得入神，二叔公突然一记烟斗敲在我脑壳上，笑道："你这娃儿，又在想啥子啰，是想打宝藏的主意吗？"

我慌忙摇头道："不不不，我只是在想，要是把那玉佩给我看看，我肯定能判断出是何时之物。"

二叔公一脸怀疑的表情道："你这娃子真有这本事？"

我拍了拍胸口，一副自信的表情对二叔公说："二叔公，您老人家别小瞧我哦。我爸是做玉器生意的，所谓近朱者赤，近墨者黑，我多多少少对玉器的质地、年份也有研究，只不过可惜呀，玉佩被埋进了老祖宗的坟墓里，要不然给我掌掌眼，肯定能给您老人家说个清楚明白。嘿，说不定呀，还能破解其中的奥秘哦！"

二叔公哈哈大笑起来："我就知道，你这娃子打小就聪明。不过嘛，宝藏传说你当故事听完就算了，千万别有歪念头，正所谓生死有命，富贵在天，平安健康过日子，比啥宝藏都珍贵。"

我对二叔公的话只能敷衍点头，不过二叔公说的话是真理，一个人到了某个年纪，才会懂什么是生活。正如孔子所说："四十而不惑，五十而知天命，六十而耳顺，七十而从心所欲。"

而二叔公这种百岁人仙更甚，但求安定，不求激情。但是，我金北斗正值血气方刚、年轻气盛之期，二叔公说的这些大道理自然无法领会，听过就算。相反，既然身为夜郎国的后裔，我觉得自己有责任去揭开那个埋藏千年的秘密。

第二章　还好没挖了祖坟

从乡下回来后，我一直在想着那个夜郎国秘密和藏宝的事，搞得我上班都不怎么专心了，还出了好几次错，被上司逮到挨了一通骂。但我依旧对宝藏不死心，只是那块隐藏着宝藏信息的玉佩被埋在老祖宗的坟墓里，这的确是个令人头痛的问题。如果没有这玉佩，寻宝也只是空谈。而且，要找到三块玉佩，才能知道宝藏藏在哪里。这第一块都无法得到，找全三块谈何容易？但我是个不服输的人，认定的事就一定要去做，不尝试过我是不会死心的。

我回忆起二叔公给我说的有关族谱藏宝的话，然后全部记在一个本子上，尽量做到一字不漏。每天睡觉前，我都拿出本子看一看，试图从中找到一些有价值的蛛丝马迹，但连续两个星期过去了，我依然没有头绪。

这一天，我的大学同学马骝突然给我电话，说有一单生意想和我谈谈。说起这个马骝，不得不提一提，因为在日后的寻宝中，他不单成为我最重要的合作伙伴，给予我很大的帮助，而且还奋不顾身救过我一条命，说句老套话，他就是我金北斗的救命恩人。

马骝真名叫作孙泽米，因为身体瘦削，长得有点像猴子，又姓孙，还是广东人，所以同寝室同学便给他起了个外号叫"马骝"，很快就叫开了。马骝是广东方言，意思是猴子，但他经常称自己是老孙、猴爷。这个马骝身体灵活，头脑也非常灵活，他大学毕业像我一样，在省城胡乱上了两年班，跳槽比我还频繁。后来干脆辞了职，说要自己创业，做起了生意，现在混得很不错。马骝唯一不好的就是出口成脏，说不到两句就肯定妈的、奶的开始粗口连篇，令人反感。

平时我们都有联系，他还不时介绍些外快给我赚。这次听他的语气，似乎这单生意挺大的，所以一下班，我就赶往约好的一家饭馆见面。等我见到马骝的时候，他已经喝了两瓶啤酒，吃了三碟花生米。

马骝给我倒了杯啤酒："屌，你总算来了啊，来，先罚你自饮三杯。"

我佯装生气，擂了这家伙一拳，骂道："你这个死马骝，还好意思说，我一下班就赶来了，本来今晚跟同事约好去泡妞的，这不，又让美女们失望了。"

马骝的两只眼睛眯起一条线，笑嘻嘻道："夜蒲多了，伤身啊！"

我坐下来喝了口啤酒说："少啰唆，赶快进入正题，是不是有什么大生意介绍给我？"

听我这样一问，马骝立即收回笑容，一本正经说道："这单可真是大生意，不过不知道你敢不敢做。"

我挺直身板说："呵，除了杀人放火，我金北斗什么不敢做？"

马骝笑嘻嘻道："我就知道斗爷胆大，所以才找你嘛。这单生意，准确地说，不是生意，交易那方面我已经做了，你要做的就是和我来一次探险之旅。"

我有点不明白："探险之旅？我们？"

马骝点点头："没错，我们要去寻宝。"

一听"寻宝"两个字，我感觉全身的神经都抽搐了一下，看来不止我会发"宝藏梦"啊。我把剩下的半杯啤酒一饮而尽，假装镇定地问："去哪里？寻什么宝？"

马骝摇摇头："具体的寻宝地点在哪里还不知道，是什么宝物也不清楚。"

这不是废话吗？我刚想开骂，但细心一想，虽然马骝这个人脸无三两肉，长得就一瘦骨仙的样子，但他头脑一向灵活，不至于会说出这般废话，其中必定有原因，但我还是忍不住道："你这不是废话吗！这个不知道，那个不清楚，还寻什么宝？"

马骝一本正经地说："屌，虽然不知道这些，但我们可以查啊。盗墓都要先寻穴，寻宝也是一个样嘛。我有可靠的资料，只要我们查一下，必定有收获。"

我问他是什么可靠资料，马骝没有即刻回答我，而是从放在一旁的公文包里拿出一个木盒子和一个档案袋。他把档案袋递给我，一脸古怪的表情说："这就是我说的可靠资料。话说，他可能跟你还有点渊源呢。"说完，诡笑了一下。

我半信半疑地打开档案袋，取出里面的几张A4纸，复印在纸上的字不是很清晰，不过一眼就认得是毛笔字。我拿起第一张纸，才看了第一行字，就差点惊叫出声。我以为自己出现了幻觉，揉揉双眼，但看到的字并没有改变，上面清清楚楚写有"金同焕"三个字。不过，天下同名同姓的人很多，可能这么巧撞名而已吧？一开始我也是这样认为，但看完全部资料后，我激动得说不出话来。没错，这几页复印纸就是记载了我的先祖金同焕的生平事迹以及他藏宝一事。

马骝焦急地问道："喂，没事吧？怎么了？"

我兴奋道："我真要叫你声猴大人，猴爷，你这是从哪里弄来的？"

马骝得意起来："屌，我以为你发神经了。怎样？你也觉得这事可行吧？"

我说："何止可行，这还关乎到我的家族呢。快说，这是从哪里得来的？"

马骝说："一个朋友那里得来的，他说他家里收藏了很多旧书，无意中从书里面发现这些东西，于是就找到我，问我有没有兴趣——你说关系到你的家族，怎么回事？"

我一摇手："那个一会儿再说。"迫不及待地问，"这只是复印件，原件呢？"

马骝把盒子推到我面前说："就在这盒子里面。"

我小心翼翼地打开盒子，立即闻到一股霉味，里面果然放着几张泛黄的纸，边角的地方还有些烂了，一看就知道是有些年头的东西。"真是踏破铁鞋无觅处，得来全不费功夫啊。"我激动地叫道。

马骝喝了两口啤酒说："确实不费功夫，但可费了我一笔钱。我花了两千块才把这几页烂纸买回来。"

我说："什么烂纸，这可是我金家的宝物——金氏族谱。"于是，我将从二叔公那里听回来的金氏族谱藏宝说了出来。

马骝听完，一脸惊喜道："真是不谋而合啊！哈哈！"

无巧不成书，我日思夜想的族谱藏宝事件竟然会这般出现在我面前，真的不可思议。既然丢失多年的族谱能被找到，那真的是天意难违。我和马骝斟酌一番后，决定当晚就动身前往我的家乡石龙村。

　　马骝开着他那辆捷豹，载着我在城区买了一些工具，有手电筒、锄头、铲子、口罩等。看着那辆捷豹小车，真的让我感到非常羡慕。我相信自己的能力并不比马骝差，但至今我还是一个月光族，而马骝却已经开小车了。大家都是学同样的专业，都是一起毕业出来打工，但几年下来，却有如此天渊之别！真是应了我们家乡那句老话——同人不同命，同伞不同柄。

　　闲话休提，言归正传。我们到达目的地的时候已经是晚上十点左右了。农村可不比城市，大野外的黑灯瞎火，也没有什么标志性建筑让你参照。可我是金北斗啊，下了车之后，我稍稍辨别了一下方位，就指着左边的一座山说："就是那里。"

　　马骝四处扫望一下说："不会有人看见吧？"

　　我说："这个时候，哪会有人跑来这里？看，那边有灯火的地方就是我们石龙村。"我指了指远处，那里灯火稀疏，有几声懒懒的狗吠声传来。

　　马骝瞪大眼睛盯了一会儿，问："这应该是个古老的乡村吧？"

　　我点点头："好几百年历史啰。别看了，赶紧动手吧！"

　　我们从车上取下工具，然后带着手电筒静悄悄地摸上山去。今晚夜色很浓，山风吹在身上有股不同寻常的寒意，偶尔还传来几声不知名动物的鸣叫，真叫人毛骨悚然。虽然平时我和马骝都是属于那种"胆生毛"的人，但平生第一次干这种事，不免都感到有点害怕。不过，只要想一下那个宝藏，我们又继续硬着头皮往上爬。

　　不知道是不是因为紧张，我们走了差不多一半路都没说话，静悄悄的气氛让我觉得不是很舒服。

　　为了缓解一下沉闷的气氛，我忍不住把之前忘记问的问题说出来："喂，马骝，你说那族谱是从你一个朋友那里买来的，他叫什么名字？"

　　马骝说："这个人叫张大牛。"

　　我说："姓张的啊？我开始还以为这个人会是跟我一样姓金呢。他怎么会有金氏的族谱的？"

马骝摇摇头说："这我就不清楚了，他自己也不知道。不过他家里收藏的那些旧书都是祖上传下来的，说不定他的祖先和你的祖先有什么关系呢。"

听马骝这样一说，我不禁想到那个偷撕族谱的金大头。这个张大牛会是他的后人吗？不，金大头是姓金，张大牛是姓张，两个不同姓的人怎么会牵扯上关系呢……还有一个问题，这个张大牛为什么不自己去寻宝，而把这么重要的资料卖给马骝呢？

我将这个问题说出来，马骝就说这个张大牛并非等闲之辈，他不只是把资料卖出去那么简单，还要跟我们一起去寻宝。也就是说，找到宝藏，他也会分到一杯羹。

我愤愤不平："搞什么嘛，我祖先的宝藏岂不是要被瓜分了！"

马骝笑笑道："多个人多份力量啊。"

我哼了声说："照我说，是多个香炉多只鬼。"

马骝说："不管怎样啦，说不定我们有需要他的时候呢。反正那么重要的族谱都是在他那里发现的，证明他跟宝藏有点缘分嘛。"

我想了想，觉得马骝的话并不是没有道理。虽然寻宝并不是越多人越好，但有一两人加入，也算有个照应，毕竟寻宝之路有多少危险还是个未知数。

不知不觉间，我们已经到达了半山腰。在一棵大松树前，我停了下来。

马骝问："到了吗？"

我点点头："没错，是这里了。"

马骝用手电筒照了下四周，果然在大松树右边有一处山坟。这个坟墓就像普通的山坟一样，并没有什么特别。坟墓周围的杂草都被清理过，显得光秃秃的，上面挂的挂白被光一照，显得格外诡异，在墓的中间，还有一堆被烧过的元宝蜡烛。

马骝不禁疑惑道："你确定就是这里？"因为在他眼里，金氏祖先的坟墓就算不是什么大墓，也应该是那些青砖堆砌的古墓。而眼前这个极其普通的山坟，除了一堆比较显眼的祭品之外，真的不像会藏有什么宝物。

我知道马骝在想什么，我自己当初也有这种疑问，但眼前的坟墓的的确确就是石龙金氏祖先金天罡的坟墓，几百年传下来，不可能会假。我小时候听村中的老人说，由于金天罡死的时候家里并不是很有钱，所以就跟普通人一样，采取最简单的土葬仪式。但也有第二个传说，相传金天罡在临死前曾经留下遗嘱，凡金氏后人，不得帮他修建高坟大墓，原因可能是怕招来盗墓贼的光顾，从而偷走那块玉佩。至于这些传说是真是假，现在也无从考究。不过，只要把墓挖开，一切都会真相大白。

既然有缘被我得到失去的族谱，那么接下来顺理成章的就是找到含有宝藏信息的玉佩。而想要得到玉佩，唯一的方法就是挖祖坟。当初提出这个方案的时候，马骝吃了一惊，认为挖祖坟有损阴德。我也知道这样做很不妥，要是被人发现，不只我一个人受罪，就连整个家庭都会牵涉进来。但除了这个办法，我实在想不出什么万全之策。一直诡计多端的马骝在碰到这样一个棘手难题时也无计可施，最后不得不同意我这个方案。

马骝问道："怎么，斗爷，开挖不？"

我先跪下，给金天罡老祖宗的坟磕了三个头，请求他的原谅，说明我只是想找到金同焕老太公埋藏的宝藏，重振金氏家门，这也是他老人家的遗愿。我倒不是怕什么祖先的魂灵对我惩罚，怪力乱神的东西我向来不信。但咱中国人都讲究尊敬祖先，尊敬祖先就是尊敬自己。因此，虽然不得已需要挖开祖坟，但内心中我也不敢对祖先造次。

马骝看我跪下，也慌忙扔掉家伙，跪下跟我一起磕了三个响头。这家伙嘴里喃喃自语地也不知道在叨叨什么。

站起来，我深呼吸了一下，说："好，动手吧。"然后戴上手套，有模有样地抡起锄头，对准坟头，眼看就要一锄头下去，马骝突然叫了一声："等一下！"

我一个趔趄，横了他一眼："鬼叫什么？差点闪着老子的腰！"

马骝说："先别挖，我突然想到一个事。你看这个坟墓，这应该是属于他娘的二次葬的土葬方式啊。"

虽然我平时看的书比较多，但这些都是纸上谈兵没什么用处。而马骝是从农村考进大学的，对于什么土葬方式，他应该比我这个多见高楼少见树的城市人懂得多。

只见马骝像背教科书一样说："二次土葬是在人死入土安葬几年，甚至更久以后，重新起死者遗骸之残骨于地下，另行改葬。作法是待尸体完全腐烂和分解后，再打开棺材捡骨，用白酒洗净，然后按人体结构，脚在下头在上，屈体装入一个罐里，也就是俗称的金塔。金塔盖内写上死者世系姓名，重新埋入地下。这种二次葬，也叫作'洗骨葬'或'捡骨葬'。听说以前的人这样做是为了死者的灵魂脱离尸身进入阴间，轮回转世。后来就出现多种多样的原因，比如子孙发迹，再行厚葬；或者因朝廷追褒、追贬而改葬，还有客死他乡就地葬，过后移归故里迁葬；夫妻一方先亡，待另一方亡故，移骨合葬等。"

听完马骝的解释，我忍不住赞道："哇，想不到你这个死马骝还真是博学多才啊！如果这样的话，那我就不用有损阴德自挖祖坟了。"

马骝笑着抱了抱拳："过奖了，过奖了。"

我问："照这么说，这坟墓里面只有一个金塔？"

马骝点点头："没错，金塔里还有一堆骨头泥灰呢，应该不会有那个玉佩，我们挖了也是白挖。"说着，他从身上抽出支烟递给我，然后自己也点上一支。

我们找了一块石头坐下，开始吞云吐雾起来。这个时候，我也不知道该说些什么。按照马骝所说的二次葬，如果祖先金天罡死的时候带上了玉佩陪葬，那么在进行二次葬的时候，就一定会被后人发现，也就是说，如果玉佩没有被重新埋下，那应该是落在哪个金氏后人的手里了。但是，万一在二次葬的时候，玉佩没有被后人拿去，而是连同骨头一起放进金塔里了呢？但我立即否定了这个猜想。二叔公说过，以前有人去寻过宝，然后都莫名其妙而又诡异地被火烧死了。照这样说，他们应该知道去哪里寻宝，再往前推一推，也就是说，他们得到了玉佩里隐藏的信息。

想到这里，我一拍大腿激动地叫道："原来如此！"我这一叫，把旁边坐着的马骝吓了一跳，手里的半截烟被吓得掉在地上。

马骝叫道："屌，你个死阿斗搞什么啊，胆子都被你吓破了……是不是想到了什么？"一边说，一边将地上的烟踩灭。

我把刚才的猜想说了出来，马骝听后思索了一会儿说："按你这样说，那你二叔公为什么会说玉佩还藏在坟里？"

我说："我估计他是怕我知道玉佩在哪里，然后就起歪念了。"

马骝揶揄道："就算你不知道，现在还不是一样起了歪念。"

我吸完最后一口烟，将烟蒂扔在地上踩灭，扛起锄头对马骝说："走吧，你不会想在这里过夜吧？"

马骝笑嘻嘻说："也行啊，就怕你祖先不喜欢我老孙，喜欢你这个小白脸呢。"

下山虽然比上山快很多，但周围草丛里不时响起窸窸窣窣的怪声，感觉像是有人在背后跟着一样，我和马骝不禁加快了脚步。直到回到车上，关紧车门，我们这才松了口气。马骝拿出两瓶水，分给我一瓶，虽然不口渴，但我还是一口气饮了半瓶水。

马骝坐在驾驶位上问我："现在去哪儿？回去吗？"

我摇摇头，说道："不，我想回村子看看。"见马骝有点不明白，我接着说，"我觉得这事有点蹊跷。你想想，如果玉佩不在任何人的手里，会在哪里？"

马骝似乎看出了些端倪，喝了一口水说："你是想说，玉佩落在金氏后人手里的可能性不大，而是被收藏起来了？"

我点头道："没错，如果每一个去寻宝的人都是拿着玉佩去的，那是不可能了。我估计，玉佩应该被收藏起来了，而且，玉佩所隐藏的信息应该还没有被人破解。去寻宝的人有可能是根据一些传说，或者听一些见过玉佩的人的描述，然后推测出了藏宝的地点，以至于变成大家口耳相传的藏宝图。还有一点，寻宝的人为什么都会离奇死亡？我绝不相信祖先显灵这些迷信之说，这应该是一种巧合或者遇到凶险之事，当然，不排除人为因素。"

马骝对我竖起大拇指："你果然脑子聪明啊！竟然可以推测出这样一个结论来。"

我说："你解决问题的能力厉害，我的推理能力也不差。"

马骝说："我一直都没小看你的能力，要不然就不会找你来干这事了。这不，现在发挥作用了，哈哈哈。"马骝的笑声在夜里显得格外恐怖。

我连忙制止他："喂，有什么好笑的，这周围都黑咕隆咚的，你这样一笑，多瘆人……"

马骝乖乖地收起笑声："好好好，回归正题。那你推理出玉佩被藏在哪里吗？"

我摇摇头说："还没。"

马骝想了想，忽然说道："我知道有一个地方最能收藏这些东西的，不妨一试。"

第三章　金氏宗祠

马骝所说的地方原来是祠堂。祠堂历来都是家族的圣地，而且给人一种神秘感。现在男女老少都可以自由进出祠堂，但在男尊女卑的时代，祠堂是女人和小孩子的禁地，一般人没什么事也不会跑去祠堂里玩的。

马骝还说，他家那边的祠堂，在重修的时候发现门槛的横槽里放有几十两碎银，这不用说，肯定是以前的人偷偷藏起来的。

我叫马骝将车停在村口的大榕树下，然后一起蹑手蹑脚走进村里。农村人大多数都比较早睡，以前没电视的时候，人们七八点就开始睡觉了。如今即使有电视，也很少有晚睡的。现在都差不多十二点了，整个村子黑漆漆的，估计连狗也睡着了，之前还听到的狗吠声现在也没了。夜深人静，走在寂静的乡村小路，还别说，真的有点心惊胆战。我更多的是怕碰见村里的人。虽然我很少回乡下，但是村里的人都认得我，万一碰到的话，真不知如何解释，而且这次行动是隐秘性的，感觉就像做贼一样。

马骝一边走一边开玩笑说道："喂，斗爷，你看我们像不像鬼子进村啊？悄悄地进村，打枪的不要。"

我呸了一声说："你才像鬼子呢！"

走着走着，我忽然感觉后面好像有点不对劲，像有人在身后尾随着。我连忙转过身，用手电筒照了照，身后什么也没有。

马骝问道："怎么了？"

我低声道："好像有人跟着我们。"

马骝听我这样一说，也拿起手电筒照了照，身后是条蜿蜒的小路，并没有什么异常情况，"我说斗爷，你是不是太过紧张出现幻觉了啊？"

我嘀咕道："紧张是有的，但还没至于出现幻觉吧？我真的觉得哪里不对劲。"

马骝拍了拍我的肩膀，笑道："看来你真的没有做贼的天分啊。"

我还击道："我确实没有你那么厉害，看起来就像个贼一样。"

又走了一段路，被跟踪的感觉越来越强烈。这一次不止我感觉到，连马骝也察觉到身后的异常了。会不会是狗呢？我和马骝同时想到这个。但是如果是狗的话，岂有不吠之理？而且狗走路的声音，人耳是很难听到的。既然排除了狗，那么只剩下一个情况——跟踪我们的是人！

这下糟糕了！我心想，估计从我们进村的那一刻起，就被发现了。这下怎么办？我紧张得满头大汗。俗话说：先说斧头后说柄。要是被村里的人知道我这次来的目的，肯定会先拿我老爸来开刀的，毕竟子不教，父之过。

马骝小声说："他奶奶的，管他是谁，这样跟踪我们肯定没安好心。等下这样，我数到三，一起转身吓他一吓。"

我点下头，同意马骝这个提议。马骝说得对，这样一直跟踪我们，肯定不安什么好心。如果是正常的村民，看见我们进村就肯定会过来跟我们打招呼的，就算不知道马骝是谁，也应该认得我。

做好准备后，马骝开始数数，当他一数到三，我们同时转过身，两支手电筒往身后有脚步声的地方齐齐照去。只见一个人影飞快地躲进旁边的黑暗中。但身手再快，也快不过光速，那人刚想蹲下来隐藏自己，手电筒的光已经把他团团罩住了。

我喝问："谁？他奶奶的鬼鬼祟祟，赶快现身！"这个时候，我反而觉得对方是贼了。

那人用一只手遮住刺眼的光，慢慢站起身来，笑脸嘻嘻道："阿斗，是我。"说着，他走了过来。

我一看来人，原来是村里的九爷。只见他一身黑色的土布衣穿着，面容消瘦，颧骨高耸，身子瘦得像根竹竿一样，一张口便露出两排黄黑色的烟屎牙。九爷本名叫金亚九，今年四十七岁，由于家庭困难，至今尚未娶妻。别看我爸的年纪比九爷还大几岁，但我还是要叫他九爷，因为他跟我爷爷是同辈分的。在农村里，一般都是按辈分叫人的，不管你年纪多大，如果一个三岁小孩比你的辈分大，你还是一样叫对方阿叔、阿伯甚至阿爷、阿太。

我开口问道："九爷，你怎么在这里？"

九爷说："你这话真是啊，九爷我不在这里，会在哪里？"

我问他："你怎么一直在后面偷偷摸摸跟踪我们？"

九爷笑了笑，看了看我，又看了看马骝，然后对我道："阿斗，是你们偷偷摸摸吧？三更半夜的不在城市的大豪宅里睡觉，跑来乡下这山旮旯的地方干啥？"

被他这样一问，我一时间哑口无言。旁边的马骝咳嗽两声说："这位九……九爷是吧，我们来这里是想找到金家留下来的那块藏宝玉佩。"

我想不到马骝会直白地说出来，吃了一惊，但是看见他相当淡定的表情，知道他这样说并非儿戏，一定是想到了办法解决。

九爷一开始皱起了眉头，但随即露出一丝诡异笑容，对着马骝说道："你还真的说出来了。看来，你们两个今晚是有备而来啊。"

我说："九爷，听我解释，是这样的……"我本来想辩解一下，但九爷摇摇手制止我，向前一步，低声说道："这里说话不方便，去我家里坐坐吧。"

我一头雾水，不明白九爷到底想干什么。看看马骝，他向我点点头，似乎一切都在他的掌握之中。到了这地步，我们也只好跟九爷回他家里，看他葫芦里到底卖什么药。

九爷的家在一排大房屋的后面，是一间比较小的黄泥砖屋。里面就一张黑色的饭桌，几张木凳子，还有墙角那一堆乱糟糟的不知道是什么东西，除此之外，真可谓是家徒四壁。我这么大个人也是第一次到他家里，之前听说这个九爷家穷，但没想到穷成这样。

九爷搬来两张凳子，用手抹了抹上面的灰尘，请我们坐下，然后又去厨房拿了两只大碗，装了两碗白开水过来给我们。看见九爷如此招待我们，我连忙拿出支烟给他点燃。

寒暄几句，介绍马骝给九爷认识之后，九爷突然问道："刚才听这位小兄弟说，你们要找金家留下来的那块玉佩？"

我点点头，说道："九爷，不瞒你说，我们想去寻那族谱记载的宝藏，所以今晚特意来这里找找线索。"

九爷看着我，问道："你们想寻那宝藏？怎么突然想到去干这个？"

我说："我们祖先留下来的宝藏，岂能就这样被埋在地下？这样多对不起祖先啊，祖先藏宝，无非是想造福子孙罢了，作为金氏后人，就有这个义务去寻得宝藏，好让我们大家都过上好日子，完成祖先的遗愿。你说是吧，九爷？"

九爷被我的滔滔言辞说得连连点头："有道理，有道理。金家先人的宝藏，就该用来造福金氏后人。那你们怎么知道玉佩在村里？而且村子那么大，你们想去哪里找？"

我说："我们也只是估计而已，马骝说祠堂是神圣之地，可能会藏有玉佩。"

听我这样说，九爷把目光移向马骝，点点头赞道："嗯，看来你懂的很多啊。"

马骝摆摆手，谦虚道："只是道听途说而已。话说，九爷应该早就知道这事了吧？"

九爷吐了一口烟，说道："没错，我听一些老人家说，玉佩就藏在祠堂里，但至于藏在哪里，也没有人知道。估计有些老人家知道吧，但谁也不会说出来，因为老一辈都觉得拿玉佩去寻宝会丢性命，所以大家都比较忌口。唉，不能说的都说了，我也不瞒你们，我也想去寻得那宝藏，所以一直在找那玉佩，可是一直没找着。"

原来，九爷一直都觊觎着那批宝藏，但由于金氏规矩的严厉，加上玉佩不知藏在祠堂的哪个位置，所以只能每天晚上等村里的人睡着了，才偷偷跑去祠堂里寻找玉佩。刚才他正想走去祠堂，却发现了我和马骝，开始以为是贼，于是偷偷跟踪我们，看我们想干什么，不料反而被我们吓了一跳。

到了这个时候，我才松了口气，心里的大石终于放下了。马骝还是一脸的平静，对我笑了笑，好像在说，我早就知道了。他是怎么看出九爷有寻宝的意思，这一层我怎样也猜不出来。或者，这就是他的过人之处吧。

马骝拍了拍手掌，笑道："好了，现在不谋而合，三个臭皮匠，胜过一个诸葛亮。九爷，你就加入我们的寻宝队列吧，你就在这村里做内应，打冲锋，我们负责后勤，需要帮什么忙，你尽管跟我们说。"

九爷捻灭烟蒂，一脸凝重地说："行啊，也不需要啥，不过我们这个金氏宗祠，并非一般的祠堂，阿斗虽说是金氏后人，但年轻人不知道什么，先不说金氏规矩多多，就那祠堂，本身就是一个令人发指的地方。我去了那么多回都一无所获，还差点被吓出病来。所以，想从里面寻得玉佩，估计不是那么简单。"

我不解地问道："九爷，我也进去过祠堂啊，也没发现有什么恐怖，怎么会差点被吓出病来呢？"

九爷被烟呛了呛，咳嗽了几下才说道："你们这些后辈知道啥，况且你打小就到城里去了，这村子发生过啥，你咋知道呢，估计连你老爸也不是很清楚这村子的过去。"

九爷说，金氏祠堂不单只是祭拜祖先的地方，在以前更是犯了金氏家规的人受刑的场地。大约在清朝末年，石龙村有一个叫金花的女子，长得那叫一个俊俏，柳叶眉，丹凤眼，瓜子脸，樱桃嘴，杨柳腰……总之貌若天仙，人见人爱。但是有一天，金花的肚子突然胀了起来，而且越来越大，这就引起族人的猜疑，认为她与他人做苟且之事不守妇道，未婚先孕败坏门风，应当处死。于是，族人将金花五花大绑捆起来，带到祠堂里受刑。祠堂早已准备好一口棺材，族人将金花放进棺材里，然后迅速钉上棺材盖。金花被绑住手脚，躺在棺材里拼命挣扎，大声哭喊，但任凭她怎么呼喊都无用。时间好快就过去了，金花的叫喊声也慢慢停了下来，可怜一个妙龄少女就这样被活活闷死在棺材里。金花死后，族人将她葬在南山里，并下令后人一律不允许去祭拜她。

然而，金花死后没多久，关于她冤魂不息的传说便开始在村里传了开来。起初是因为守祠堂的人看见一个披头散发的白衣女子在祠堂里来回徘徊，被吓出一身病，后来好多人都说看见过金花的鬼魂回来，于是一传十，十传百传开了，大家都说一定是金花冤魂不息，回来找人报仇。而事情又有那么巧，有份处死金花的那几个族人都离奇暴毙，死因不明，这就更加让人认定是金花的鬼魂回来报仇了。

这之后，也没人敢去守祠堂了，而每到晚上，祠堂都会关上大门，没人敢靠近一步。后来有人提出去祭拜金花，还花钱请了一个道士去作法，好让金花早日投胎做人，但大家把南山找了个遍，却硬是没有找到金花的坟茔，只好作罢。一直到新中国成立，因为要破除一切封建迷信，祠堂有鬼这个传说才慢慢淡出人们的记忆。如今，除了老一辈，早已没有人记得这个恐怖传说了。

九爷说到这里，突然苦笑了一下，接着又叹了口气说："唉，想不到时隔那么多年，那个金花姑娘还是冤魂不散，真是作孽啊！"

听九爷说完这个恐怖传说，我和马骝都不寒而栗。虽然不相信什么鬼魂报复之说，但九爷言之凿凿，还说亲眼见到女鬼，这个并不是一句不相信就能完事的。毕竟我们要找的东西就在这恐怖的祠堂里。

我忽然想起一个类似的传说，便说道："我看这个金花真是冤枉死了，肚子胀不一定是怀孕啊，有可能这是一种病。我听说湖南邵阳市那里传说以前有个叫四姑婆婆的'阴师'，十八岁就死了，也是因为肚子胀被认为是未婚先孕，被族人骗进棺材里，然后活生生给闷死了，还砍了她挣扎时伸出来的手，非常瘆人。但她还比较好，临死前说了一句什么'吾殁当为神，可祠吾于室'，意思是说，'我死后会成为神仙，你们要供奉我'。然后就真的成神了，受后人供奉祭拜。"

马骝一脸不屑的表情道："屌，我们也没做什么亏心事，那个金花姑娘应该不会对我们怎样吧？反正如果她没恶意，我们也不必害怕。"

九爷点点头，但还是一脸愁容，战战兢兢说道："这个嘛……恶意倒是没有，只是那个嘛……鬼这东西，听起来都头皮发麻，撞见就更加连脚都软了，怎么去找那玉佩？"

我拍了拍胸口说道："九爷，我陪你去。多个人多个照应，有什么突发之事也好应付。马骝，你不是这里的人，进入祠堂恐怕不是那么好，你就负责把风吧。"

大家都同意我的安排，于是一起动身，离开九爷家里，直奔金氏宗祠去。

我看过族谱，知道石龙村的金氏宗祠建于道光年间，是金氏第三代后人所建造。金氏宗祠占地面积几百平方米，由山门、厢房、过厅、厅厢、戏楼、天井、耳房等部分组成。青砖外墙，琉璃瓦面，青石铺地，大理石石柱，墙上有壁画，石柱和木柱上也有各种各样的雕饰。祠堂的门口两边各放置着一座石狮子，形态神威。相对较高的门槛和两扇几米高的大门，如同艺术品一样。往里面是一个四四方方的天井，天井对上是神台，神台背后放有三个大香炉，其中中间的香炉最大，呈圆鼎状，是一个鼎式香炉。鼎式香炉也叫作香炉鼎，是古代一直沿用至今的一种礼器，燃以檀香和松枝，能辟邪，又求吉祥，象征帝王权力。有盖为鼎，无盖为炉，一般为三足。在佛教中，鼎式香炉称为宝鼎，除了方形的香炉外，也有圆形的香炉，都有三足，一足在前，两足在后，是如法的放置，常以之譬喻佛教中的三宝，缺一不可。香炉背后祀列祖列宗神主牌，像金字塔一样摆放着。平时祠堂都是静幽幽，毫无生气的，只有逢年过节的时候，祠堂才会变得灯火通明，人声嚷嚷，热闹非凡。

我们走到祠堂大门外，发现祠堂的两扇大门关了起来。九爷跟我们说，可以从西边那面墙爬进去，他之前也是从那边进去的。我们即刻绕到西边，只见西边墙下有一大堆柴放着，刚好可以作为台阶。我吩咐马骝在外面把风，然后跟在九爷背后爬上那堆柴，翻到墙头上。我看了看祠堂里面，黑漆漆的，伸手不见五指，用手电筒照了照，下面是什么地方我也不清楚，好像是一个厢房。这个时候，九爷忽然纵身一跃，从围墙上跳了下去。只听见他在下面低声叫道："阿斗，跳下来吧。"我从来未试过这样刺激好玩的事，虽然心里面有点害怕，但仗着自己以前是班里的篮球队员，运动细胞还是很好的，于是用口咬住手电筒，以半蹲的姿态往下面黑咕隆咚的地方轻轻一跳，稳稳落在地面。

落地之后，我问道："九爷，你之前在哪里找过？"

九爷一边走一边答我："好多地方我都找过，厢房、过厅、戏楼等都找遍了，到现在找了都有好几十次了，依然没有半点收获。"

我又问："神台那边也找了吗？"

九爷点点头说："也找过了，连神主牌我都一个一个拿起来检查过呢，他奶奶的就是连玉佩的影儿都没见。"

我继续问："那香炉底呢？"

九爷听我这样问，顿时停下脚步，皱起眉头说道："香炉这东西怎能挪动呢？要是动了香炉，会倒八辈子大霉呢，而且还会断子绝孙呢。我老九虽然还没娶妻，但还不想没后代。"

我说："这话谁说的？哼，老子就不信这个邪。人有三衰六旺，老天注定你倒霉的，你就天天求神拜佛祭祖宗都不会旺，要注定你旺的，就算他妈的把祠堂的香炉砸碎扔了也不会有倒霉事出现。"

马骝也曾经跟我说过，在祠堂藏东西，一般都是藏在神台下面，或者香炉底下，就算是藏在地下，也不会埋得很深。因为祠堂在族人眼里就是整个家族的龙脉所在，如果挖得深，会挖断龙筋龙脉，给后人带来诸多灾难。

据说有个地方就发生过这样一件事，村民在修建祠堂的时候，不小心挖穿了一只泉眼，结果这个村子的后代辈辈都有单眼的人出现，有人说这是因为那只泉眼就是龙的一只眼睛，龙眼穿了，所以后人必遭眼祸。如果挖到的是龙的嘴巴，那么后人就会有哑巴，挖到耳朵，就会出耳聋之人。当然，这是古时迷信之说，就好像现在的吃猪脑补脑，吃猪蹄补脚一样。

我们蹑手蹑脚来到神台后面，三个大香炉赫然出现在面前。我把手电筒放在神台上面，伸手就去挪左边那个香炉。九爷连忙制止道："阿斗，你真的要动香炉啊？"

我看着他："这还有假的吗？"

九爷说："你就不怕那个……"

我说："断子绝孙是吗？"我不以为然地笑一下道，"九爷，你这太没文化了吧，这样的迷信你也信？如果动一下香炉就会断子绝孙，那下面那东西岂不是没用了？按我说，如果见了美女都勃不起来的，那真是他妈的该断子绝孙了。"

九爷见反驳不了我，就站在原地没有吭声。黑暗中我还是看见他一脸的尴尬，想必这位九爷还没跟女人睡过。那也是，九爷家里穷成这样，谁愿意嫁给他？他更加没钱出去嫖妓。想必九爷这次这么积极加入我们的寻宝队列，也是为了得到宝藏好找个女人尝一下荤。

我没理他，继续挪开香炉。就在这个时候，旁边的九爷突然惊叫一声，用手指着东边的厢房说不出话来。被九爷这么突如其来地叫了声，加上他脸上惊恐的表情，我也禁不住紧张起来，背脊不知是汗湿了冷，还是怎么，一片寒凉直透脚板底。我慢慢转过身，拿起放在神台上的手电筒，往九爷指的方向照过去。

只见黑乎乎的厢房外，一个白衣女子无声无息地站在那里，一头长发垂至腰间，那张脸犹如白纸一样，毫无血色，但两只眼珠刚刚相反，本来黑白分明的，现在却布满了血丝，变成了血红色，加上那两片黑紫色的嘴唇，真的是一个女鬼！虽说她的出现如此诡异，但女子婀娜的身体、玲珑的五官足以证明她是一个美女。

那女子被手电筒的光照住，也毫无反应，好像被定格在那里一样。我又四周围照了照，但手电筒照的地方只有巴掌那么大，照到的地方很有限。照了一阵，并没有发现其他异常情况，再照回那女子的地方，发现她依然在原地站着，还是一动不动。

九爷已经被吓得舌头都打结了："鬼……鬼……就，就是她……"

我虽然害怕，但也还撑得住。说真的，那女子生前应该很漂亮。如果放在这个年代，就连那些当红女明星估计也比不上。所以，从审美的角度去看她，也就不觉得有什么恐怖了，毕竟比起那些血腥之物、狰狞之怪好看多了。

我调整了一下呼吸，回头对已经躲到我身后的九爷说："九爷，你果然说得一点都没假，金花姑娘果然长得很漂亮啊。"

九爷见我如此镇定，完全没事的样子，忍不住伸手探了探我额头，说道："你这娃子，是不是被吓坏了？"

我拨开九爷的手，转回头想再看清那个女鬼，却发现她已经不见了。

还真邪门了！莫非只是幻觉？

我咽了一下口水，想尽量缓解一下恐怖的气氛，打趣道："九爷，没事。这女鬼也挺漂亮的嘛，她可能看上九爷你，想跟你走呢，哈哈。"

九爷尴尬道："你这娃子，说，说的啥呢……"他一边说，一边瞪大眼珠子四处瞧看，真的生怕那女鬼黏上来。

我笑笑说："不就是一个女鬼嘛，别管她了，就当是幻觉吧。来，我们继续找吧。"

九爷摇了摇头，道："你呀，真是胆大包天。"

说真的，我都觉得自己胆子真的挺大的。俗话说：三岁定八十。我小时候就特别顽皮，小学二年级时，我在路上捉了一条四脚蛇回去学校，把班里的同学吓个半死。这还不算什么，有一次班主任生病了住院，我和几个同学去探望，结果在医院里玩起了捉迷藏，我就偷偷溜进了太平间的一间办公室，而隔壁就是放死人的地方，当时也没觉得害怕，只是觉得冷冰冰的很不舒服。但玩着玩着就忘记了时间，医院也不知道有个小孩藏在里面，于是把门关上了，我在里面冻了一夜，第二天才被医院的人发现，幸亏体质好，也没冻出个什么病。家里人当时那个着急呀，以为我撞了邪被太平间的死人拉了进去作陪，又是烧香拜佛，又是占卦问卜，闹出不少笑话。此等闲事按下不表。

说回那个香炉，香炉装满了香灰，估计从未清洗过，重得要死，我费了很大的劲才挪动开来。只见香炉底下的大理石石板有一个四四方方的石槽，我把手电筒拿过来照了照，槽内很光滑，伸手摸了摸，里面什么也没有，空空如也。

这个时候，九爷也凑过来看，发现那个四方槽之后，眉头立即皱了起来，嘀咕道：“难道玉佩之前就藏这里，后来被人拿走了？”

我放下手电筒，走到中间最大那个香炉鼎，香炉鼎有半个成人那么高，估计有几百斤重。香炉鼎呈三足鼎立之状，底下空空的，不可能藏有什么东西。我伸手抹了一下，满手是灰尘，看样子也不存在暗格之类。

我在裤脚擦了擦手里的灰尘，然后抓住香炉鼎的两足，想挪开香炉鼎。但不管我怎么使劲，那个大香炉就是纹丝不动。挪了几下，我便气喘吁吁，额头脖子上全是汗。无奈之下，我只好放弃。

我往地上吐了口唾沫，抬头看见九爷站在原地看着我，好像没有要过来帮忙的意思，我在心里直骂这个老家伙真是食古不化。要不是看在他是我的前辈，我真的非敲他两下脑壳不可。

九爷抹了一把额头的汗，对我说道：“阿斗啊，我知道你们这些城市人不信农村的鬼神之说，也知道你胆子大，但九爷我也不是胆小鬼，有些东西宁可信其有，不可信其无。这东西自有祠堂以来，就从来没人敢动过，听说以前修祠堂的时候，有个村民不小心，把一块瓦片从上面掉下来，刚好砸到这个香炉，结果他的儿子在河里捉鱼的时候溺死了。才三十出头的他觉得自己健壮如牛，再生一个也不难，结果好几年也没得生。他把这责任怪在他的婆娘身上，最后还休了她另娶了一个年轻的女人，但依然没得生。结果，他到死也没有个后人给他送终。这事村里的人都知道，不信你问问你爸，估计你爷爷也给你爸说过这些祠堂禁忌。”

九爷说得活灵活现，我禁不住伸手捂住了下面那地方。说真的，“断子绝孙”这个词听起来就让人很不舒服。不过，仔细想想，我们这些新新人类，受过高等教育，况且，毛主席教导过我们，要相信科学，反对迷信。他老人家也曾下令要破旧立新，多少人都把自家的香炉扔了，把福主公王的石像都推倒了，也没见有事。如今就一个区区的祠堂香炉鼎，难不成真的就这样被吓倒？

想到这里，我对九爷说："九爷，你还想寻得宝藏不？"

九爷点点头："当然想啦。"

我又问："那还想娶老婆不？"

九爷摸摸脸，不好意思起来，"这个，这个做梦都想着呢。"

我说："那就好，不寻得宝藏，您老人家哪来的钱娶老婆？既然没老婆，又何来断子绝孙之说呢？"

九爷听我这样说，想了一下，似乎觉得我说的话有道理，便低着头嘀咕道："那也是，那也是。不过，禁忌始终是禁忌，还是小心为妙，小心为妙……"

说话间，我也歇够了，也不管三七二十一，便又去挪开了右边那个比较小的香炉。这个香炉底下跟左边那个一样，也同样有个四方石槽，而石槽里面也是什么都没有。怪了怪了，这石槽本该是藏东西的好地方，怎么什么也没有？难道玉佩真的已经被人拿走了？

九爷探过头来问道："也没有吗？"

我摇摇头，说道："真奇怪，既然不收藏东西，那挖个四方槽来干吗？看来只好把全部希望寄托在这大香炉鼎上了。"

九爷用手电筒照了一下那个香炉鼎，道："这底下没有石槽啊，也不可能藏在这里吧？"

这是事实，就算移开香炉鼎，也估计找不到那玉佩。仔细回想一下，以前的人迷信，如果挪动香炉是个禁忌，那么应该不会有人挪开香炉然后把玉佩藏进去。也就是说，玉佩藏在香炉底的可能性不大。那么，玉佩究竟藏在哪里呢？

我焦急得拿着手电筒乱照一通，照到东边厢房时，那个女子突然又出现了。我吃了一惊，刚才一直顾着找玉佩，也没去理这个事，难道那个女鬼一直待在那里监视着我们？

我决定走过去探个究竟。本想叫九爷一起过去的，但他怎么也不肯过去，还说没事就别招惹那鬼东西了，免得惹鬼缠身。没辙，我只好一个人走过去。

东边厢房并没有什么特别之处，不过在一面墙上挂着一块很大的八卦镜，八卦镜周围画满了灵符。我拿着手电筒四处照了照，却没发现刚才看见的那个女鬼。奇怪了，怎么一走过来就不见了？

我看着那面大八卦镜，伸手摸了摸，镜面有一点灰尘，但也不是很多，估计有人不时会来抹一下这面镜。以前回来祭祖的时候，我也看见过这面大八卦镜，也看见过这些灵符。我心想，难道这八卦镜和灵符是用来镇住那个女鬼的？由于我平时喜欢看书，而看的书又比较偏门，对于八卦玄学这些东西多多少少都知道一点，但也可以说是纸上谈兵。这八卦镜的用处多数是用来辟邪镇宅的，有一些人的门楼上会挂着一面八卦镜，也是这个用处，乡下人一般称作挡煞。

没发现什么异常情况，我便回到神台那边。九爷一见我回来就问那边有什么情况，我跟他说只有那面大八卦镜和一些灵符，并没见到所谓的女鬼。九爷似信非信，用手电筒往八卦镜那边照过去，谁知这样一照，刚才消失不见的那个女鬼又出现了，吓得他连手电筒都拿不稳掉在地上。

我看见这样，连忙拿自己的手电筒照过去，果然是之前看到的那个女人，真他妈的见鬼了！刚才过去查看的时候明明什么都没有的，现在竟然又出现了，难道真的撞鬼了不成？死就死，我一横心，决定趁那女鬼未消失，急忙跑过去看个究竟。九爷在背后叫我千万要小心，但那声音颤抖，又夹杂着恐惧，令气氛更加恐怖。

但当我跑到镜子前面的时候，女鬼又消失不见了，四周都没见到她的影子。我心想，难道鬼也怕我了？我小时候听二叔公说故事，曾经说到有一种人是天上的星宿降世，鬼见了他都要绕路走，《水浒传》里面的李逵就是这样的人。

莫非我也是星宿降世？正当我胡思乱想的时候，听到九爷在神台那边喊道："阿斗，小心，她就在你面前……"九爷的声音充满恐惧，我看了看前面，除了那面大镜子，镜子里面照着我的样子，什么也没有啊！

看着镜中的自己，我突然想到一些东西，连忙跑回神台，用手电筒往八卦镜照过去，如我所料，那女鬼出现了。我又跑回去八卦镜那边，这时候，女鬼消失了。如此反复试了几次，我终于发现了其中的秘密，忍不住捂住嘴笑了出声，在心里骂自己读那么多书，竟然差点被这鬼东西骗了，吓出一身冷汗。

我指着西南边的一面墙对九爷笑道："九爷，真正的女鬼在那里呢。"说完，我走近两步，用手电筒往那墙上照去，神奇的一幕出现了，只见刚才看见的女子如今出现在了墙上的壁画里。

九爷看傻了眼，但看多两眼后，紧张的心情也慢慢镇定下来，他一头雾水问道："阿斗，这到底是怎么回事？"

看来，这次要做一回老师，给九爷上一堂物理课了。这次所谓的见鬼现象只不过是倒影现象而已。墙上壁画里的那个女子，通过八卦镜倒影在镜中，在夜晚用手电筒的光一照，就显得很诡异了。但不是在哪个位置都能看到所谓的"女鬼"的，只有在神台和天井那边的位置，往八卦镜那边照光，才能看得见。由于壁画太过年久，上面有些地方已经脱落，有些颜色也已经不是原来的颜色，这就造成了恐怖的"女鬼"形象。

差点把九爷吓出病的恐怖"女鬼"终于被我这个"神探"弄清真相了。当然，以前流传的那个"金花女鬼"是不是现在这个，我也不知道。

玉佩会不会跟这个八卦镜有关系呢？我忽然想到这个问题。于是我问九爷，这八卦镜有多少年历史。九爷说，这个已经不可得知了，估计是在金花的鬼魂回来报复后出现的，因为曾经听老一辈的人讲过，八卦镜是用来镇住金花的鬼魂的，八卦镜周围的灵符也是这个用途，凡是见了金花鬼魂的人，都要在那里留一道符，用来辟邪挡煞。九爷还说，八卦镜和香炉一样，都有不能乱动的禁忌。

我都已经动过两个香炉了，不差再多动一个八卦镜。我走到八卦镜那里，双手抓住镜子的两边，小心翼翼地把八卦镜从墙上慢慢取下。九爷估计知道了我的性子，这次也不出声制止我了，只是站在一旁眼睁睁地干看着。只见八卦镜一拿开，一个泛着青铜锈的香炉赫然出现在我眼前。我喜出望外，心想这个八卦镜果然内有乾坤啊。

我伸出手，将香炉拿了起来。这个香炉带有盖子，揭开盖子，里面不仅一点香灰也没有，相反，还有一个黄油布包裹的东西。我看了眼旁边的九爷，九爷也看着我，眼里流露出焦急而又紧张的神情。我取出黄油布，一层一层打开，足足打开了五层，里面的东西才出现在我们眼前，分明是一块玉佩！

玉佩呈圆饼形，黄白色，边缘处有一条像龙的异兽，头好大，而尾巴好细。正中雕着一个太极八卦图，周围还有一些类似火焰般的纹状雕饰，就这样粗看一眼，就能感觉到是古代之物，而且整个玉佩都透着一股神秘气息。

九爷面露喜色，激动得手舞足蹈起来："是它了，是它了……我们找到了，找到了！"

我也难以抑制兴奋的心情，攥着玉佩的手开始微微发抖。事不宜迟，我急忙将玉佩收好，把香炉放回原位，重新挂上八卦镜，尽量做到不留痕迹。一切搞定后，我和九爷立即快手快脚离开祠堂。

就在我们想撤离的时候，西边厢房那边突然传来"噗"的一下响声，像是有什么重物落地一样，紧接着，一阵急促的脚步声响了起来。我和九爷都吃了一惊，莫非村里的人发现了我们来偷玉佩？

脚步声时轻时重，我听出是冲着我这边走过来的。我和九爷当即蹲下身子，躲在神台后面。不久，脚步声在神台附近响起了，另外还有一束手电筒的光在四处扫射。我心想，马骝把风把去哪里了，为什么有人进来了也不提前通知我们？在进祠堂之前，我就和马骝商量好，一有不对劲，就响一下我手机，如果信号不好，就让他学猫叫。现在有人摸进来了，这家伙两样都没干，这也太不专业了吧。

就在不知所措的时候，忽然听到神台外面的人在叫我的名字，我一听这声音，立即从神台下面跳出来，开口骂道："你个死马骝，装神弄鬼的在吓唬谁？"

马骝眯着眼睛笑嘻嘻道："没有吓唬谁啊。我是见两位进去那么久还没出来，以为发生什么事了，就进来看看呗。"

这时，九爷从神台里爬了出来，弄得一身灰，样子非常的狼狈。我和马骝对视一下，都忍俊不禁。这老家伙还说自己胆子大，真是搬起石头砸自己脚。

我对马骝道："喂，马骝，你进来谁把风？"

马骝道："屌，还把什么鬼风啊，人影都没一个。他老娘的，我站在外面都快被蚊子咬死了，你们却在里面磨磨蹭蹭的还不见出来。你看，这手臂、脖子全是蚊子包，痒死我了。"

我看了一下马骝的脖子，那蚊子包大得像个小笼包一样，有几个已经被抓破了，正往外冒着血丝。见状，我便打趣道："你那么出众，这也不是很明显嘛。乡下人贫血，蚊子也找不到吃的，这不，刚好碰见你这个孙大圣，还以为你是二师兄呢，还不使劲吃个够本啊。"

马骝摆摆手道："去去去，才没心思跟你说笑呢。话说，那玉佩的事怎样？找着没？"

我扬了扬手中的黄布包裹，得意道："我金北斗出马，哪有寻不着的道理？"于是将看见女鬼和八卦镜的事说了出来。

马骝一边夸赞我，一边迫不及待地打开黄色油布，拿出那块玉佩来。他用手电筒照着玉佩，连声赞叹："好好好，真是一块上等好玉啊！就不知道它是什么来头，叫什么名字……"马骝一边说，一边爱不释手地抚摩着玉佩。

此时已是凌晨三点多，我们在石龙村不知不觉间已经耗了好几个小时。九爷想回家里收拾一些细软，然后跟我们回城里。马骝跟他说不用收拾了，到了城里他会为九爷安排一切。有人包食宿，九爷当然高兴了，乐得合不拢嘴。

第四章　太极八卦　夔龙玉佩

回到省城的时候，天已经亮了，马骝开车把我先送回家，然后又把九爷送到自己的旧屋去住。马骝的家人已经搬去了市中心的新屋住，旧屋一直空着，买些生活用品，就可以入住了。旧屋虽然显得有些破落，但胜在宽敞，这对九爷来说，比起石龙村那间黄泥砖屋不知好多少了。

昨晚折腾了一整夜，我两只眼睛又酸又涩，回到家里冲了个热水澡，弄干头发后躺下就睡着了，一直睡到中午。醒来之后，我立即拿出那块玉佩，在放大镜下仔细研究起来。我虽然读的不是历史考古方面的专业，但生长在玉器之乡，父亲又是从事玉器生意的，家里有各种各样的玉石摆件。而我因为从小受到熏陶，所以对玉器多少还有点认识。

眼前这块玉佩质地相当好，手感温润，是有名的和田玉。和田玉，又名和阗玉，古名叫昆仑玉，原产西域莎车国、于阗国（今中国新疆和田），是有名的软玉石品种，在我国已有三千多年历史。和田玉是一种由微晶集合体构成的单矿物岩，含极少的杂质矿物，主要成分为透闪石。其著名产地是号称"万山之祖"的昆仑山，即今新疆维吾尔族自治区和田地区。中国有五大名玉，即新疆和田玉、陕西蓝田玉、河南南阳独山玉、甘肃酒泉玉、辽宁岫岩玉，其中以和田玉为五玉之首，也被誉为国玉，历史悠久，极具中国文化特色，是华夏文明的实物图腾——灵玉精神。因此有俗话说黄金有价玉无价，这里说的就是和田玉的价值。还有"宁为玉碎，不为瓦全"这个典故，传说其中的玉碎，说的也是和田玉。

闲话休提，再说我手中这块古玉，单从历史和雕工来看，绝对是一块上等的和田玉，据我判断，这块玉佩应该是属于战国时期的产物。卖价不用说，肯定很高。不过，相比玉佩里面我要探究的秘密，就有点小巫见大巫了。

但是要想破解藏宝信息，首先必须了解玉佩上雕刻的图案的含义。我除了对玉器的质地和行情有所认识外，雕刻图案的含义也略知一二，加上我这个人爱好看一些杂书，特别是一些风水秘术和古代人撰写的那些比较偏门的书籍，所以玉佩上的太极八卦图难不倒我。八卦，它是中国古代人论述万物变化的重要经典——《周易》中用的八种基本图形，所谓五行通天地，八卦定乾坤，太极生两仪，两仪生四象，四象生八卦。所对应的名称是：乾、坤、震、巽、坎、离、艮、兑。象征天、地、雷、风、水、火、山、泽八种自然现象，以推测自然和社会的变化。古人认为阴、阳两种势力的相互作用是产生万物的根源，乾、坤两卦则在"八卦"中占有特别重要的地位。太极和八卦组合一起，成了太极八卦图，它又为以后的道教所利用，道家认为，太极八卦神通广大，能镇慑邪恶。

我想起二叔公说的故事，先祖金同焕藏宝时曾请灵虚道人协助，这个灵虚道人正是道教中人，说不定这个玉佩跟他有关系。而对于玉佩边缘雕刻的兽形团，我就从来没见过，也猜不出是什么东西，只是感觉它像牛非牛，似龙非龙，可能是古时候的某种神兽。总的来说，这块玉佩单从表面上看，只会让人觉得是用来辟邪护身的，不像藏有什么宝藏信息，更不像隐藏着夜郎国的秘密。

我拿着玉佩翻来覆去研究了好久，也没研究出什么来。这个时候，马骝开车来到我家，叫我一起去他旧屋商量寻宝之事。上了车之后，我才发现车上除了我和马骝之外，还有一个男子。此人四十出头，长得身材魁梧，一脸络腮胡子，十足一个彪形大汉，看表情觉得很憨厚朴实。马骝介绍说，他就是那个提供那几页金氏族谱的张六，外号张大牛，然后又将我介绍给张大牛认识。我心想：这个张大牛果真粗壮如牛，真是有中错状元，没起错花名。

在车上，我问张大牛是怎么得到金氏族谱的。张大牛说，那几页族谱就收藏在一本古书里面，而古书是祖上传下来的，至于祖上为什么会有金氏的家谱，这点他也想不明白。我跟张大牛说了金大头偷撕族谱的事，但张大牛对此似乎毫不知情。我心想，要想查清几代人的事，谈何容易，现在寻宝最重要，这些事情留待日后再算吧。

不一会儿，车子就到了马骝的旧屋。九爷已经在里面等候多时了，一见我来，立即上前询问："那玉佩带来了吗？"我心想这老家伙真是心急，便拿出玉佩对他说："九爷，您老人家估计一直想着这东西没怎么睡好觉吧？"

九爷笑嘻嘻道："哪里的话，只是我这种乡下人腰板子硬，睡不惯这软绵绵的床而已。"

等马骝将张大牛和九爷互相介绍认识后，我们便坐下来开始研究放在桌子上的那块玉佩。九爷率先拿起玉佩，一边看一边啧啧赞叹玉佩的颜色如何如何漂亮，刀工如何如何细腻，图案如何如何精美，除此之外，毫无一点建设性意见。

我拿出香烟，每人分了一支，分到九爷的时候，我对他说道："九爷，听您的话，似乎对这块玉佩很了解哦？"

九爷听出我话中有话，接过烟之后有点尴尬地摆摆手道："不不不，我只是觉得这是祖先的东西，就像传家宝一样，感觉很亲切嘛。"说完，他将玉佩放回桌子上。

这时候，一直沉默寡言的张大牛拿起玉佩仔细看了看，然后说道："这玉佩中间雕刻着太极八卦图，上方靠近边缘的地方雕刻着一条像蛇的龙，好像就是传说中的夔龙，因为夔龙头大，凸额圆眼，吻部前冲，体细卷尾，加上周围还有一些类似火焰般的涡纹和乳丁纹雕饰，我猜这应该就是传说中的太极八卦夔龙玉佩。相传这种玉佩不是每个人都能佩戴的，佩戴者必须懂八卦玄学，这才会产生护身之功效，相反，如果不懂八卦玄学而胡乱佩戴，那必遭祸端。因此，这种玉佩在以前只为一些法师术士所拥有。"

听张大牛说得头头是道，我禁不住对此人另眼相看，忙问道："夔龙为何物？"

张大牛往烟灰缸里抖了一下烟灰说："我看过家里的一些古书，里面有写到这种夔龙，关于夔龙有好几种解释，一种是神话传说中的单足神怪动物，又称且角龙，苍身而无角，有的人说这夔龙像牛，也有的说像蛇，这神怪出入水则必有风雨，咆哮的声音如同打雷一样恐怖；第二种是指乐官，也就是掌管音乐的官吏，相传夔龙是舜帝的两位大臣的名字，夔为乐宫，龙为谏宫；第三种是指木石之怪、山川之精，跟魑魅魍魉一样；最后一种解释是指国名、地方名。"

九爷瞪大双眼，一脸惊喜地问道："地方名？会不会就是藏宝地点？"

张大牛道："这个也有可能。不过，听说金氏宝藏是留有三块玉佩的，而我们手中只有这么一块，就算破解出来，恐怕掌握的也只是部分信息。而寻宝靠部分信息是很难成功的，甚至有可能误入歧途。"

马骝说："我已经托一些从事古玩生意的朋友去打听另外两块玉佩了，不过也只是搏一搏，这么久的东西，也不知道还在不在了。"

我说："就算只有这块玉佩，只要我们破解了其中的秘密，也可以来个推理，估计准确度也不会有太大的偏差吧？"

张大牛对我笑笑道："阿斗老弟这话说得没错。这古人留下的暗语，虽然有时候解错一步，就差之毫厘，谬以千里，但也可以靠推测推出来的，就像考古一样，毕竟古人也会遵规循律。不过，想要了解前人的想法，就不是那么容易了。"

我吐了个烟圈说："考古也是根据历史文献记载去推测的，我们现在有了族谱记载，有了玉佩这个实物证明，我相信我们可以做到的。"

九爷附和道："那是，如果夔是地方名，那我们可以在地图上找找啊。"

张大牛笑了笑，说道："这夔是古时的地方，现在发行的地图哪会有记载。不过，我想问问，你们金氏家族的祖先，也就是族谱里面记载的那位金同焕金老先生是住在哪个地方？"

对于祖先的事，我知之甚少，马骝是外人，更加不知道了。于是，我和马骝不约而同地看向九爷，他是这里年纪最大的，也是石龙村金氏后人，应该知道金氏祖先的来历。

九爷见大家看着他，知道拿彩的机会来了，摆出一副老大人的架子，咳嗽两声清了清嗓子道："这个嘛，金氏祖先是在清朝年间，从贵州下来这个石龙村的，金同焕老祖宗当时就住的金家大宅，那可不得了，在当时可无人能比，仅仅青砖围墙就有数十道……"

我看见九爷要是这样继续说下去，说个三天三夜也说不完，连忙打断他的话："九爷，那你有听一些老人说过一个叫夔的地方吗？"

九爷摇摇头道："这个倒没听说过，也许这个夔也是古时候的叫法吧，现在可能有另外的叫法了呢？"

我点点头道："嗯，这个很有可能，到时查一下县志那些资料应该会找得到。老太公要藏宝，应该不会藏很远，族谱记载的是三大马车，两个家丁，如果地方太偏远，或者地形太险要的地方，他们也不可能完成藏宝。"

张大牛说："阿斗老弟的话没错，但我们还是要考虑到金同焕背后的能人——灵虚道人。这个道士懂法术，会奇门遁甲、八卦玄学之类的东西，区区三大马车宝藏对他来说，想收藏秘密一点也不难。而且，别忘了我们还有两块玉佩没有找到。"

我捻灭烟蒂说："至于其他两块玉佩我们先不管，目前的首要任务就是把这块太极八卦夔龙玉佩里的信息破解出来，我们不能破解，可以找一些道士、和尚、法师看看啊，大牛兄刚才不是说这玉佩是属于这类人佩戴的吗？"

张大牛听我这样说，点点头，忽然想到什么，便对我们提议道："这样，我认识一个老道士，我们可以拿这玉佩给他看看，说不定会有所收获。"

大家都同意张大牛的提议，于是立即动身前往老道士修炼的地方。

据张大牛介绍，道士法号一念，修炼的地方就在仙人观。由于一念道长非常喜欢收藏古书，在一次巧合之下与张大牛认识了，张大牛送了好几本家传的古书给老道士，而仙人观上的果子熟了，老道士也会叫人送一些给张大牛，这一来二去的，两人就变成了好友。

仙人观就在离城几十公里外的仙人山上，是一座千年道观，也是有名的旅游圣地。传说仙人山在解放前不叫仙人山，而是叫红霞山，因为在山顶经常会出现绚丽多彩的红霞，所以称作红霞山。而就在解放初期，红霞山被划入国家级旅游开发项目，在动工的时候，有人挖出一个古墓，墓中没有棺材，只有一个大缸，等揭开缸盖一看，大家都吃了一惊，里面端端正正坐着一具未腐烂的干尸，尸身上的肉还有弹性，头发也是乌黑乌黑的，令人惊奇万分。据记载，这具干尸是几百年前仙人观的一位叫作无尘的老道士。传说无尘道长日夜修炼仙法，最终修炼成仙，以至于死后金身不腐。这传说令大家都相信这红霞山上有神仙，于是将红霞山按照仙人观的叫法一样，改叫作仙人山。

我们一行四人来到仙人观，找到一念道长。只见一念道长穿着一身道袍，手执拂尘，斑白的头上扎了个发髻，说不上仙风道骨，但有点就像电视里面的道士一样，一看就是练家子。

寒暄几句，我便拿出身上的玉佩递给一念道长，请他帮忙鉴别。老道长拿着玉佩仔细观察了一番，然后眉头紧锁地问我："敢问金施主，这块玉佩是如何得来？"

在来仙人观之前，我已经跟张大牛打过招呼，不到必要之时，先不透露这块玉佩的来历。于是我答道："这玉佩是我的传家宝。"

老道长点点头，继续问道："金施主的先人是否有道家之人？"

我摇摇头："据我所知，好像没有。"

老道长捋了捋斑白的胡须说道："这太极八卦夔龙玉佩并非普通人的器物，这跟道家有很大的渊源，方才听金施主说祖先之中没有道家之人，那么这块玉佩就有点来历不明了。来历不明之物，老道也难以明说。"

听到一念道长这么说，我知道他已经怀疑我说谎了。要不要告诉他真相呢？我看了眼马骝，又看看张大牛，他们的表情都是一样，似乎在等我做主。就在这个时候，一旁的九爷终于耐不住了，没等我开口说话，便一五一十地将族谱藏宝一事全倒了出来。

事到如今，我也不想隐瞒，于是也没有阻止九爷说下去。一念道长听完后，并没有什么吃惊表情出现，只是微微点头道："果然如此。"

我连忙解释说："道长，这不是有心隐瞒您，只是这事说出来，您老人家也许不信，所以也就没道明而已。现在玉佩的来龙去脉都说清楚了，老道长是否为我等小辈指点一二？"

老道长点头道："方才听这位九爷说，藏宝一事与一位灵虚道人有关。看这玉佩，质地古老，年代久远，应该不会是灵虚道人所造，但也不排除跟他有什么关联。玉佩有三块，应为同一块玉料，且为同一人所琢，不过一般会有同工异曲之处。你们看这玉佩上面的纹路，如果单独挑出来，就好像地图的路线了。老道想，灵虚道人应该是将藏宝图的信息分别藏在了三块玉佩上，意图很明显，只要金氏三兄弟齐心协力，三位一体，宝藏就自然水落石出。"

张大牛问道："道长，那只凭这块玉佩，能否找到宝藏？"

老道长摇摇头，又点点头，没有做声。一旁的九爷看见他这样，忍不住问道："老道长，你这又摇头又点头的，到底是啥意思？"

我也不明其意，心想这些修道之人真是麻烦，有什么话不能直接说出来吗？非要在这里装高深。马骝也看不下去了，着急道："老道长，你就明说吧，我们都相信您老人家的话。如果不能找到宝藏，我们也只好放弃，不徒劳了。"

一念道长一边捋着胡须一边悠悠道："只要悟解了其中含义，那就不需要地图了。不过，这并非一朝一夕之事，恕老道无能为力。况且依老道所见，这玉佩一定有古怪之处，灵虚道人并非等闲之辈，为了玉佩即使落入他人手里也无法得到宝藏，他一定用了秘术。天机不可外泄，恕老道无能为力了。总之奉劝各位一句，凡事量力而为，钱财乃身外之物，生不带来，死不带去，切莫起贪念啊！"

最后那句话我们都当他是在放屁，这种道理从小听到大，谁不知道？当然，贪念是不好的，但俗话说：马无夜草不肥，人无横财不富。让宝藏不见天日，岂不也是浪费？再说，如果得到了宝藏，用来扶危救困，比如让像九爷这种穷得叮当响的乡下人过上好日子，这不是很好吗？

不过，老道长其中的一句话还是让我们不得不谨慎起来。如果真的如他所说，玉佩被灵虚道人施了秘术，那么会是什么秘术呢？会不会像一些书里面说的诅咒一样？这不禁让我联想到那些被莫名其妙烧死的寻宝人。他们是不是被玉佩的秘术所害？但他们都是金氏子孙，并非外人，按道理灵虚道人不会这样做。

在一念道长这里没有收获到什么，反而让大家都有点忌讳这玉佩。时候也不早了，我们离开仙人观，回到马骝的旧屋里。接下来这两日，我在网上搜索，还去了图书馆找来一些与我老家以及云贵川一带相关的地方志，查到清代的大定府就是现在的贵州毕节市。但也没有找到"夒"这个字和藏宝有关的任何信息。我开始怀疑是不是九爷弄错了。这个老家伙文墨不多，但总是倚老卖老。后来查到有金家大宅的资料记载时，我这才相信九爷的话没错。但对于金家大宅的记载并不多，只是轻描淡写地说是当时的首富人家，不久便家道中落，后来成了别姓的住宅，估计如今也已夷为平地，变成高楼大厦了。

一连几日下来，我们也没有解开玉佩里的藏宝信息，于是大家只好先暂时分开，各忙各的，等有线索后，再互相通知去寻宝。

九爷离开乡下几天，为了村里人不说闲话，我教他回去后编个理由，就说托人在城里找了份杂活，不日便会离开乡村，去城里打工赚钱。此处按下不表。

　　再说分手当日，马骝对我说，工字不出头，建议我跟他一起去做生意。我早就有辞职的心了，马骝这样一提，我就干脆来了个顺水推舟。我心想，说不定跟这个死猴子混个几年，我就能买车买楼了，到时开着自己的车回乡下，那是多么的威风。

　　马骝做的是古玩生意。这种生意真的是三年不开市，开市吃三年。马骝告诉我，别看这生意表面看不像个正经事，但其实吃水很深，很多东西转个手就能赚一大笔。不过，现在做这种生意不同以前，风险很高，先不说打眼（看走了眼赔钱又丢人）的事时时会发生，而且有些东西来路不明，一不小心就会羊肉没吃到反惹一身膻。

　　说句实在话，我虽然算不上富二代，但好歹也是一人吃饱，全家不饿。做这生意只是表面功夫，实质是在寻找那丢失的两块玉佩。所以，在跟马骝走古玩市场的时候，我特别留意那些有古玉器的铺头和地摊，希望能找到一些关于太极八卦夔龙玉佩的线索。而对于金氏可能是夜郎国后裔一事，我隐瞒了起来，没跟大家说，这是一个属于我们金氏家族的秘密，不足为外人道，也不必对外人道。

　　话说这一天，马骝去了外地跑道儿（为买卖双方中间撮合，赚取佣金），我因为有点感冒没有跟去。中午吃了点粥后，我便一个人走到古玩市场溜达闲逛，在走到一档卖古书的地摊时，我停了下来，心想买两本古书看看打发一下时间也好。于是我蹲下来翻寻了一下那堆古书，无意中一眼瞥见边上放着一本又旧又破的小书，我顺手拿起来，心想这书都残破成这样了，谁会买来看啊，便随便翻了几页，这一翻不紧要，只见其中一页的开头写着"藏龙□□□□"（后面几个字模糊不清，一时难以辨别）。藏龙？我看过一些乱七八糟的古书，知道古人早有所谓寻龙点穴之说。而对于这个"龙"的解释各异。按我的理解，其实就是宝。古人发现地上与地下水在不同的地域有不同的成分，含有特定成分的水长期滋养当地的土壤。土壤的矿物成分达到一个特殊比例，会形成异常适合动植物生活的环境。这个特殊土壤，叫作龙砂，甚至还能入药治病。古人因此认为龙砂可以为人带来财富以及好运，用来埋藏尸体以及器物，能够使得自己尸身不坏、财富永存，并能够泽及后人。后来发展出的阴阳玄学中，"龙"成为具有这种土壤的山脉的统称，于是又有了龙脉之说。所谓藏龙卧虎之地，这土壤里藏的，不仅仅是尸体，还有巨大的财富。而能够找到这样的土壤藏龙的，一般都是极有身份的人，而且经过高人的指点。要藏龙也很不简单，这样一个庞大工程需要一个周密的计划和丰富的地质学、阴阳学、建筑机关学等知识才能办到。

莫非这是一本讲如何藏宝的书？这可正对了我的路了！不过没那么巧吧？不会是骗人的吧？

我对着阳光仔细瞧了瞧发黄纸页中的纹理，又观察了一下残破处的边缘，应该是清代常用的毛边纸，不是现代纸张。估计这种字体曲折难辨，内容晦涩难懂，纸张既非名贵，又非名家书写，更非珍版典籍的破书，没什么人感兴趣。所以一直被老板扔在一边，聊备一格罢了。

我又翻了几页，几乎都是文言术语，晦涩难懂，读不了两句就会被不认识的字卡住，有些字句虽勉强认识却浑不能解其义。但结合我平时大量看古书、杂书得来的经验，这本书字里行间包含着很深的道理。

不管那么多了，反正是跟藏宝寻宝有关的，先买回去再作研究。

为了不被书摊老板吃价，我故意装出一副漫不经心的样子询问这本书的价钱。书摊老板正在忙着，随便看了看那书便扬起一个手掌，开价五十块。我倒不是嫌贵，而是怕老板看出我对这本书志在必得，便装着挑三拣四地讨价还价。经过一通砍价后，最后以三十八块买了下来。

买了书后，我再也无心闲逛了，怀着激动的心情回到住处。这住处是马骝用来存放古玩的地方，因为做生意要东奔西跑，这地方也只是随便租来暂住的。喝了杯水后，我便开始仔细研究这本残旧的小书。

第五章　藏龙诀

这本书半厘米厚，四四方方，并非印刷体，也非手书，而是拓本，不知是拓自哪块石壁或者石碑。字体很难认，有点像玉筋篆，我不敢肯定。书的封面封底都没有了，究竟为何人所著，已不得而知，书名自然也无法知道了，我姑且称它为《藏龙诀》吧。

《藏龙诀》大致分为三部分：第一部分讲述的是历朝历代的藏宝事件，上至帝王将相，下至豪门大户都有写到，很多是历史典籍中没有记载的；第二部分讲述的是藏宝的秘诀，内容涉及甚广，说白点就是教人如何藏宝而不被他人找到；第三部分刚好和第二部分相反，是讲述破解藏宝秘诀的方法，也就是教人如何寻得宝藏。前者教人藏宝，后者教人寻宝，这两部分真有点矛与盾的意思。

整本书内容残破缺失之处不少，有些地方的字迹还非常模糊，难以辨认，尤以书的第三部分为甚。刚读的时候我真是如读天书。幸亏上学时我文言学得还不错，又爱看古书，还买了几本《字汇》《康熙字典》《辞源》《辞海》之类工具书帮忙，再加上连蒙带猜，总算大致看懂了这本书。但其中不少口诀、术语、法门，我还是没能明白，或者仅仅一知半解。看来中华藏宝文化博大渊深，包含了易理、建筑学、机关学、地理学、物理学、化学、数学、文学、美学、兵学等在内的各种学问。我还需要更多的时间去研究。

我想找一下关于太极八卦藏宝等字眼儿，说不定灵虚道人就是运用了八卦玄学来帮先祖金同焕藏宝，果然在第二部分那里找到一处写着"先天八卦藏宝大法"，但内容似乎跟玉佩上的藏宝信息没什么关系。不过，在第三部分破解藏宝里，有一篇写到利用"形"字诀去破解藏宝信息。所谓"形"字诀，顾名思义就是外形、形状的意思。比如画一个圆圈表示太阳，画三撇就表示流水等。书中讲述，古人藏宝很少使用藏宝图，概因藏宝图容易被人窃取，而一旦窃取后，只要按图索骥就能准确找到藏宝地。当然也有人会准备真假藏宝图，但那毕竟流于下乘。而高明之人会将藏宝地形用"形"字诀记录下来。这又有多种不同的记录方式，一般以图案、符号、实物等方式为主，而文字方面相对较少。图案方式就比较易懂，比如图里出现龙、虎等动物，表示藏宝周围的山势地形走向如龙似虎；而符号方式看起来更加简单，但就因为简单而含义深奥、变化太多，往往比其他几种更加难以破解。如在岩壁刻画的一个交叉符号，既可以表示藏宝的地形，也可以表示其他意思；而实物方式则是最广泛的一种方式，古人往往会将大量藏宝信息记载于一件易于保存的器物上，鉴于玉器的质地和价值，往往是首选之物。藏宝者可以将藏宝数量、地点以及各种想表达的信息雕刻在玉器上，作为随身携带或留传后人的宝物。

看到这里，我不禁想起那块太极八卦夔龙玉佩。如果按照书中所述，玉佩的图案是用了"形"字诀去雕刻的话，上面那条夔龙有没有可能就是山的形状？我觉得这种情况大有可能。在查阅地方志的时候，我记得金家大宅所在的大定府城南百里外有一座山叫作卧龙山，位于乌蒙山脉腹地。这卧龙山弯弯曲曲，龙头向东低卧，龙尾向西卷起，远看真的像一条龙在睡觉的样子。而从另一个角度来观看，又有点像牛，所以卧龙山也有卧牛山的叫法。卧龙山下还有一个叫龙车村的古老村庄，传说在古时候，这村里有个人发明了一种龙车，形状如龙，可载运数千斤重物，因此得名龙车村。据地方志记载，这卧龙山山势险峻，树茂草深，鬼神之说更是多如牛毛，至今都传说有吃人精怪在山里作祟，几乎没人敢进深山里面去。而且，这卧龙山距离金家大宅并不算很远，老祖宗金同焕完全有可能会选中此山作为藏宝的最佳地方。

我当时只是顾着查"夔"这个复杂字，而忘记了"龙"这个历代深入民心的动物。卧龙山的龙形虽然与夔龙不相似，但毕竟都是龙类，只是大同小异罢了。但是，接下来又有问题了，卧龙山如此之大，宝藏会藏在哪个位置？据我猜测，如果真的如书中"形"字诀所说，那么玉佩上面的太极八卦图应该就是藏宝的地方。

整个下午我都在屋里研究这本《藏龙诀》，希望从中再获得更多有关的信息。傍晚时分，马骝回来了。他一进屋，我便迫不及待地对他说了我的想法，但对于《藏龙诀》一事只字未提。我需要更多的时间来弄懂这本书，也需要更多的时间来验证这本书。

马骝听了我的想法后，喜出望外，对我说："斗爷啊，想不到你憋了几日，终于憋出宝来了。这次无论怎样，都要去试一试啰。"

得到马骝的支持，我更加有自信了。当下立即通知了张大牛过来商议，他也表示赞成。这下就不成问题了，只剩下九爷一个未表决而已。不过现在三比一，就算他反对也没用了，除非他退出不去寻宝，但这个估计没什么可能。

果然，等马骝去石龙村把九爷带来之后，听见我说终于可以出去寻宝了，他一脸激动地对我竖起大拇指，不停地赞我聪明，说金氏终于出了个能人，找到宝藏指日可待了云云。对于九爷这番阿谀奉承的话，我真是忍俊不禁。

寻宝不是观光旅游，而是一场充满未知数的探险之旅，所以事前一定要准备妥当。我上网搜索了一些关于外出探险所注意的事项和所需要的装备，然后列了张装备清单，吩咐马骝和张大牛去置办。

一切准备就绪后，我们开始踏上了寻宝之旅。

一路无话，很快就到了贵州毕节市。这里冬无严寒，夏无酷暑，四季分明，气候宜人。乌蒙山脉连绵起伏。市区以南大约五十公里外，卧龙山就藏于乌蒙山群之中，由于那里属于阴寒地带，山高林密，地理环境不适合旅游开发，所以这一带都变成了野山，几乎没人踏迹。

根据地图指示，我们一行人先来到了龙车村。龙车村依旧保留着明代的建筑风格。这一时期的建筑样式，上承宋代营造法式的传统，下启清代官修的工程作法，风格比较严谨。而在龙车村背后，就是传说有个吃人洞的卧龙山。

这时，马骝抬头看了看天色说道："就快天黑了，斗爷啊，我们最好找处人家落脚，借宿一晚，明天再进山吧，反正猴爷我也饿得慌了。"

我点头说好，九爷和张大牛也同意。但我们走了好多处人家，发现都是屋门紧闭，门前青苔杂草成堆，并不见有人。

马骝往地上吐了口唾沫说道："连个鬼影都没有，难道村里的人都迁走了？"

我说："应该还有人的，我们刚才经过村口的时候，我发现有一堆牛屎还是好新鲜的呢。"

马骝一边走一边笑着说："你连一堆牛屎新不新鲜都看得出来，真是佩服，你不去做警探真是浪费人才了。"

我没理他，继续向前寻找有人的住处。转了个弯，我们见到一个老伯坐在门口弄一些草药，于是上前打招呼，并介绍说我们是旅游局的人，正打算去卧龙山一带考察环境。

老伯开始半信半疑，但最后见我们都没什么恶意，于是请了我们几个进屋里坐。寒暄过后，老伯说他姓安，由于青壮年读书的读书、打工的打工、当兵的当兵、做生意的做生意，都去了城里，村里几乎只剩下了老人和孩子。

安老伯的几个儿女都在城里安了家，老伴也去城里帮忙带孙子，这老屋就剩下安老伯一个人住。对于我们提出借宿一晚，安老伯满口答应，说他这老屋大得很，住几个人不成问题，就是农村蚊虫多，怕我们难熬。

吃过晚饭后，我们几个和安老伯坐在门口闲聊。聊到卧龙山的时候，安老伯就劝我们切莫进入深山里面去，那里非常危险。

听他这样一说，我顺着话题问道："安伯，莫非卧龙山有什么野兽出没？"

安老伯摇摇头说："野兽当然是有，但那东西不是野兽，是吃人精。山上洞多，有些牛不小心掉进洞穴里，就再也出不来了。听老辈人说，这些年还好，以前吃人精是要吃人的，所以这些洞穴就叫吃人洞……"

说起吃人洞，安老伯就好像拧开了水龙头般，滔滔不绝地跟我们说起精怪害人的事：卧龙山自古以来就有吃人洞这个传说，洞里住着一个吃人精，专门吃人和牲口。但关于吃人精是什么样的，就有好几个版本。有的人说像蛇一样，吐着芯子，行动飞快；有的说像蜘蛛一样，会织网吐丝；也有的说像蜈蚣，有无数条足。至于哪个版本才是真的，谁也没有去确认过。

清末时候，有个村民的屋舍被一场大雨冲垮，于是想进山砍些杉木回来修葺一下。卧龙山虽为野山，但松木杉木并不多，附近有的都被砍光了，只有到深山里才能找得到。而农村房屋建造一般都要用到杉木，所谓"水浸千年松，搁起万年杉"，这是广泛流传在木工师傅中的一句建筑谚语，它的意思是说浸在水中的松木和在干燥环境中的杉木，它们的使用寿命都很长。

这个村民原本只是想砍些杉木，但没想到就此一去不返。后来有几个大胆的村民进深山里面寻找了一个星期，只在一个洞穴外面找到了一把木锯，并没有找到这个村民。不过，有人发现洞穴口处有拖动物体的痕迹，于是有人猜测这个村民会不会被什么东西拖进了洞穴里，当即有两个年轻力壮的村民自告奋勇，带着猎枪和猎刀摸进洞穴。但谁也没想到，这两个人进去之后，再也没有出来。自此之后，没有人再敢进入深山里，也没有人敢靠近那个洞穴，吃人精传说就这样一代代传了下来，那个洞穴也被叫作吃人洞。

等安老伯讲完，我们几个当中，只有九爷被吓得抱紧了身子，对于这些民间传说，九爷一向都是信到十足。我和马骝都是胆大之人，除非亲眼见到，否则单凭听闻是很难令我们相信的。至于那个张大牛，体壮如牛，胆子看起来也不小。

我有意无意地对安老伯试探道："安伯啊，听闻卧龙山有宝藏，是不是真的？"

听我这样一问，安老伯微微瞪大了眼睛看着我问道："你这从何听来的？"

我撒了个谎，道："哦，我是从一些地方志里看到的，听说是以前一户姓金的有钱人家藏的宝，是吗？"

安老伯点点头道："我倒是听说过藏宝之事，也有人来卧龙山寻过宝，不过至今都没人找到。"

大家听安老伯这样一说，都面露喜色。我心想，看来那本《藏龙诀》说的没错，到时一定要好好研究研究这本书。

这个时候，安老伯突然看了大家一眼，脸上露出疑惑的神色，说："你们几个不会是来寻宝的吧？"

我赶紧笑笑道："哎，安伯，我们是旅游局的人，来这里是考察一下环境，看合不合适开发搞旅游，寻宝之事只不过是吹牛闲聊而已。"

安老伯可能见我斯斯文文，也不像那些寻宝之人，脸上怀疑的表情慢慢消失。

一旁的马骝也识时务地给安老伯递过支烟，说："安伯，如果真是有宝藏，还轮到我们这些外来人来寻宝吗，你们龙车村近水楼台先得月，就算有都给你们挖走啦。"

安老伯借着马骝的打火机点燃支烟，说："话不是这样说，龙车村里的人都知道卧龙山的厉害，就算听说有藏宝，也没人敢贸贸然进山里面寻找。我听老一辈说，解放前，有几个姓金的人来到这里寻宝，说是他们金姓祖先留下来的宝藏，但几个人进入深山没多久，就接二连三发生意外，我们这里上山砍柴和放牛的村民发现了他们的尸体，都是黑乎乎的，好像被大火烧过一样。后来又有金姓人来打听他们的行踪，知道他们都遇害后，就偷偷将尸体运回了他们的乡下重新安葬。"

听到这里，我和马骝、九爷三个互相看了一眼，除了张大牛之外，我们三个都听过这件诡异之事。我心想，二叔公说的果然不假，那些寻宝人真的被离奇烧死了。但转念一想，这些人是怎么找到卧龙山的？绝对不会是误打误撞的，我估计他们当中应该有人懂天文地理、风水阵法，然后根据太极八卦夔龙玉佩解出藏宝信息，最终寻找到这里。但他们在卧龙山遇到了什么，竟然被烧焦而死呢？

一宿无话，第二天天还未亮，我们就告别安老伯，开始向卧龙山出发。老人家还是担心我们的安危，千叮万嘱叫我们小心，还要多留意脚下有没有洞穴，最后还给了我们一只大公鸡，说如果真的遇到吃人精，就把公鸡扔出去抵挡一下，这吃人精听见鸡鸣会退缩，趁着这个时候好赶紧逃走。

老人家的一番好意，搞得我有点不好意思，当即从身上拿出两百块，当作住宿和买公鸡的费用。但安老伯怎么都不肯收下，我哪里过意得去，只好骗他说这是我们旅游局的规定，如果违规的话会受罚的，安老伯这才收下。

离开龙车村，我们几个人深一步浅一步地向着深山里面走去。从山脚有一条路一直通往深山，但由于很少有人走，杂草都已经高出人头了，我们只好拿出镰刀来，一边除草一边开路。

没走多远，九爷忽然停下来问我："阿斗啊，山里面有藏宝，这个已经可以确认，但具体位置在哪里，这个你破解出来了吗？"

我道："玉佩上有两种图案，一个是夔龙图案，然后我们找到了卧龙山，证实了宝藏的确藏在这里。第二个是那个太极八卦图，我想具体藏宝地点应该跟这个图有关。我们要找个高点的地方看一下周围的地貌，一定能找到那个藏宝点。"

我在这队伍里面虽然是年纪最小的一个，但在这种情况下，我说的话是最有分量的。而关于寻宝之事，我比他们任何一个人都了解得多，何况我还有一本《藏龙诀》在身。

很快，路就完全湮没了。这说明我们已经进入了卧龙山的腹地。我辨别了一下方向后，带着一行人向着不远处的一个山丘走去。小时候的经验告诉我，在没有路径可循的情况下，先找到一个地势较高的地方，观察清楚环境是稳妥之策。否则胡乱找路可能会越走越错，最后体力耗尽，困死于深山之中。可能是寻宝心切，大家都走得很快，一会儿就到了那个山丘上。这山丘虽然不是卧龙山的最高点，但也有一览全景的感觉。远远望去，周围群山连绵，树木茂盛，依稀还可以看见龙车村的影子，不过已经缩到很小，这说明我们至少已经走了十多里山路了。

我手搭凉棚，拿着玉佩开始寻找藏宝地点。根据《藏龙诀》里面提到的"形"字诀，这山中应该有一处地方会像八卦一样，但周围的地貌都看完了，却没有发现有什么地方像八卦的，这下真的把我搞蒙了。

这个时候，马骝叼着烟说道："斗爷，你这样看两下就能找到藏宝点啊？莫非你最近学了风水学？"

我瞪了他一眼说："风水我就不懂，但找到这个藏宝点，我相信我能做到。"我说是这样说，但心里却没有底。

我心想，难道这八卦不是按照"形"字诀弄的？这个不是没有可能，毕竟灵虚道人是个高人，想法一定别出心裁。

九爷可能看见我那么久没说话，焦急起来，走到我身旁，递给我一支烟说："阿斗啊，是不是还没想出来？要不要先抽支烟缓缓？或者喝点水歇一歇？"

我连忙摆摆手，说："九爷，为什么老祖宗会把宝贝藏在有吃人精出没的卧龙山里？"

九爷将给我的那支烟放进自己的嘴里，然后说："这个你真的问到我了，你九爷我就知道耕田种地，这种挤破脑袋的事哪里想得明白。不过，按理说嘛，藏在这么危险的地方，就算老祖宗的三个儿子齐心协力来找宝藏，也说不定会出意外啊，这样一来，金同焕就等于害了他们了。"

我点点头，同意九爷说的话。老祖宗肯定有想到这一点的，卧龙山山势险峻，又有吃人精作为掩护，一般人就算知道了这里有宝贝，也不敢贸然前来寻宝。所以，为了儿子的安全，藏宝的地点应该不会有什么危险性。不过，时过境迁，几百年下来，虽然山还是那个山，但山里面谁又知道起了什么变化没有，藏宝的地方没有吃人精，但有吃人族也不一定。

我看了一下表。我们是在清晨四点多钟出发的，现在已经六点钟了，太阳从东边慢慢升起，原先黑黝黝的山色也逐渐变得明朗起来。我拿着玉佩对着那一轮红日，玉佩上的火焰涡纹就像真的燃烧起来一样，栩栩如生。突然间，我脑海里快速地闪过一个念头，这个念头转眼即逝，但我还是抓住了某一点，于是立即再仔细观察那些火焰涡纹。观察了一阵，我欢呼起来，对大家说："我知道藏宝地点在哪里了！"

第六章　卧龙山上吃人洞

　　原来玉佩上的火焰涡纹也是利用了"形"字诀，形替了周围的一座座山峰。因为任凭山里面发生什么样的变化，山峰是不会变样的。除非整座山倒塌，那不是没有可能，大地震就可以做到，但这种概率微乎其微。人类使用大量炸药也可以做到，但这一带近代没有发生过大规模战争，也没有进行过任何人工开发，所以也不可能。根据玉佩上的火焰涡纹，可以一一对照周围的山峰。涡纹在某一处出现了一点小小的变化，那里是卧龙山的东北方向，似乎有一个凹进去的山坳，而山坳处是最便于埋藏东西的地方之一。在八卦阵中那里也属于"生门"，所以我有一定的把握确定那里就是藏宝地。

　　大家听我分析完后，讨论了一下，都一致同意。不同意也没办法，我们总不能在这个方圆几十里的大山中瞎转悠吧。

　　当然，有一个更令我确信无疑的证据，我没有说出来，那就是据《藏龙诀》"形"字诀中的一道口诀："生门值艮，位在东北，育生万物。育水水活，育人人茂，育物物发。"金同焕老太公在家败之前将宝物藏起，是为了将来儿孙能靠着这些宝藏东山再起，重新生发，这就是个"育"字。

　　接下来大家讨论怎么过去。我仔细观察了山势走向、方位坐标、距离远近以及阳光的移动路径、天气可能会发生的变化，又估算了一下消耗的时间，最后提出了明确的意见——直插过去。如果返回龙车村，再从另一边过去，可能不用深入山里就可以到达山坳，但另一边山势情况看不到，有没有路很难说。而且我们已经深入卧龙山，再折返回去将绕很大的一个圈，这样今天肯定到达不了藏宝地点。而明天，原本晴朗的天气很可能发生变化，将会给我们的寻宝带来更大的变数。

大家同意我的意见。九爷拍了拍我的肩膀，说："你小子，从小就是个山大王，七星山爬遍了也没看你迷路过。二叔公给你起名金北斗，还真是起对了！"

据火焰涡纹的指示，我们目前所处的位置是八卦阵形卧龙山的开门。《藏龙诀》口诀云："开门值乾，位在西北，主行通泰。通而能达，变而不扰，然谓之泰。"而到达山坳另一边的方位属伤门，口诀云："伤门值震，位在正东，疾病灾殃。临二八宫，不迫不吉，变而失利。"疾病灾殃？不知道走那边到底会得什么病，遭什么灾？但临二八宫我知道是以震克艮，这在八卦中不是什么好兆头。而口诀中特意用了个"迫"字，说明会有什么外力的干扰压迫。当然，这些我同样是不能对大家说的。

一路上，九爷都很照顾我，按他的话来说，我是这个寻宝团队的领导人，相当于象棋里面的帅，要全力保护好。听起来是挺让人开心的，但可惜九爷并不是一个当头卒，而是一个走田象，来来去去都在我身边，打前锋的事都交给了张大牛。

前面一段路还比较好走，在绕过两棵大树后，就越来越难行了。周围的茅草又高又密，完全看不见前面是什么。我们只好挥动镰刀，开出一条路来。

走着走着，旁边的九爷突然惊叫起来，我们几个也被他的叫声吓了一跳，我连忙问发生什么事，九爷颤巍巍地说："我，我踩到些东西了……"

我问："踩到什么？"

九爷说："不，不知道，圆咕噜的，好像一个球。"

我立即拿出铁锹，弯下腰把九爷脚下的草扒开。这一扒不要紧，把九爷吓个半死。原来九爷踩到的圆咕噜东西不是什么球，正是一个骷髅人头。这骷髅头骨呈灰黄色，上面的窟窿长满了野草，看起来有一定的时日了。

这荒山野岭里突然冒出个死人头，还别说，真的有点吓人。这样看来，我们似乎已经身处危险地带了。

九爷稍微俯身看了一眼说："这，这不会是吃人精吃剩下的吧？"

马骝说："这林深草茂的，很有可能啊。大家要小心脚下了，踩到这东西没什么，怕是一脚踩空，掉进了吃人精的洞里，那真的是不堪设想了。"

张大牛用镰刀挑起那骷髅头看了看，说："马骝说的没错，就算不是什么吃人精，也可能是一些猛兽吃的，你们看，这骨头上面还有被啃过的痕迹呢。"

大家走近一看，果然看见骨头上面有不少牙齿痕。

九爷对张大牛说："大牛老弟，把它扔了吧，怪吓人的。"

张大牛点点头，随手把骷髅头往左边的草丛扔过去。

就在骷髅头骨落入草丛的一刹那，草丛里突然蹿起两只黑漆漆的东西，扑棱着翅膀飞向一旁的一棵树上。大家定眼一看，原来是两只大鸟。这两只大鸟也不知是什么品种，头顶上都有一坨鲜红的肉冠，不是公鸡那种薄片形的，而是聚在一起，准确地说就是一团肉瘤。喙又长又尖利，样子长得奇丑无比，但它们的身形大得离谱，比张大牛身上背的公鸡还要大。它们站在树枝上抖动着翅膀，但并没有飞走的意思，而是对着我们这边发出一阵怪吓人的声音，似乎向我们这几个不速之客发出警告。

我们不约而同举起手中的镰刀，后退几步。虽然眼前这两只不是什么猛禽，但如果它们发起攻击，估计杀伤力也不是开玩笑的。

九爷站在马骝身后，手里紧紧握着镰刀说："这两只黑鬼从哪里冒出来的？"

我说："大牛哥刚才扔骷髅头的时候，把它们惊到了。它们把我们当成了侵入者。"

马骝走前一步，笑嘻嘻说："屌，这两只家伙不会刚好在交配，被老牛你一个骷髅头给搞黄了吧？"

张大牛笑了笑，说："看你说的，可能那边是它们的窝。"

我说："不管它们交配还是干嘛，我们别管了，看来只要我们不往它们那边走，它们是不会乱来的，我们继续前进吧。"

于是，大家又重新往山坳那边走去。被这骷髅头和大鸟吓了两次，大家不单要防止脚下有没有洞穴，还要提防周围有没有东西突然蹿出来伤人，前进的速度可想而知。

所幸走了一段路，并没有类似吓人事件发生。正当大家放下心来，准备休息的时候，张大牛背上的公鸡突然不安分起来，在袋里不断地想往外蹿，并焦躁地"咯咯"叫起来。

这公鸡一闹，大家的神经再一次绷紧起来，立即拿起镰刀围在一起。大家都知道，动物的警惕性比人更厉害，只要有威胁，它们一定会先于人知道。这公鸡一路上都安分守己，即使之前碰见两只大鸟，它也是无动于衷。但这次有点不正常，公鸡一个劲想挣脱布袋，有种要逃跑的意思。

但过了很久，周围并没有什么异常情况发生。马骝忍不住说道："老牛，那公鸡会不会只是不喜欢你背啊？"

"那你来背呗。"张大牛一边说，一边解下布袋，把公鸡往马骝手上塞过去。

马骝拎着布袋，用镰刀指着公鸡的头说："八格牙路，你再乱哄哄地叫，我就用这刀把你死啦死啦的。"

那只公鸡根本不受马骝的威胁，在布袋里继续乱动，发出的声音比之前更加焦躁。

马骝有种不被尊重的感觉，拿起镰刀对着公鸡敲打起来，一边敲打一边骂："八嘎八嘎，叫你不听话，叫你乱哄哄，等老子回去后，一把火就给你做成烧鸡。"

大家看见马骝学日本鬼子说话学得有模有样，都忍不住笑了起来。我对马骝说："你跟一只鸡斗什么斗啊，斗赢了，只能说你比鸡还鸡，斗输了，你连鸡都不如。"

九爷和张大牛听我这样揶揄马骝，都哈哈大笑起来。马骝刚想说话反驳我，手里的公鸡突然挣扎得更加厉害了，连叫声都变了调。情况似乎非常不对劲，但周围依然连半点动静都没有。

我们屏住了呼吸，几秒钟之后，一阵窸窸窣窣的声音开始从不远处的草丛里响起来，有东西开始向这边接近。

"果然有情况！"马骝叫了声，一手把公鸡扔回给张大牛，然后一手握住镰刀，一手从身后拿出铁锹，一副准备迎战的模样。

随着那物体的移动轨迹，周边的草被压成一条弯弯曲曲的路。一看这种情况，大家都想到了一种动物——蛇。没错，只有这东西走路才会这样弯弯曲曲。蛇这种动物，对大家来说并不陌生，但从眼前那片倒下的草的痕迹来看，这蛇非同小可，一定大得令人吃惊。

我一连说了几声撤，但马骝还站在原地一动不动，眼睛紧紧注视着来物："怕它干吗，不就是一条蛇嘛，我们四个人怕还斗不过它啊？"

我真的被他愚蠢的斗志搞得哭笑不得，便对他说："刚说了你和鸡斗的事，你那么快就忘记了？你说你打赢了那蛇，你能得到什么？万一打不赢，被它咬了，我看这里就是你的葬身之地了。"

九爷也帮忙劝道："孙老弟，这不是逞强的时候，保命要紧啊。我们是来寻宝的，不是来打蛇的。"

马骝摆摆手道："好吧好吧，你们先走，我殿后。"

那庞然大物越来越近了，大家飞跑着，也顾不得看脚下了，双手挥刀乱劈，硬是从草丛里闯出一条路来。我们跑得上气不接下气，回头一看，后面的草丛还是有动静，那东西还在紧追不放。

马骝一边喘气，一边叫："斗爷，我，我都说了要把那家伙干、干掉，要不然这样逃下去也、也不是办法啊。"他已经累得满头大汗，脸色都有点白了。

我看看前面，还是一片草丛，再这样下去，估计不给后面的蛇追上，也会累死。看来往前走是不可能了，得找个地方躲起来才行。我连忙喊住前面的张大牛，对他说："大牛哥，你蹲下让我骑上你脖子，我看看哪里有地方可以躲人。"

张大牛说："不用蹲下，直接来吧。"说完，他双手提住我的腰，喝了一声，我这个一百二十多斤的人就这样被他轻易举起来，并放在他的肩膀上。

要是在平时，我肯定夸他一下，但目前这样的生死关头，必须争分夺秒。我骑在张大牛的脖子上，手搭凉棚四处瞭望。只见身后被压倒的草丛里，一条黑褐色的大蛇正慢慢向我们这边爬过来。那蛇足足有我大腿那么粗壮，爬一阵又停一下，把头竖起来吐几下芯子，然后又继续向前。我看见那蛇头是三角形状的，头顶还有一个突起的东西，像一个冠子。我听说眼镜蛇是长冠子的，但眼前这条蛇我很肯定并非是眼镜蛇。

难道是成精了？

我看过一些古代传说，说蛇活到一定的年限而没有死去的话，就会长出冠子，变成蛇精，也就是所谓的龙，而蛇冠子就是龙的角。

我暗暗吃惊，莫非眼前这条蛇就是所谓的吃人精？

不管是什么，找地方躲起来再说。我瞭望了一阵，忽然发现东北方向好像有个山洞，连忙从张大牛身上跳下来，对大家说："那边好像有个山洞，我们过去躲躲吧。"

马骝喝了两口水说："这不是找死吗，进洞里就没地方跑了。"

我说："那地势有点高，如果对战，对我们有优势。况且这样逃下去是不可能的，唯一的办法就是这个，死不死，听天由命吧。"

一旁的九爷看了看身后，焦急地催促道："别说了，赶紧走啊，那家伙越来越近了。"

人逃生的本能是不容小觑的，不一会儿，我们就跑到了那个山洞边。也就在这时，身后那条大蛇也赶到了，竖起半条蛇身对着我们不断吐芯子。如果迟那么一分半分，后果真的不堪设想。

马骝站在洞口边，举着铁锹和镰刀说："那家伙真大啊，估计只有蟒蛇跟它有得比了。"

虽然这家伙还有一截身子藏在草丛里，看不出有多长，但露出来那部分就已经让人感到毛骨悚然。这条通体黑褐色的大蛇比成年人的大腿还要粗壮一半都不止，浑身的鳞甲上像涂满了油一样，滑腻腻的非常恶心，头顶那坨东西真的像长了一只寄生角一样，非常具有恐吓性。

我问坐在地上的九爷，"九爷，您老人家知道这是什么蛇吗？"

九爷摇摇头，说："我这辈子从没见过这么大的蛇，要是被这家伙逮住，肯定被活活吞了。"

张大牛吐了口唾沫说："这蛇长蛇冠子了，会不会是眼镜蛇，我听说眼镜蛇长蛇冠子的。"

九爷再次摇摇头，说："不对不对，这肯定不是眼镜蛇，我在石龙村捉过好几条眼镜蛇，长相跟这条完全不同。不过，你们看它的样子，好像没有要攻上来的意思。"

果然，那蛇距离山洞也不过几米远，但不知道是地势的问题，还是因为其他原因，这条大蛇没再继续进一步的动作，只是不断在草丛里对着我们吐芯子。

马骝嘿嘿笑起来，说："肯定是被我孙大圣的气势给吓到了。"

我听他这样说，忍住没笑，心里想，但愿如此吧。

歇了一会儿，我仔细观察起这个洞穴来。这洞穴很大，两个人并排在一起都可以进去，洞壁周围长满了青苔，但从突出的岩石来看，这是个天然洞穴，而非人工开凿的。我还注意到洞穴的地面上有一条类似动物爬行过的痕迹，也就是说，洞穴里面有可能是某种动物的巢穴。

这个时候，九爷突然出声问我："阿斗啊，这会不会就是那个吃人洞啊？"

我还未回答，一旁的马骝就抢着说："依我看啊，这十有八九是那个吃人洞了，你看，连那蛇也不敢靠近这里。"

我忍不住揶揄他说："马骝，你刚才不是说那蛇是被你的气势吓到的吗？"

马骝大笑起来："这个……哈哈，那当然是。只不过我是这样说给九爷听而已，你说是吧，九爷。"马骝一边自圆其说，一边看着九爷。

九爷一副担心的样子说："我就怕传说是真的啊……"

我往洞里面走了几步，拿手电照了照，但照不到些什么。洞口外面的那条大蛇还在吐芯子，似乎没有要走的意思。

我于是对九爷说："从目前的情况来看，我们是没有退路了，只能进洞里一探究竟了，说不定这个吃人洞可以从另一边走出去呢，因为许多动物都会给自己多留几个洞口的。"

对于我这个想法，大家都没争议。

于是，我和张大牛一组走在前面，马骝和九爷一组殿后，向洞穴里走去。

洞穴很深，走了十多米就开始没光了，四周黑乎乎一片。我们只好拿出手电筒，一边照着前面一边继续往前走。张大牛身上的公鸡没像刚才那样吵，这让我们镇定下来。但走了一段时间还没有走到尽头，而且越往里面越感到潮湿和寒冷，幸好空气还流通。

又继续走了一段路，前面突然宽敞起来，同时空气中散发着一股酸酸的腐臭味，好似腐烂的尸体味，夹杂着洞穴的泥土气息，时有时无。我仔细打量起眼前的地方，发现是一个比较宽阔的四方形洞穴，看起来像个大厅。从洞壁的凿痕来看，这里应该是后期人工所为。

九爷指着左边的角落说：“看，那里有东西。”

大家也看见了，在左边的一个角落里，有一具尸骨躺在地上。这尸骨的衣服早就化成泥土了，剩下的骨头也不是很完全，但可以判断出是一个男人。

我心想，是什么人要在这里凿开一个这样的洞穴呢？难道是老祖先藏宝时挖的？但眼前这个四方厅一眼看尽，除了那具骷髅骨，什么也没有。

马骝俯下身看了看，说道：“这家伙是来寻宝的吗？斗爷，会不会是你的那些来寻宝的同宗？”

我说：“有可能吧，看样子他躺在这儿的时间应该不短了。”

马骝忽然伸手一指说：“你们看，那尸骨的身上好像有些东西。”

接着，马骝用铁锹轻轻扒开一些骨头，然后戴上手套，把那东西拿了起来。大家拿手电筒照过来，那东西反射出一些白光，竟然是一块玉佩！当马骝把玉佩擦干净一看，大家都傻眼了，这玉佩明显跟我身上那块太极八卦夔龙玉佩差不多。

我立即从身上拿出那块玉佩来对比一下，果然，两块玉佩都刻有太极八卦图案，唯一不同的是，这块玉佩上没有刻夔龙和火焰涡纹，在雕饰上就显得过于简单了，只是布满了花纹，完全看不出任何信息。这时候我突然想起二叔公的话，当年老二金天明生死不明，看来他可能是在寻宝途中烟瘾发作。可他又是怎么知道这洞里就是藏宝地呢？仅从这块玉佩上的简单花纹，是绝对无法找到这里的。唯一的答案就是当年老祖宗金天罡破解了他手里的玉佩，并且让金家老二知道了其中的奥秘。

马骝笑嘻嘻道：“果然有宝贝啊。看来这个家伙是来寻宝的哦。这会是第二块藏宝玉佩吗？”

我点点头道：“嗯，两块玉佩虽然图案不同，但我想这应该是三块玉佩中的其中一块。”

马骝问：“那你看得明白上面有什么玄机吗？”

我说：“这一时半会儿的，哪能看出来啊。”

九爷也笑颜逐开：“看不出没关系，看来我们找对地方了。孙兄弟，你再找找，看看还有没有其他宝贝。”

马骝又拿起铁锹扒开那具尸骨，那具尸骨经不起马骝的搬弄，没几下就全散开了，那颗头骨也滚落在一边，似乎在怒视着我们这些不速之客。

马骝找了一阵，摇了摇头说："没有其他东西了。"

我大声呵斥道："别乱翻，小心点，这好歹也是我家祖上亲戚！"我使劲一拽，把马骝弄到一边，简单收拾了一下尸骨，深深地鞠了一躬。

这个时候，一直没怎么说话的张大牛突然说道："大家看那边，好像有个洞口。"说着，他用手电筒照着西北方向说。

刚才大家的注意力都在那具尸骨上，加上四周一片漆黑，手电筒照的地方有限，所以也没发现那里有个洞。那洞口比较小，同样是人工开凿出来的，但只能容纳一个人进去。越靠近洞口，那股腐臭味越浓，不用说，肯定是从里面传出来的。

九爷咳嗽了一下，对着我问道："阿斗，现在怎么办？要进去吗？"

我没有直接回答九爷，而是问："大家的意见是怎样？"

马骝用手电筒往洞里照了照，说道："都走到这里了，难不成返回去啊，肯定进去啦。"

我看向一旁的张大牛，等他发话。张大牛耸耸肩，一副无所谓的样子说道："我跟随大队。"

我点点头道："那好。我也同意进去，九爷，你怎么想？"

九爷很勉强地笑了笑，摊开双手说："大家都同意进去，我没得选择了吧。为了我们金氏的宝藏，我把这条老命豁出去了。"

我拍拍九爷肩膀说："这次我打头阵吧。马骝在我后面，然后是九爷，大牛兄殿后，怎样？"

马骝挺起胸脯说："斗爷，还是我打前锋吧，我比你灵活。"

我摇摇头道："不行，你那急性子，要是碰到什么机关，被你乱来的话，大家都玩完了，还是我来吧。"我扭过头来对张大牛说，"大牛兄，你那只公鸡给我一下。"

张大牛也没说什么，把背上的公鸡连同袋子一起递给我。我把袋子在背包上系好，然后用英语说了声"Go"，便一头钻进了洞里。

第七章　地下古道

我拿着手电筒，一边照着前面，一边小心翼翼地前行。迎面而来的腐臭气味令人作呕，连背上那只公鸡都似乎有点受不了，开始不断挣扎。但即使这样，空气仍然流通，除了那些难闻的气味之外，并没有出现那种令人窒息的感觉。

我从来没进过像这样充满未知数的洞穴，但我所学的知识告诉我，空气流通证明了这洞穴里面并不是死路。

大约走了二十多米，前面开始宽敞了些，走着走着，我的手电筒突然照到了一些东西，我立即停了下来。只见光线里面，有一把生满铁锈的大刀就这样被扔在地上，木制的刀柄已经腐烂，从腐烂的程度和刀上的铁锈来看，这把大刀在这里应该有很长时间了。

跟在身后的马骝问道："这把大刀会不会是那些村民留下的？"

我摇了摇头，说："这个可能性很小，你们看那把刀，很明显是属于兵器一类，并非一般的砍柴刀。"

马骝用脚踩了踩那大刀，吐了一口唾沫说："屌，不用问，肯定是那些寻宝的人带进来的。"

我心里并不认同马骝的说法，从这把大刀的形状来看，应该是属于古代人用的，但具体属于哪朝哪代，这个我也不清楚，只能说它并非现代之物。不过，洞里为什么会出现古代兵器呢？这把大刀的主人又是谁呢？带着种种疑团，我们继续向前走去。

又约莫走了十多米，一个骷髅头骨突然映入手电筒的光线中，这突如其来的画面把我吓了一跳，本能地往后退，结果一脚踩中马骝，痛得他叫了起来："哎呀，我顶你个肺，斗爷你搞什么鬼啊，走路打倒退的……"

我连忙解释说："前面有东西挡路了。"

马骝急忙问："什么鬼东西啊？"

我说："一个头骨。"

马骝听我这样一说，立即变了个表情，拿起手电筒照了过去，骷髅头骨再次映入我的眼中。马骝往地上吐了口唾沫，然后说："别生人不生胆，就一个骷髅头骨，怕它咬人啊，还说打前锋，连这个也怕。"

我被马骝的揶揄搞得有点哭笑不得，他肯定是没看清楚这个骷髅头骨的旁边还有什么。那是一条黑乎乎的蜈蚣，正趴在头骨旁边一动不动，似乎死了，但又像在等待时机捕捉猎物。那蜈蚣有拇指那么粗，二十多厘米长，无数只脚就像铁钩一样，看上去非常可怕。

我刚想出声，马骝终于看见了那条蜈蚣，晃了晃手电筒说："我的妈呀，好大一条蜈蚣啊，要是被它咬上，估计几分钟就挂了。"

我拍拍他的肩膀说："你终于看见了啊，我还以为你眼睛小看不见呢。"我一边说，一边抢起铁锹，慢慢走过去。

九爷在身后叫道："阿斗，小心它喷尿，蜈蚣的尿液非常毒的。"

我屏住呼吸，小心翼翼地接近那条蜈蚣。背上的公鸡也似乎嗅到了蜈蚣的味道，突然扑腾起来，还发出"咯咯"的叫声。公鸡这么一叫，就惊动了那条蜈蚣，它突然转动了一下身体，直直地对准我，毫无惧怕的样子，似乎正准备进攻。

说时迟，那时快，我瞄准那蜈蚣的头部，一铁锹插过去，不偏不倚，正中蜈蚣的脑袋。那条蜈蚣并没有死，在地上不断挣扎，尾部突然向上翘起，一股液体喷射出来，幸好我早有预防，没被那蜈蚣尿喷中。我又连续几铁锹插过去，把它插成了几段。从它身体流出来一些黑色的液体，带有腥臭味，非常难闻。

我对大家说："大家要小心周围，这里面肯定不止一条蜈蚣。"

我们绕过那蜈蚣和头骨，继续向前走去，转了个小弯，前面突然又变得宽敞起来，还出现了一个拱门，拱门是由一块块青砖堆砌而成，看起来非常神秘。

突然出现这样的情景，让我们都感到非常惊讶。穿过拱门后，里面是一条地道，地道也是由青砖堆砌而成，成拱形，地面极为平整，并且可以容纳两个人并排而行。我用手电筒照了照前面，黑漆漆的看不到底，还在不远处出现了分叉路，仅凭感觉就可以判断出这地道错综复杂。

马骝激动起来："屌，果然别有洞天啊，看来我们找对地方了。就算这里没有金氏宝藏，估计也有其他宝贝啊！"

九爷用手摸着地道砖壁说："我活了那么久，还是第一次看见这样的地道啊。这里难道跟日本鬼子打过地道战？"

我对九爷说："九爷，日本鬼子虽然打到过贵州，但只从广西攻到黔南的独山就停止了。而且华北平原的抗日地道都是战时临时挖掘，只要能藏身攻敌即可，哪有像这样用上好的青砖来砌的。这应该是古代留下来的，至于是哪一朝代，从这些砖我判断应该是在明清之前，唐宋之后。最可能是宋辽时期。"

马骝看向我，质疑道："我说斗爷，你又怎么知道呢？"

我用一种掉书袋的口吻说："别忘了我看了多少考古书，论水平不比个研究生差。我再告诉你吧，现在考古出土的辽国砖，表面有沟槽，学者考证，因为这样砖与砖之间就能够相互咬合，抵抗草原上的风沙，稳固性也比中原的砖更好。后来这样的砖也传到了中原，为北宋人所采用。而这地道所用的砖正是这样，所以我估计这地道应该是宋辽时期修筑的。想不到连贵州这样在当时来说非常偏远蛮荒的地方竟然也有这种辽砖砌成的地道。当然，后来因为更好的制砖和土木技术出现，这种砖在宋朝以后就很少烧制了。"

马骝挥挥手，不耐烦地说："哎呀，管他什么朝代的，老子要的是宝物，这些考证还是留给考古队去做吧。"他一边说，一边打起手电筒走在前头，沿着地道走去。

对于马骝蔑视我的知识，我也无可奈何，有时候在这种人面前掉书袋真的是自找耻辱。以我的理解分析，这条地道很可能是古代为战争修建的，但是宋朝这里发生了什么战役呢？我倒是知道，在宋末元初，文天祥曾在兴宁组军抵抗元军，但兴宁离这里很远。算了，马骝说的也有道理，这些问题还是留给考古队去研究吧。

没走多远，大家就走到一个十字交叉路口，也不知道该前进还是向左或向右。正在为难之时，我身上的公鸡突然又"咯咯"叫了起来。

大家都一下子紧张起来，停下脚步严阵以待。等了一会儿，周围并没有发生什么异常情况。不过经历过那条大蛇的追赶之后，我们都不敢掉以轻心，这死寂的古道里一定有古怪，说不定藏有什么不明生物。

公鸡的叫声越来越急，我们四个人分别守住四个路口，但不敢前进一步，只能用手电筒照着地道前面。时间仿佛在这一刻停止了，危险也似乎在步步接近。

突然间，一阵窸窸窣窣的声音从我前面传来，紧接着，一个黑咕隆咚的东西出现在手电筒的光线圈里。那个东西大家都见过，是一条蜈蚣。但这条蜈蚣比之前那条还要粗一倍、长一倍以上，被光一照，越发显得乌黑油亮。它无数只脚不停地抖动，正举起头来注视着我们。

而同一时间，马骝和张大牛守住的左右两条地道也出现了蜈蚣，同样个头非常大，非常吓人，现在只剩下九爷守住的后面那条我们走过的地道没有蜈蚣出没。

马骝抢起铁锹说："斗爷，不是说蜈蚣怕公鸡的吗？赶快拿出那只公鸡来啊！"

被马骝提醒，我立即用嘴含住手电筒，从身上解下那个装着公鸡的袋子，把公鸡从里面拿了出来。公鸡一边叫一边挣扎，似乎想逃脱我的手。我照了照前面的蜈蚣，心想这种肉食性动物遇到天敌一定会转身逃跑吧，果然，那条蜈蚣缩了缩身子，往后退开了，不一会儿就消失在黑暗中。

我见这方法见效，立即把公鸡交给马骝说："赶快拿去吓它！"马骝接过公鸡，大胆地往前走了两步，拿着公鸡在蜈蚣面前晃了晃，那条蜈蚣同样往后退开不见了。接下来，张大牛也用同样的办法把蜈蚣吓走。

我松了口气，拿出矿泉水来喝了一口说："真后悔没多带几只鸡来啊！"

马骝也一边喝水一边说："真他妈吓人，老子长这么大还没见过如此大的蜈蚣，不用说，肯定是变异了。"

张大牛说："这里的地道都上千年了，搞不好有什么矿石含有某种辐射性元素，时间一长就对生物产生了变异作用。北斗，你说是吧？"

我摇了摇头："这个我就不知道了。辐射这东西是需要专业仪器来测的。不过未经提炼的矿石自然辐射作用是很微小的，短期内不会对动物造成什么影响。除非这里的矿石辐射性元素含量非常高，而且矿石大量聚集。不管怎么样，我们都不能在这个地道里待太长时间。大家得加快行动了！"

九爷皱着眉头说："那现在该怎么办？往哪条道走好？"

我说："我们不拐弯，就顺着地道直走，大家说怎样？"

马骝说："反正谁也没走过这地道，也不知道哪条才安全，斗爷你说怎样走，大家就跟着你走。"

我点点头，把公鸡重新背好，拿起手电筒，向着前面的地道走去。

九爷一边走一边说："那些蜈蚣会不会在背后跟着我们啊？"

黑暗中，我还是听出了九爷的声音带有着恐惧。我安慰他说："九爷，其实不必紧张，既来之，则安之嘛。这种时候紧张也没用，要死卵朝天，不死万万年。寻到那笔宝藏，什么辛苦、恐惧都值得了。"

马骝也接着我的话说："就是啊，九爷，我说论经验，您老人家老到，论年纪，你也是活了大半辈子的人了，就算那个不小心去了货，也比我们三个多赚了几十年光阴啊。"

九爷咳嗽了两声，说道："唉，孙老弟，话是这样说，但我金亚九这辈子就差一件事没完成，就算死，也死得不甘心啊……"

马骝问："九爷你还有什么事没完成？"

被问起这个问题，九爷突然支支吾吾起来，"这个……那个……"

马骝是个性急的人，最受不了别人支支吾吾的，他拿起手电筒照着九爷的脸说："九爷，你有什么遗言最好说出来，要不然真的死得不甘心啊！"

我说："喂，马骝，他怎么说也是我的九爷，你能尊重一下老人家吗？"

马骝连忙解释说："哎呀，九爷，我不是咒你的意思，我也不是不尊重您老人家，我是……"

九爷在黑暗中摆摆手，打断道："没关系，没关系，孙老弟，我知道你的意思，我那个没完成的事，还不是没娶到婆娘嘛……"

马骝扑哧一笑："您老人家这么大岁数还没跟女人睡过啊？"

我回身用手电筒恼怒地晃了马骝几下。

幸亏九爷也不是那种小气之人，他在黑暗中叹了口气说："不瞒你们，我像你们这样年轻的时候，我就开始去寻花问柳了。那时我们几个同龄人在一起搞副业，也就是没在生产队里干，出去砖窑打工。那个时候，我们都年轻气盛、血气方刚，身上一有点钱，除了交一点给队里，其他的都拿去嫖、拿去赌了。现在落得一个孤家寡人，穷得叮当响……"

我停下来，扭过头对九爷说："九爷，等我们找到宝藏，你就算不是个地主，也起码会是个富农，到时候别说娶个婆娘，二十岁的漂亮妹子你都能娶到啊！"

九爷嘿嘿笑了两声说："希望如此吧。"

顺着地道，我们一直向前走，途中出现好几个交叉口，但我们只管直行，这条地道到底通向何方，我们也不知道，唯一能感觉到的就是地道纵横交错、错综复杂。所以，我们从赶走蜈蚣的那个交叉口开始，在走一段路后，都会在两边的砖壁上写上一个不同的数字，以防迷失。同时，那些可怕的蜈蚣似乎都怕了我身上的那只公鸡，躲了起来不见踪影。但我知道，它们肯定没逃走，而是在黑暗中注视着我们。

又走了一段路，我忽然发现有点不对劲，没错，砖壁上的字出现了。我看了看那数字，是个"1"字，用手电筒照照身后，有一个交叉口，就是刚才吓跑蜈蚣的那个交叉口，真的见鬼了！这说明我们在一直兜圈，回到了一开始的地方。

大家也看到了砖壁上的数字，同样惊呆了。九爷哆嗦着身子说："这、这、这是怎么回事？我们撞上鬼打墙了啊……"

我立刻制止九爷说下去，他这样会影响大家的情绪的。我对他们说："肯定没鬼打墙一说，只是这地道错综复杂而已，别自己吓自己。"

马骝抹了一下额头的汗说："不对啊，斗爷，我们钻了那么久，而且一直向前，现在却回到了起点，这肯定有问题啊！"

张大牛喝了口水说："要不我们换条道再走走看？"

话音刚落，地道里又响起了之前那种窸窸窣窣的声音，但声音大了许多，而且我身上那只公鸡也开始了挣扎，相比之前更加躁动不安。

蜈蚣！

大家紧靠在一起，拿着手电筒照向两头的地道。一堆黑色的蜈蚣赫然出现在我眼前，没错，是一堆蜈蚣，密密麻麻，大大小小估计有上百条，也不知道是从哪里冒出来的，已经把整条地道占满了。

大家不约而同往后退。我一边退一边把公鸡拿出来，想和之前一样把这些蜈蚣吓走，但这次似乎连公鸡也被蜈蚣的数量吓坏了，叫声都变得有点沙哑和恐惧。有些蜈蚣停了下来，但大部分还是向着我们冲了过来。

马骝看见这样，嚷嚷起来："他娘的，这些多足怪果然是变异的呀，连天敌也不怕了。大家拿起武器，准备战斗吧！"

我一手提着公鸡，一手拉着马骝说："别逞强了，你以为你真的是齐天大圣啊！赶紧撤，往没蜈蚣的通道走，快！"

我们四个开始像无头苍蝇一样在地道里钻来钻去，一时左拐，一时右拐，搞得晕头转向，分不清东南西北。看看后面，那些蜈蚣穷追不舍，似乎想把我们几个生吞活剥一样。

马骝忽然叫道："斗爷，你还提着鸡干嘛啊，这鸡不管用了。赶紧扔了，引开那些蜈蚣。"

听到马骝这么一叫，我也没想太多，把公鸡往后面那堆蜈蚣扔去。公鸡被绑着脚的，我扔出去的时候，它只能扑棱几下翅膀，然后就"啪"一声坠落在地上，不停地叫起来。我拿手电筒照了一下，发现后面那群蜈蚣一拥而上，瞬间就把公鸡包围了起来，不久，鸡叫声便没有了。

蜈蚣吃公鸡，如果说出去肯定没人会相信。但我想这些变异蜈蚣不只会吃公鸡那么简单，它们应该还会吃人。龙车村所流出的"吃人精"传说，估计就是这些家伙所为。它们借着这个隐秘的古地道生殖繁衍，也不知道活多少年了，也许真的如《西游记》里面所写到的那个多目怪一样，修炼成精了。

走着走着，前面的张大牛突然停了下来，扭过头来对大家说："前面没路了。"

这下大家真的慌了，难道真的就这样被那些蜈蚣活生生吃掉吗？

第八章　变异蜈蚣

我终于体会到"进退两难"这个成语的真正意思了，这次不仅仅进退两难，还可能会死无葬身之地啊！

九爷双手合十，嘴里叨念起来："南无观世音菩萨……毗蓝婆菩萨……昴日星官……请来救救我们啊……"

《西游记》里的孙悟空确实请来了毗蓝婆菩萨，消灭了百眼魔君，也就是蜈蚣精。但现在这种时候，求神拜佛管个屁用，想办法对付那些蜈蚣才行。

我在心里叫自己不能慌，冷静才能想到脱身之计。我拿着电筒四周照了一遍，希望找到出路。当电筒的光线掠过我头顶的时候，我突然发现上面嵌着一块四四方方的木板，从结构来看，应该是一条出路。果然天无绝人之路！古人在设计地道的时候，考虑得真周到啊。如果敌人进入了地道，来到这里断了去路，守军既可以封堵来路，也可以从头顶这个洞口出其不意发动攻击。万一守军被敌军逼入这条死路，也可以通过这个隐秘的洞口逃生。

我立即拿出铁锹试着捅了一下那木板，也许时间太久了，木板已经腐朽了，经不起撞击，一下子就被捅破了个洞。我又连续捅了几下，把整块木板捅了个稀烂，那里立即露出了一个大洞。

马骝探过头来，问道："斗爷，那上面有什么？"

我摇摇头道："什么都看不到，黑咕隆咚的，但应该有一条通道。"

马骝拿着手电筒，站在四方洞的正中央，一边跳一边往头顶那四方洞里面照了几下，然后对大家说："上面应该安全，我们得赶紧爬上去，斗爷你让开，这次我先来。"

我被马骝推开一旁。洞壁距离地面有点高度，但这个马骝真的不是浪得虚名，灵活如猴子，他双手抓住洞壁边沿，只轻轻一提身子，就钻了上去。他钻上去后，立即从上面探下脑袋来叫道："大家快来，这里果然是一条通道。"

九爷想学马骝那样钻上去，但由于年纪太大了，身体不灵活，加上个子比较矮小，蹬了几次都没钻上去。旁边的张大牛看见这样，立即过来蹲下身子，对九爷说道："九爷，踩在我背上吧。"

逃命要紧，九爷说了声"得罪了"，便一脚踩了上去，上面的马骝也伸出手来拉着九爷，快速地把他拉了上去。

就在这个时候，我身后又响起了那些让人毛骨悚然的声音。蜈蚣又来了。那只公鸡虽然肥大，但哪里够这些变异蜈蚣疯狂啃食。我现在明白那条大蛇为什么不敢进洞了。蛇也怕蜈蚣，何况这么多的变异蜈蚣。

我对张大牛说道："大牛兄，你赶快上去。"

张大牛说道："不，北斗，你先上去，来，你踩着我背上去，快！"

在这种情况下，我知道不是谦让的时候，连忙踩着他的背，在马骝和九爷的帮助下钻进了那条地道。

我对着下面的张大牛喊道："大牛兄，快伸手来！"

张大牛连忙把双手伸向四方洞口，我们三个用力抓着，刚奋力把他拉到一半，只听见他突然"哎呀"叫了一声，双脚不断乱蹬起来。等我们把他拉上来，想询问他什么事的时候，只见他坐在地上，用手从左脚踝的地方抓起一条拇指粗的小蜈蚣，狠狠地往四方洞下面摔下去，然后整个人瘫倒在地上，脸上露出极其痛苦的表情。

大家看见这样，都知道出事了。我连忙用手电筒照向他的左脚脚踝，卷起他的裤子，只见那里露出两个黑红色的血点，血点周围红肿了起来，不用说，肯定是被蜈蚣咬了。

我叫马骝按住张大牛脚上的伤口往上两三厘米的地方，然后从背包里拿出消毒药和一条布带来，我将布带绑在伤口上面，防止毒液流向心脏，接着把伤口的毒血挤出来。

张大牛咬着牙，没有吭声，但从他的脸色和额头冒出的汗可以知道，他非常的痛苦难受。看来这蜈蚣毒比蛇毒有过之而无不及。

把毒血挤得差不多后，我用矿泉水清洗了一下伤口，再涂上一些消毒药，然后把伤口包扎好。看见张大牛痛苦的表情有所缓解，我才松了口气。刚才要不是他让我先爬上来，估计现在躺在地上的人会是我。

我拿出水给张大牛喝了几口，然后问他："现在怎样？还能走吗？"

张大牛点点头说道："还行，就是伤口还有些麻痹。"

我说："那就先歇一歇吧，等好点再走。"

大家于是就地而坐，这条地道相对宽一点，空气也很流通，只是周围漆黑一片，让人恐惧。我拿手电筒照了一下四方洞下面，刚才那群蜈蚣不见了，只有寥寥几条蜈蚣趴在地面一动不动，似乎是看守这个出口的"卫兵"。

马骝喝了口水，说道："咱们大难不死，必有后福啊！"

九爷说："是啊，但这蜈蚣毒还是不容小觑啊，不是我吓你，大牛老弟，我小时候也被蜈蚣咬过，但我担心这里的蜈蚣不同乡下的蜈蚣，恐怕这毒更厉害，不解干净轻则伤身，重则致命啊！"

张大牛说道："唉，这确实让人难受，但我张大牛身子硬，就这样被咬一口，估计能挺得过去的，大家就放心吧。不过，九爷你给说说，中了蜈蚣毒后会出现什么症状的？"

九爷摸出烟袋，点上烟说道："这蜈蚣毒嘛，让人头晕呕吐不说，就说那被火烧一样的疼痛，就让人难以忍受。我那次还发了高烧，一连烧了一个星期才退，郎中说要是再不退烧，我就没救了……"

趁着他们在讨论蜈蚣毒的时候，我拿出从骷髅骨那里捡到的那块玉佩出来观看。这块玉佩虽然雕饰简单，但看上面布满像迷宫一样的纹路，仔细看，好像又有规律在里面。看着看着，我突然发现了什么，一跃而起，高兴地叫起来："哈哈，真是天助我也！"

我这突然一叫，他们三个吓了一大跳，除了张大牛，九爷和马骝都"噌"地站起身来。马骝离我最近，一巴掌拍在我肩膀上，叫道："我顶你个肺！你这搞什么东东，要叫也提前打声招呼啊！人吓人会吓死人的。"

九爷也问道："是啊，阿斗，发生啥事？什么天助我也？"

我叫他们围过来，说道："来来来，你们看这玉佩，上面那些弯弯曲曲的弯路你们晓得是什么吗？"

马骝说："哎呀，你就别卖关子了，要是晓得那是什么，我还听你在这废话吗？"

我说："我好像悟出了这玉佩上面所藏的信息了。你们看，"我一边说，一边把手电筒的光照在玉佩上，"那上面的纹路其实对应的就是这里的地道，你们看这里，这里就是我们当初为了躲那条大蛇进来的洞口，然后顺着这纹路一直进去，这里的四方纹路是外面那个洞穴，旁边这里，从这里进去，就是古地道了。"

九爷问道："这么说，可以找出我们现在所在的位置啰？"

我点点头，道："没错，这里，"我用手指着玉佩上的一个小四方口纹路，"这里就是我们现在所处的位置，刚才我们不是遇到鬼打墙的情况吗，就是这里的圆形纹路搞的鬼。在黑暗处，我们的照明范围很小，顺着地道走，就算走了个圆圈也会不知道的。兜兜转转回到原点，也就是这个原因。"

九爷眉开眼笑起来，摩挲着双手说道："阿斗，你真的太聪明了。那能看出地道哪里藏有宝藏吗？"

马骝也按捺不住激动的心情，对我说："对对对，斗爷，你赶快把宝藏的位置找出来！"

他们不是问怎么走出地道，而是问宝藏的位置，看来有时候人真的可以把钱财看得比生命还重要。古人留下的俗语——人为财死，鸟为食亡，真的太有道理了。

我对他们说："宝藏的位置在哪里我不知道，不过这里也有三个四方口纹路，看上去像个储藏室。"

马骝看着我指的地方，点点头说："嗯，这样看起来，第一个储藏室离我们现在的位置不远啊。大牛，你伤势怎样？还能走吗？"

张大牛撑着地站起身来说道："死不了的，还能走，就是伤口感觉很烫、很麻。"

马骝说："那好，咱们赶紧出发吧！斗爷，这次你得带头了，我要扶着大牛。"

我揶揄他道："我的猴爷，你不是喜欢打前锋的嘛，这次怎么这么谦虚啊？"

马骝尴尬了一下，笑笑道："哎呀，这个嘛，我老孙不够你聪明行了吧，你现在就是大家的活地图，是暗夜中的北斗星，我们的命可都在你手里了啊……"

在马骝的吹捧下，我只是呵呵一笑，然后整理一下背包，拿起手电筒和铁锹，开始向前走去。张大牛的腿伤现在看起来也没什么不妥，在马骝的帮扶下，还能够行走。

顺着地道一直走了大约几十米，前面出现了类似之前的十字交叉口。我拿出玉佩仔细看了一下那迷宫地图，如果我的猜测没有错的话，按照上面的指引往左拐，再走几十米，应该就能到达第一个四方口的位置。但是如果错了的话，等待着我们的，又不知道是什么危险了。不过事到如今，只能搏一搏了。

所幸的是，这条地道似乎比较安全，一直走都没看见那些恐怖的蜈蚣，但越是平静，就感觉越危险。而且空气中那股腐臭味始终萦绕在地道里，越来越浓，似乎前面不远就是一个腐肉加工厂。

很快，手电筒的光线里出现了一个有空洞的地方，表面看上去就像一个没有门的储物室。果然跟玉佩上的纹路一样！这样看来，我的猜测是对的，这玉佩上面刻的就是地道的线路图。

我们小心翼翼地走进这间储物室。储物室并不大，也就五六平方米左右，几支手电筒所照的地方都只是青砖，并没有任何宝物的影子。但在东南边的墙角，有几条蜈蚣正缠绵在一起，看起来好似在交配。

马骝也看见了那些蜈蚣，二话不说，往地上吐了口水，走过去拿出铁锹就是一顿乱打，一边打一边还骂道："我屌，老子千辛万苦来到这里不是看你们交欢的……叫你爽歪歪，叫你舒服……"直到把那几条蜈蚣打成稀巴烂才停下来。

对于马骝这种行为，我也只能摇摇头表示无奈。要是在平时，我肯定会制止他，但现在在这种地方，又经历了被蜈蚣追的情景，马骝找它们出出气也无可厚非。

这时，九爷摸着墙壁说道："我说，这墙壁会不会有机关、暗格什么的啊？"

我开始也有这样的想法，但四个人摸遍了周围的墙壁，都没发现什么异常情况。倒是其中一面墙有一块砖凹了进去，但并不像藏有什么机关。没办法，我们只好继续往前走。

从玉佩上的纹路判断，第二个储物室距离我们也不远，但一路走去，都不时会发现地上有蜈蚣出现。

马骝一边走一边说道："斗爷，好像不对劲啊，怎么感觉越来越多蜈蚣出现了。"

我说："只要不是一群蜈蚣就好，这零星几条，我们还可以对付。"

马骝说："我就怕照这样走下去，会走到它们的老窝了。"

俗话说好的不灵坏的灵，这次真的被马骝说中了。刚拐了个弯，前面就出现了第二间储物室，在手电筒的光线下，只见无数条蜈蚣爬满了墙壁和地上，但都是幼虫，比起追我们的那些要小很多。不过即使这样，也令我们几个感到毛骨悚然。

而且，除了这些蜈蚣之外，还有好几堆零碎的人骨。这些人骨大多都不成人形，散落一地，那些蜈蚣肆无忌惮地在上面爬行，有的在头骨的眼、口、鼻、耳里钻来钻去。不难想象，这些人都是被这些蜈蚣吃掉的。

九爷细声道："赶快走吧，这些家伙可能会一拥而上啊，到时就难逃一劫了。"

我也压低声音，说道："这都是些幼虫，估计还不会追人。不过……"

没等我说下去，马骝突然指着储物室西面说："大家看那边，那是什么？好像是鸡毛啊！"

大家顺着他指的方向看去，果然，那里有一堆鸡毛和骨头，从鸡毛的颜色来看，好像就是我们带进来的那只公鸡。也就是说，那些追人的大蜈蚣把公鸡拖回了洞穴里，给它们的孩子们享用。

马骝吐了口唾沫，嘀咕道："他奶奶的，我们可是自动包邮送上门来了……"

我说："趁那些大蜈蚣还没回来，咱们赶紧走吧！"

现在，只剩下最后一个储物室了。我们四个蹑手蹑脚地从蜈蚣窝旁慢慢走过去，也幸好那些小蜈蚣不追人，要不然全追过来，不到几分钟，我们也估计像那些人一样只剩下骨架了。

但没走多远，那些令人毛骨悚然的声音又突然在身后出现了。

第九章　消失的宝藏

大家逃命似的奔走起来。张大牛由于脚痛，跑了几下就不行了，一个趔趄跪倒在地上。马骝连忙伸手扶稳他，焦急地说道："老牛，忍着点，千万别在关键时候掉链子啊！"

我看见这样，连忙折回头问道："大牛兄，怎么了？"

张大牛喘了口气，说道："脚麻，一麻就软，跑不起来呀……"他说话的力气似乎开始变弱，脸色也很不对劲。

我连忙蹲下身子，卷起他的裤脚一看，发现伤口周围的地方已经开始黑了，而且开始不断扩散，看起来情况很糟糕。如果不及时抢救的话，估计张大牛这条腿就会被蜈蚣毒废了。但现在别说抢救，连逃不逃得出地道都是一个问题。

就这么一眨眼的工夫，地道里那些恐怖的声音已经近了许多，我急忙拿起手电筒往地道里照去，已经可以看见很多蜈蚣了。

张大牛忽然叫道："你们快点走吧，别理我了。"

马骝一把扶着他说："我们像那么没义气的吗？快来，我背着你走。"

张大牛摇摇头道："马骝，我知道你不是没义气，但你这皮包骨的身材，背着我这只大水牛，还能走吗？"

我站起身说："没错，你有见过猴子背水牛的吗？"

马骝"呸"了一声，说道："死斗爷，都这种关头了，你还有心思开我马骝的玩笑……"

我对他说："你快点扶大牛兄过去九爷那边，我殿后，我有办法。"

马骝和我对视了一眼，本想说些什么，最后一咬牙，扶着张大牛走了过去。等他们走后，我立即拿出打火机，并脱了外套，打算把外套点燃。没错，我是想用火来驱赶那些蜈蚣。许多动物都害怕火的，估计这蜈蚣也不会例外吧。这也是急中生智，没办法中的办法。

但打火机的火太小，衣服很难迅速燃烧起来，我连忙翻了翻背包，里面可以被点燃的有两样东西，一本是笔记簿，是用来记录用的。另一本是书，就是那本被我命名为《藏龙诀》的书。我当然不会烧那本书，于是只好牺牲那本用作记录的笔记簿了。

把笔记簿烧着后，火势大了很多，我立即把外套伸过去点燃。与此同时，那些可怕的蜈蚣已经气势汹汹地来到我面前了。火光把地道映得红彤彤，烟雾也萦绕在地道里，非常呛喉。那些蜈蚣在距离我不到三米的地方停了下来，不敢再前进了，有的还打了退堂鼓，开始往后退缩。

看来用火攻这一招果然有用！早知道这样，我们该拿着火把进来，就不用害怕这些多足怪了。

来路已经被蜈蚣切断，我们只能先去最后一个储物室了。先找到宝藏再说，至于怎么逃出去，看天命吧。

有玉佩上的地图做指引，不用一阵子，我们就顺利到达了最后那个储物室。

这次果然没令我们失望，眼前的储物室里摆放着九个大木箱，上面铺满了灰尘，但依稀还可以看见大大的一个"金"字。不用说，这些箱子应该就是老祖宗的宝藏。除了这九个大箱外，东边的角落里还躺着两具尸骨。

当我看到这两具尸骨的时候，心里暗叫不好，这分明是有人捷足先登了。果然，我的担心应验了，马骝冲过去想打开其中一个木箱，但发现上面的铜锁早已被破坏掉了，木箱轻而易举地揭开来，里面什么也没有，空空如也。

马骝又揭开第二个木箱，同样空无一物。接着，马骝又一连把剩下的几个木箱全打开，跟我所预料的一样，里面也全是空的，别说什么宝贝，连半个铜钱的影子都没有。

我抚摸着那些木箱，好像能想象到当年老祖宗藏宝的情景。可是，现在宝藏统统消失掉了，再也没什么可想的了。

经历了那么多，几乎丢了性命，却换来如此结果，大家都失望至极。马骝一屁股坐在地上，一连茫然和失望，连呼吸都感觉不顺畅的样子。

"真的应了那句'竹篮打水一场空'啰！"马骝坐在地上垂头丧气地叫道。

九爷也摇摇头，扶着墙壁，一副失落的样子道："唉，我还想找到宝贝的话，回去能娶个婆娘，过完下半辈子呢。这次好了，再也不用做梦了，真是一切皆天命，半点不由人啊……"

现在这样情绪低落的气氛，我也不知道该如何安慰他们。马骝和张大牛还好，我是可怜九爷。这个年近半百的老人，几乎将所有的希望都寄托在老祖宗的宝藏上，如今希望变成失望，不知他老人家的心脏能否承受得了这样的大喜大悲。

一时间，大家都静了下来。

过了一阵，马骝突然对我说："斗爷，看看这地方还有没有暗室之类的？"

我拿起玉佩，用手电筒照着仔细看起来，想要是出现个什么暗室之类的，那该多好啊，起码还有希望。但认认真真看了几遍玉佩后，我还是摇了摇头说："哎，没有发现什么暗室。不过……"

马骝从地上一跃而起："不过什么？"九爷和张大牛也一起看向我。特别是九爷，眼睛都睁大了。

我说："不过我找到了出路。"

大家听后，失望之余也很惊喜，毕竟能找到出路，逃出这条恐怖的地道，命能保住了。但马骝还是不死心，打着手电筒在洞壁里摸来摸去，一边摸一边嘀咕："怎么会没密室的呢……"也许过于专注，他一不小心踩到地上那具尸骨，差点被绊倒。他气不打一处来，伸出脚把那颗差点绊倒他的骷髅头骨一脚踢飞，"臭你个妈蛋，你们这帮贪心鬼，把宝藏全都拿走，好歹也留一两件给我猴爷啊！"

九爷说："既然宝藏没有了，咱们也别在这里干耗时间了，想办法逃出去吧，别忘了大牛兄弟的脚还有伤呀。"

我接着九爷的话道："是啊，走吧马骝，别捣鼓了，赶快把大牛兄弄去医院，要不然他的腿可真废了。你看，那边映照过来的火光已经越来越微弱，一旦火灭了，蜈蚣就又该找上我们了。"

马骝吐了口水，摇摇头说："真他妈不甘心啊！走吧走吧……"言语中充满了失望和无奈。

我照着纹路的指示，搬开了一个靠着储物室东南角墙壁的大箱子，却并没有发现任何通路。

"怪了！"我用手摸了摸砖壁，没有任何机关按钮。

大家又都呆住了。天！难道我们注定要和那两副人骨做伴了吗？

马骝一咬牙说："咱们杀个回马枪，从原路冲回去。速度跑快一点，就算被咬几口，只要能蹚过蜈蚣阵，我们说不定还能保住命。"

我苦笑了一下，说："我们三个还能跑，你看大牛哥冲得过去吗？"

马骝闭着嘴不说话了。

张大牛说："你们跑吧，我来吸引蜈蚣。反正我是活不成了，你们能冲出去一个是一个。"

九爷咳嗽了一声说："那个……大牛兄弟说得有道理，咱们……不能都死在这里，能出去一个是一个。"

马骝横了他一眼，恶狠狠地说："要死一起死！我猴爷在场面上混，讲究的一个是'信'字，一个是'义'字。大牛哥是我的兄弟，也是咱们寻宝的伙伴，咱不能只顾自己逃命，让他去喂蜈蚣。"他又盯了我一眼，"斗爷，你说呢？"

外面已经看不到火光了，窸窸窣窣的声音又响起来，朝我们逼近。

我用手电仔细照了照这块砖壁，用铁锹四处敲了敲，笑了笑说："我们谁都不用死。"

我摸到了一块青砖，用力一掀，竟然掀了下来，接着我又往这块砖右下方第十二块砖的位置摸去，果然也掀了下来。我就这样忽上忽下、忽左忽右，卸下来二十二块砖后，轻轻一推，只听"哗啦"一声，这面砖壁倒下去一片，露出一个足够两个人并排钻过去的小洞。

他们三个人先一直傻傻地看着我在那儿忙活，现在齐声欢呼。马骝兴奋地抓住我的手臂说："斗爷，你真是神了！你怎么知道这后面有个洞呢？而且还居然能找到打开洞的诀窍。快告诉我！"

我当然不神，神的是那本《藏龙诀》。我一直在想，这里这么多的成精蜈蚣，老祖先是怎么能把宝物藏到这里来的？把宝物藏在这个蜈蚣老巢的附近，固然是绝妙的安全之所。因为从我们的来路进到这个储物室，肯定是会被蜈蚣包围的，即便进来了也出不去。那两副骨架就是下场。只有另选进入的办法。而从这一面进入，出去再将这个洞口封住，一般人根本不知道，知道了也难以打开。那时候的人也没有炸药，原始的黑火药也不起作用。何况在这样的地道里动用大威力黄色炸药那是找死。但金同焕老太公还是希望自己的儿子能找回宝藏的，因此就一定会有再次进入之法。而这个进入之法可能就是灵虚道人设计的。

我刚才又仔细研究了第二块玉佩的纹路，发现其实这个地道是分为明道和暗道的，而且明道和暗道是按照天干地支进行组合的。密室的墙壁，我刚才用铁锹四处敲了敲，发现发出的回声有所不同，估计砖壁的厚薄也不同，薄的地方应该就是可以进入的暗道。我又仔细观察了一下这面墙上的砖，似乎暗合着玉佩上的八卦图。而有二十二块砖跟别的砖不一样，似乎已经不是辽砖，像是后人补上去的。但是为什么这样设置我不明白。直到我想起了《藏龙诀》，上面记载了用天干地支配对破解八卦图的口诀，便用来一试，果然奏效。

当然，这些要对他们三个人解释起来太复杂了，现在也不是说这个的时候。我一把甩掉马骝死死抓住我的手，说："死猴子，你把我的手臂都揪青了！我不跟你说过吗，我看那么多古书是白看的？快走快走，蜈蚣已经进来了！"

马骝回头一看，脸都白了，这次的蜈蚣数目比原来又多了不知道几倍，密密麻麻，如一股黑色的潮水一般涌进储物室。他一把拉起张大牛，扶着他赶紧从洞里钻了出去。九爷更不需要我提醒，早就两步钻出去了。

在我的带领下，我们几个又开始在地道里钻来钻去了。走着走着，身后的马骝突然叫了声："咦？九爷呢？"

我连忙停下来，拿着手电筒往后照了照，糟糕！九爷不见了！他是跟在马骝和张大牛身后的，怎么会突然就不见了呢？如果说遇到了危险，那也没听见他喊叫啊。

我对着地道喊了几声"九爷"，声音撞击在空荡荡的砖壁上，发出沉闷的回响，听起来有点怪怪的。九爷要是在地道里，肯定能听见我的声音的。

果然，九爷回应了我一声，然后看见他从不远处的一条叉道里闪身出来，慌慌张张地走过来说："不好意思，人有三急，所以就去那个了。"

马骝埋怨起来："去撒尿也跟我们说一声嘛，还以为你出事了。"

我有点怀疑九爷的话，便问道："九爷，你真的没什么事发生？"

九爷笑嘻嘻地说："没……没有啊。这能发生啥事……"

我用手电照了照他，淡淡地说了声"没事就好，那咱们走吧"，便掉转头继续往出口方向走。幸好有玉佩指路，那些蜈蚣也没有追来，过了十多分钟，我们终于顺利逃出了这条古地道。

出来之后，我们都累倒在地上，大口大口呼吸着山里的新鲜空气。把气喘过来后，这才发现置身于山腰之中，也不清楚是什么地方。我仔细看了看我们出来的那个洞口，确实是够隐蔽的，如果不细心看，绝对发现不了。

歇了一会儿，大家开始找路下山。但眼前荆棘密布、杂草丛生，别说路了，想多走几步都有点困难。没办法，我和九爷只能做开路先锋，马骝扶着张大牛在后面跟着，慢慢摸索着往山下走去。

然而，就在差不多到达山脚的时候，张大牛突然捂着胸口倒在地上，脸上的肌肉扭曲得有点恐怖，挣扎了几下，便晕死了过去……

马骝喊了几声张大牛，又摇了摇他，但张大牛好像死了一样，一动不动。我和九爷也过来帮忙掐人中、揉心口，就差做人工呼吸了，但张大牛除了微弱的呼吸，依然没有丝毫反应。

我们不敢耽误时间了，拼了命往山下赶。不知过了多久，下到山脚，天色已经暗了，我们也不知道自己身在何处，只看到四面都是山，山脚下有一些稻田。别说去医院了，如何走出这里，现在也是一个难题。

就在我们一筹莫展的时候，前面突然响起"轰隆隆、轰隆隆"的声音，一辆农用三轮车开了过来。刚从地狱般的古洞里跑出来，我们真有恍若隔世的感觉，对这个现代社会的常见之物都没反应过来。直到这辆车开到我们面前了，我才想起，太好了，张大牛有救了！

我立即冲了出去，拦住了三轮车。被我这突如其来一拦，车子慌忙一个急刹。司机是个五十岁上下的农民，刚想开口骂，但一看见我们几个这副鬼样子，表情立即变得害怕起来。

我连忙过去对他说明了我们有伤员必须赶紧送医院救治的情况，司机松了口气，说："上来吧。吓我一跳，我还以为碰上了劫匪呢！"

　　我苦笑了一下，说："你看我们这个狼狈相，哪像什么劫匪，像被劫了还差不多。"马骝和九爷已经把张大牛架上了后面的拖斗。我也爬了上去，顺便给司机递了一支烟。司机一边开车往医院去，一边问："看你们这样子像是从山上下来的。你们去干什么了，碰到什么没有？这卧龙山啊，连我们本地人都不敢上去，你们这些外地人真是胆子大。没听说过卧龙山吃人的事情吗？"我只好跟他解释我们是来考察旅游资源的，没碰到什么，就是山路太难走，这个伙伴摔伤了腿。司机一路给我们讲了些卧龙山吃人的恐怖往事，大多添油加醋、荒诞不经，我们也没怎么往心里去。

第十章　神秘女人

赶在天黑尽的时候，张大牛终于被送到了医院。但就在我们想松一口气的时候，却被医生告知，由于错过了治疗时间，蜈蚣毒已经侵蚀了整只脚，连内脏都受到了感染，想保住那只脚恐怕是不可能了。其中一个中年医生还把我拉到一边，很认真而又怀疑地问我："那个，病人真的是被蜈蚣咬的吗？"

我点点头说："没错，是蜈蚣。"发现医生的脸色有点不对劲，我意识到应该是发生些事，便轻声问了一句，"是不是发生什么情况了？"

中年医生也没有隐瞒，说："确实发生了一些奇怪的事，病人中毒的脚好像是被火烤焦过一样，跟普通的蜈蚣中毒者很不同。"

我一听，立即想起了二叔公说的那些去寻宝被烧焦而死的人，难道他们不是因为什么诅咒，而是因为中了这种变异蜈蚣毒才出现这样的状况？我越想越觉得这个可能性非常大。

中年医生问："可以告诉我一些具体的细节吗？"

我回过神来，便把我们上山考察旅游资源的事说了个大概。当然，对于古地道和寻宝一事我只字没提。

中年医生听完后，想了一下，然后嘀咕起来："想不到我们这里竟然存在这种变异蜈蚣……"

我问他："病人的脚真的保不住了吗？"

中年医生摇摇头说道："现在连小腿的位置都不是很乐观，如果不截肢，恐怕整条腿都要废掉。"

我跟马骝、九爷他们说了张大牛的脚要被截去后，他们都面面相觑起来。而我更是感到非常内疚，在古地道的时候要不是张大牛让我先走，估计现在躺在医院要截肢的人是我。现在好了，宝藏没弄到，却弄成残疾，真是让人痛心。虽然大家在寻宝前早就做好了冒险牺牲的心理准备，但是当事情真的发生的时候，无形的压力却把人压得喘不过气来。

这种情况耽搁不了，我自作主张为张大牛的截肢手术签了字。截肢之后，张大牛的命算是保住了，但却一直昏迷不醒，看起来好像个植物人一样。医生说那是因为体内的病毒还没完全清除才这样，叫我们不用担心。

为了照顾张大牛，我们在附近旅馆租了间房，白天一起去探望张大牛，晚上则轮流去医院守夜。我们没有通知张大牛的家人，怕他们担心，但这种情况被发现是迟早的事，不过我们几个商量后觉得还是暂时隐瞒起来为好。

这一天，我们三个探望完张大牛后，便去附近的饭馆吃午饭。点完菜后，我从包里拿出那两块玉佩，对九爷说："九爷，这两块玉佩怕是没什么用了，要不你拿去卖了吧，按我看玉器的经验，能值不少钱的，也可以当作这次寻宝所得到的宝物了。"

九爷先是愣了下，然后接过玉佩，把玉佩摸了一遍又一遍，良久，他才摇了摇头说："我不能要，这是祖先的东西，更加不能卖了，既然宝藏没了，这两块玉佩就当作金氏之宝一直传下去吧。"

马骝突然拿起一杯酒说："九爷，我佩服你的大气。来，我马骝敬你一杯！"

九爷连忙举杯回敬："哪里，哪里。"

我也想不到九爷会这样说，怎么看他都是一个视钱财如命的人，他穷了大半辈子，不可能就这样大方的。虽说这两块玉佩是祖先留下来的，很有价值，但比起那些消失的宝藏，真的不算什么，就算把祠堂那块还回去，卖掉另外一块，也没有什么不可。况且，斩断了这条寻宝线索，也可以避免金氏后人再遇到像张大牛那样的遭遇。

我说："九爷，要不就留下原先那块，我们在卧龙山找到的那块就卖掉吧，这样你有点钱过日子，也不虚此行了。"

九爷看了我一眼，笑笑说："阿斗，你这是要把九爷我给打发走啰。"

我连忙摆摆手："不不不，九爷，我没这个意思。"

九爷说："那行。这两块玉佩就由我做主，怎样？"

我点点头："可以，没问题。"

九爷伸手拿过那块玉佩，然后说："如果非要卖掉这块玉佩，我想把钱留给大牛兄弟治病。大家都知道，这不见了一只脚，基本跟废人一般，不能从事什么劳动了，所以我们还是留点钱给他过日子吧。"

九爷这一举动出乎我和马骝的意料，虽说马骝早已说了张大牛的医药费包在他身上，但既然九爷这么坚持，我们也顺从他的意见。

我说："好吧，我们就这样商量好，回去之后，我去找个相熟的玉器商把这款玉佩卖掉。"

马骝摇摇头对我说："斗爷，我看还是我去卖吧，我在这古董方面认识的人比较多，说不定价格会卖高一些。"

九爷点点头说："嗯，马老弟这个想法可以，咱就货比三家，到时哪个出的钱多，就卖给哪个。"

就在九爷刚想把玉佩揣回身上的时候，一个身材曼妙的女子突然走了过来，对我们三个笑了笑，开口说话："三位老板，我刚才无意中偷听到你们有货要出，是吗？"

我上下打量起这个女子，只见她二十几岁年纪，虽然穿一套黑色休闲运动服，但仍然能显出她曼妙的身姿。背上背着一个双肩包，头上扎了一个马尾，脸上虽然化了妆，但遮盖不了有点黝黑的肤色，一看就知道是喜欢运动或者是常年在外旅行的人。高高的鼻子上，那两只大眼睛非常好看，在长长的睫毛下带有点天真调皮，但又透露出一股野性和精明。

此女样子不错，身材又好，我一时也难猜透对方是干什么的。看打扮像是背包行天下的驴友，却开口问我们是否有货要出。

未等我开口，马骝已先站起来，一脸嬉笑的表情说："这位美女，你怎么知道我们有货要出？"

女子也不逃避马骝色色的眼神，看着他回答道："我刚才就坐在那边，无意中听到的，如有冒犯，多多见谅。"

我问她："你是干什么的？"

马骝听见我这样问，连忙插话道："哎呀，我说你这个斗爷，真不识相，人家这不是来收货的嘛，还问这个无聊问题。"

我没理他，看着女子，等待她回答。女子不慌不忙，往马骝旁边的空位就坐了下去，笑笑说："这位老板这样问，估计不是道上的人了。相比这个老板，"说到这里，她看了看身旁的马骝，"看来我们应该是同行了。"

马骝说："对对对，不用理他，我们是同行，同行好说话，你有什么可以跟哥我说说。"马骝一边说，一边盯着身旁的女子，眼珠子都快要掉下来了。

这么年纪轻轻的女孩，竟然也是个古董贩子。

女子压低声音说："听说你们有两块玉佩要出手，是吗？"

马骝点点头说："没错，啊不，不是两块，是一块。另外一块不出。"

女子说："那能不能给我看看？"

马骝说："当然可以啦。"说着，他看看我，又看看九爷，"九爷，把那玉佩拿来给这位美女掌一下眼呗。"

九爷看了看我，征求我的意见，我点点头表示同意，九爷便将玉佩交给马骝，马骝随即把玉佩交到那女子手上。我冷冷地盯着那女子，只见她把玉佩放在左手手心上，转着圈地看了一阵，又举起来对着光看了一阵，脸上惊讶的表情一闪即没，很快恢复了淡定。她把玉佩交还给马骝，说："这块玉佩确实是件好货。不过，另外一块也可以给我看看吗？"

马骝筛糠般点头道："行行行，当然没问题。不过事先声明，这块是不出的。"

女子点头笑道："明白。"

马骝这次向我伸出手来，"斗爷，把那块玉佩也拿来给这个姑娘看看吧。"

我讨厌马骝这种猥琐谄媚相，但那个女子大大方方的，笑容也很有亲和力，使我无法拒绝。我拿出玉佩交到她手里。她这次的表情相比之前淡定了许多，但还是被我捕捉到一丝惊讶。看来，这女子对这两块玉佩除了喜欢，还隐藏了其他因素。

马骝问："怎样？美女，合眼吗？"

女子把玉佩还回给我，说："都是不错的货，不知道几位老板怎么得来的。"

一直未说话的九爷不高兴地回答："哎，我说这位姑娘，东西咋得来的你就别管了吧！咱们现在谈谈价钱，价钱合理，咱就交易，咋样？"

马骝也插话进来："对对对，姑娘你要是看上了，出个价，我们都是爽快之人，只要价钱合理，这东西就是你的了。"

女子嘴角动了一下，似笑非笑地说："几位老板真是实在，这价钱嘛，由你们说多少就多少。不过，"她停顿了一下，"不过，我要知道这个东西的来历。"

开始我们一听对方那么大方，由我们说多少是多少的时候，都一阵窃喜，但最后一听对方要打听这玉佩的来历，我们一下子静了下来。马骝嬉笑的脸也恢复了严肃，和九爷一起看向我。

我心想，果然是来者不善，这女子打着收货的幌子，分明是想打听玉佩的藏宝信息。这时，饭菜刚好端了上来，于是我对她说："不好意思，这我们也不知道，你要是要的话，就出个价吧，其他的就不用谈了，我们吃了饭还有事要做。"我这样一说，意思已经很明白了。

女子倒是不着急的样子，也没打算离开座位。她看着我笑笑说："这位老板，你误会我了，玉佩我肯定要的，价钱由你们定，但相对价钱，我更想知道这玉佩的来历。这样吧，我刚才也留意到，你对玉器这方面有些经验，所以价钱由你来决定。然后你说出这玉佩的来历，我再多加三分之一，这样总可以吧？我看你在他们之中，似乎说话很有分量呢。"

马骝咂咂嘴，有点不服气的样子，"那还不是因为玉佩是他们家的嘛……"说完后，他看见我在瞪着他，立即知道自己犯了错误，连忙闭上了嘴，低下头端起碗，往嘴里连扒了几口白饭。

我淡淡地笑了笑，说："美女你好大的气派啊！让我开价？好——"我伸出一根手指头，"一亿！"

那女子"咯咯咯"地笑起来，说："看来大哥你知道玉佩的来历比玉佩本身要值钱得多啊！"她停住笑，说，"这样吧，我另外再跟你做笔交易如何？除了买下这块玉佩外，我会告诉你我为什么想知道这玉佩的来历。而你在听完后，再决定是否告诉我。如何？"

有趣，越来越有趣了。我点了点头："请说吧！"

那女子却没有说话，而是把背包挪到胸前，然后从背包里面掏出一个黑色布袋。这个时候，我看见她脸上突然带着一股神秘的表情，她说："你先看看里面的东西吧。"说着，她把布袋递过来给我。

我接过布袋，打开一看，表情顿时僵住了，马骝和九爷也放下手中的碗，探过头来问是什么，我连忙从布袋里面拿出一样东西来，马骝和九爷一看，愕然地回头看着那女子。

九爷惊叫道："你……你这东西怎么跟我们的玉佩那么像啊？"

没错，我从布袋里面拿出来的东西不是其他，正是一块玉佩。而这块玉佩跟我们手中那两块大小一样，同样刻有太极八卦图案，上面全部都是纹路，一环大圆中间包含着各种纹路，好像一幅地图，又好像一个迷宫。还有一条奇怪的龙盘卧在大圆环的周围，此龙似龙而又非龙，有龙头龙身而不见龙爪。

不过即使这样，我也一眼就判断出，这一块玉佩和我们的那两块是同一质地的上等和田玉，年代也相同。我心里一阵窃喜，难道说，这就是族谱宝藏里面说的第三块玉佩？

我立即问那女子："这玉佩你是怎么得来的？"

女子没有直接回答我的问题，伸出手拿回玉佩，然后反问道："现在你明白我为什么也问你这个问题了吧？"

我尴尬一笑道："算是明白了。这样吧，我也不问你这块玉佩的来历，我现在想买下你这块玉佩，你卖不卖？"我直白地说出心里的想法。

女子摇了摇头道："要是卖的话，我早就卖了，留到现在，我只是在等另外两块玉佩出现而已。这不，今天刚好被我碰见了你们，这一切都是最好的安排啊。这样吧，我们也别隐瞒了，大家都知道这玉佩里面藏有什么，就开门见山谈谈，好吗？"

我们三个大老爷们儿对视了一眼，似乎都觉得这是个难得的机会，不能错过。因为集齐三块玉佩，找到宝藏的可能性就非常高了。但同时我们也有所顾虑，因为我们在卧龙山已经找到了藏宝的地方，只不过宝藏早已被人捷足先得而已。也就是说，就算拥有三块玉佩，寻宝之梦也只是徒劳。

这个时候，女子突然开口问道："你们是不是已经去过卧龙山了？"

我一听，惊讶道："你怎么知道？难道你也去过？"

女子神秘一笑："我就知道，你们肯定去过卧龙山，而且以为宝藏没了，要不然，你们就不会想着把这玉佩出手了。"

听见女子这样说，我们都暗暗吃了一惊，照这样看来，这人对宝藏所掌握的信息似乎比我们还多。如此一来，我对眼前这个女子有了一种刮目相看的感觉，此人越是神秘，我越是感兴趣。

马骝瞪大眼睛问道："姑娘，难道说，那宝藏其实并不在卧龙山，而是在其他地方？"

女子点点头说："我相信卧龙山那里只不过是一个幌子而已，真正的藏宝地，肯定不在那里。"

我说："但是我们确实找到了那些宝藏，只不过变成空箱子而已。如果按你这样说，那这些宝藏去了哪里？"

女子说："这个问题我也无法回答。几百年历史下来，有那么多人在寻找这批宝藏，而且卧龙山也并非只有你们进去过，即使有变异蜈蚣的存在，但也有法宝去对付，说不定宝藏早就被人找到了。难道你们没有发现有人寻宝的痕迹吗？"

我说："在那些宝箱的地方，确实发现了两具尸骨。"

女子耸了耸肩说："这就不用说了，你们祖先藏的宝藏一定早就被人弄走了。"

这时，马骝迫切追问起来："既然这样，你刚才为什么说卧龙山只是个幌子？"

女子说："卧龙山的宝藏是真，但并不是我们要找的宝藏，准确来说，不是三块玉佩所记载的那个宝藏。我再透露一点吧，这三块玉佩里面的宝藏，大得超乎各位的想象。"女子说完，神秘一笑。

发现这个女子侃侃而谈，而且语出惊人，似乎真的掌握了许多我们不知道而且关于玉佩和宝藏的秘密。

见状，我开口道："好吧，既然这样，我想你对我们这两块玉佩都挺感兴趣的吧。只有集齐了三块玉佩，才能找到真正的宝藏。你只有一块，我们有两块，怎么看，我们都胜一筹。所以，你有什么想法？"

女子看着我，眼里流露出生意人的精明，"我们来个交易，怎样？"

我问："如何交易？"

女子道："我们一起去寻宝。"

我道："这么说，你是想入伙我们啰？"

女子嘴角歪了歪，似笑非笑的表情非常好看，只见她伸出一个巴掌说道："没错，如果找到宝藏，我只要五分之一。"

我对她说："这个好说，但是你要知道，寻宝并不是旅游，不是玩玩的，随时都有生命危险，你一个弱女子……"

我还没说完，女子立即伸出手打断我的话："这个我当然明白，不用你说。跟你们说实话吧，我也去过卧龙山，但我没有像你们的队员一样，被变异蜈蚣咬伤。这一点理由够说服力了吧？"

马骝和九爷他们怎么想我不知道，但我心里确实是吃了一惊。要知道卧龙山那地方是多么的险峻，毒蛇蜈蚣多么凶狠，我们几个大老爷们儿要不是有玉佩上的地图指引，早就成了变异蜈蚣的盘中餐了。而眼前这个女子竟然声称自己去过卧龙山，而且说得出变异蜈蚣，看来是真有本事。她刚才说无意中听到我们卖玉佩的事肯定是假的，她一定是一直在跟踪我们，说不定从我们进入卧龙山开始，她就已经知道了。

想到这里，我不禁心寒了一下，真不知道我们还有什么是这个女子不知道的。

这时，女子突然起身离开座位，扔下一张纸在桌上，说："我现在就不打扰你们吃饭了，这上面有我的号码，你们考虑一下，考虑好了，今晚给我电话。"说完，她对我莞尔一笑，步伐轻盈地走出了饭馆。

马骝一把抓过那纸，站起来说："姑娘好走啊，不送了。"他目送着女子的背影，直到消失不见才回过神来，口水几乎都流出来的样子，"哎，这女子真是很有气质，只可惜扎了个马尾，要是长发飘飘的话，就更加好看了……"

我对马骝说："这样神秘的女人你就别打什么坏主意了，分分钟死在她手里都不知道是怎么回事呢！"

马骝呵呵冷笑："哟，看你说的，人家只是个精明的生意人，你却说得好像魔鬼一样。"

看见马骝不爽的表情，我叹了口气："自古红颜多祸水，弄不死也少条腿。色字头上一把刀，先削掉皮再吃脑。"

九爷也附和道："是啊，色字头上一把刀，我看这女人也不是什么善茬，大家要多留个心眼儿。说不定，她只是来打我们两块玉佩的主意呢。"

马骝用不屑的表情说道："屌,是人是鬼,到时就能见真章了。不过这女子那么合我眼缘,就算是妖魔鬼怪,老子也想试试,哈哈。啊,关于这点,我先跟你斗爷说明了啊,"马骝突然指着我说,"这姑娘我猴爷可是认定了,你小子别仗着自己有几分帅气,就去调戏人家啊!"

我耸耸肩道:"这可难说啊,说不定是她来调戏我呢!"

调侃一番后,我们便把话题拉回刚才的事上。我说:"既然如此,就没必要想太多了,联盟是目前唯一的办法。"

九爷说:"如果我们都去的话,那张大牛怎么办?"

我点点头说:"这确实是个问题,以张大牛现在这个伤势,不可能把他带走,更加不能丢下他一个人在这里。所以,我们必须留下一个人来照顾他。九爷,要不你老人家留下来照顾他吧?"

九爷一听要留下来,拨浪鼓般又是摇头又是摆手:"不不不,阿斗,你把我扔在这里是在折磨我啊,我不是不想照顾大牛兄弟,但是我从村里出来,目的就是去寻宝,现在知道宝藏可能藏在别处,就算有多危险,我也要去了。唉,你九爷我一辈子就这么一次坚持,你于心何忍啊……"

我经不住九爷这一声叹气,便点头道:"好吧,九爷,命运在你手里掌握,我欣赏你的坚持。"

我话刚说完,马骝就着急了,说:"喂喂喂,斗爷,你不会想把我留下吧,九爷都去了,我肯定要去的。"

一时间,我们三个都为了这个问题犯难了。半晌,我突然想起什么,对马骝说:"马骝,那女子留下的电话呢?"

马骝一边从怀里拿出那张纸,一边皱着眉头问:"你不会想让她留下来照顾这头大水牛吧?"

我没理他,按着纸上面的号码拨打了过去。很快,电话接通了,我按下扩音,未等我开口说话,那女子好像知道是我一样,已经抢先开口问了:"怎么,考虑好了是吗?"

我说:"考虑好了,我们决定同意你入伙。"

女子说:"太好了。"

我说:"不过,我们有个问题解决不了。"

女子问："是关于那个伤员的安置问题吗？"

我说："没错，你果然聪明。"我打心底佩服这个女子。

女子说："这事我来安排吧。我有个朋友是做护理工作的，你们就放心交给她吧。我可以现在就叫她过去照顾你们的人。你们今晚就好好睡一觉，养足精神，明天有的是辛苦。还有，这个护理费肯定要支付的。嗯，这样吧，你们估计也没有多少钱在身上，护理费我来搞定，然后宝藏那里的话，我到时就要多分一点点啰。"

我一口答应下来："行，这个没问题。作为交换条件，如果没有找到宝藏的话，护理费我们可不会给你的啊。"

我之所以答应得如此爽快，是考虑到张大牛确实需要有人护理，另外是因为这一切都是要在找到宝藏后才能兑现。这个在我心里看来，找到的可能性真的微乎其微，不过我就想看看这个女子到底掌握了多少宝藏信息。说不定一个不小心，真的被我们找到了宝藏，那到时什么都好解决了。

女子一点也没犹豫，答应了这个条件，最后她跟我们说，明天早上八点整在汽车站集合，到时她会带我们去寻找宝藏。

一宿无话。第二天早上八点整，那名神秘女子果然准时出现在汽车站。她今天还是穿着一套运动服，只不过颜色不同而已。如果不知道，还以为她要去晨运呢。她身上的背包换成了登山的那种，不知道里面装着什么东西，鼓鼓的一大包，并不比我们身上的包小。而马骝再次见到她，又是问吃了早餐没，昨晚睡得好不好等无聊的搭讪开场白。幸好那女子也没厌烦的意思，和马骝有说有笑，看上去好像是多年的朋友一样。

女子早已买好了车票，我们一行人上了车。等车开动后，我便问那女子："我们要去哪里？"

女子答道："赫章县。"然后语气一转，"怎么？害怕了吗？"

我挺着腰板说："我们什么场面没见过，有什么好怕的。"

马骝也附和道："就是，如果我们真的上了你的贼车，你劫财的时候，顺便劫个色吧。哈哈，这个我倒是挺乐意的。"

女子白了马骝一眼，很认真地说道："我的目的很简单，就是寻得宝藏，拿回属于我的那一份就行。不过说句真话，你们能从卧龙山里活着逃出来，也算是第一个了。"

我忽然想到什么,问道:"你不是也去过卧龙山吗?我们顶多算第二吧?"

听我这么一问,女子尴尬了一下笑道:"我是去过卧龙山,但我没去过你们去过的地方,我只是在附近逛了逛而已,第一,我找不到那个地方,第二,因为我知道那里不是真正的藏宝之地。"

我昨晚也想过这一点,要说这女子如果进去过卧龙山吃人洞,那为什么她没有发现第二块玉佩?如果说没仔细搜索错过了,那确实有可能,但从那女子的性格行为上来分析,她并不是那种粗心大意的人。她的心思非常缜密,以至于我们的行踪一直被她掌握。

想到这里,我便问她:"那你怎么知道我们去过卧龙山?"

女子哈哈笑道:"也许我们真的有缘分哦。你们送伤员去医院的时候,正巧被我看见,我发现你们的举动和衣着打扮都很像寻宝猎人,于是我截住了那个三轮车司机,打听你们的行踪,他一说你们是从卧龙山那边来的,我就猜到你们要去干什么了。之后的事,就不用我说了吧。不过真想不到,你们竟然一下子就拥有两块玉佩,要知道江湖上有人为了找全这三块玉佩,一个开价比一个高呢。"

女子停了一下,看着我又接着说:"不过,我倒是很佩服你的推理分析能力,仅凭一块玉佩,你就推理出宝藏在卧龙山里面,即使到最后没有找到宝藏,但也因此收获了另外一块玉佩,也算不错了。"

我打蛇随棍上,对那女子说道:"所以嘛,我们可以互补不足,而且现在你是入伙我们了,俗话说一家人不说两家话。梁山好汉入伙都要来个投名状,你入伙我们总得让我们知道你的真实身份吧。"

马骝这时也插话进来说:"没错没错,我连姑娘的名字,住在哪里,有没有男朋友这些都不知道呢……"

女子瞄了一眼马骝,笑笑说:"好吧,也是时候做个自我介绍了。我可以告诉你们一些我的情况,但是有一点,就是你们要保密,因为我不想给你们带来什么麻烦,或者说,我不想你们给我带来麻烦。"

听到女子这么说,我们三个大老爷们儿纷纷点头表示一定会保密。大家都想,如此神秘的人物,她的自我介绍肯定会令人咋舌。

第十一章　穿山道人

原来这个女子名叫关灵，是福建武平县人士，说起她的身份，就不得不得说说另外一个人了。此人名叫关谷山，是赫赫有名的秘术师，说起这个关谷山，在江湖上可是无人不知，特别是搞风水玩气功的，更是无人不晓。他通晓一门据说难觅真传的秘术——穿坟。这项绝技实在算不上什么正大光明的勾当，也不好听，因此江湖上的人便称他为"穿山道人"。虽有这样的称号，但他并不是在籍的道士，只不过传下这门"穿坟"绝技的祖师爷据说是个道人，世人也就称他为"道人"。

在这里我要解释一下何谓"穿坟"。"坟"与"墓"是有区别的，根据现代考古发现及史书记载，我国古代人死之后，一般只挖好墓穴将人掩埋，当时是不堆起土堆的，这种不起土堆的掩埋之地就是墓。而高出地面的土堆，就称之为坟。到了奴隶社会后期和封建社会，等级制度的划分越来越严格，一些统治者在死后大修墓穴，并且把地面封土的大小也作为了一种身份的象征，到后来发展到连平民百姓死后也要在墓上封土了，于是"坟"和"墓"就紧密地联系在一起了。

穿坟跟盗墓不同，一般盗墓是要打盗洞进去，从底下搞破坏，而穿坟刚好相反，是从上面搞破坏。一些大型古墓以山为陵，例如陕西梁山乾陵和九嵕山昭陵，就是倚山而建，以山为陵。这种陵墓别说进入墓中，就连周边的地形都暗藏杀机。这可不假，历史就有记载，说五代耀州刺史温韬，那是个有官衔的大盗墓贼。他率领兵丁一股脑儿掘开了十几座唐陵，发了一笔横财。因为手中有了钱，便驱动数万人于光天化日之下挖掘乾陵。不料挖掘过程十分不顺，遇到的天气总是狂风暴雨，温韬受了惊吓，才绝了发掘乾陵的念头。早在温韬之前，黄巢也曾经派大军盗挖，可惜挖错了方向，一个月下来毫无进展，今天在乾陵旁边还有一个叫"黄巢沟"的大深坑，据说就是当年盗掘留下的。

民国时期，陕西军阀孙连仲也派人在乾陵上凿凿挖挖，想盗挖乾陵，还不惜用炸药炸，但其间电闪雷鸣，风云突变，只好作罢。而当地也有两个很有名的盗墓贼不信邪，乘着月朗风清之夜想去盗挖乾陵，没想到去到乾陵附近却风云突变，阴风嗖嗖，两个胆大之人还没被惊吓到，认为这是自然现象而已。谁知在乾陵边上走着走着竟然迷路了，怎么找也找不回原来那条路，直到天亮风云散去，两人才找到返回的路，从此再也不敢打乾陵的主意。

这些现象，都是坟的机关陷阱在作怪，因此穿坟就是要躲开这些凶险，或者说破坏周边的机关陷阱，从而达到进入墓中的目的。所以说，一些大型陵墓之所以能避过盗掘，原因之一就是当时道上没几个人懂穿坟之术，就算懂此术之人，也不敢乱用。

我虽然不是搞风水秘术的，但爱好看此类书籍，因此关于这个"穿山道人"还是有所了解。坊间出版的一本《杂术论》，里面就有提到关谷山和他的"穿坟术"。但俗话说：人怕出名猪怕壮。关谷山这一出名，前来请他相助的人便络绎不绝，有人甚至出重金请他去破解乾陵的机关。但关谷山这个人性格倔强、脾气古怪，而且先师临终前曾交代过，穿坟术不能乱用，否则有损阴德。所以有关要穿坟的要求，他都一律拒绝。

不过，凡事都有例外。当时在西山村有个叫钱禹元的人，是当地赫赫有名的财主。关谷山拜师学艺之前，曾经有过一段落魄时期，就是全靠这个钱禹元财主救济，才有今时今日的名气。

说起这个钱禹元，他虽然救济过关谷山，但并不是一个乐善好施的财主，只是他这个人非常信奉风水，只要有利他八字的，他就出钱出力，一旦不利他的，他什么都会干得出来。这不，钱禹元突然得了个怪病，看了许多大夫，吃了许多药都不见好，最后他请来当地的一位法师，看自己是不是招惹了什么肮脏东西。结果法师一作法，说钱禹元这个病真的是有邪气入身，而邪气的来源，是在西山上的一座孙姓山坟。

法师还说，那座山坟挡住了钱家的祖坟，使得风水有变，灾星连连，如果想转运，只能把那座山坟移走。钱禹元听后，二话不说，便叫来几个下人去偷偷把那座山坟移走。谁知那几个下人刚想动手挖坟，一个个都突然头晕脑涨起来，最后还病倒了。无奈，钱禹元又花钱请来几个人去偷挖，但结果一样，那几个人也全部一病不起。

如此诡异之事，令钱禹元更加确信法师的话了，这个时候，他想起了关谷山，于是请他来帮忙移坟。关谷山听了这事后，心中明白是怎么回事，碍于报恩，他不得不使用了穿坟术，最后把那座无名山坟给挖了。说来也巧，山坟移走后，钱禹元的病也好了。后来，这事传开了，那座山坟的后人知道后，就来找钱禹元算账，但最后因为斗不过这种财主，只能不了了之。由于祖坟被挖，破坏了风水，那座坟的后人便从此多灾多难⋯⋯

书中最后提到，关谷山经历了这事后，突然销声匿迹，此后江湖上再也没有关于此人的传闻。

现在谁也没想到，眼前这个叫关灵的神秘女子，正是关谷山老人的孙女。

据关灵所说，她这次寻宝，是偷偷跑出来的，家里人完全不知情，所以才叫我们保密。因为关家的家教非常严，特别是她的爷爷关谷山，更是下了禁令，凡关氏后人，不得利用秘术干些盗墓寻宝之事，否则逐出家门。

关灵生性调皮、聪明伶俐，好奇心非常强，越是不准她做的事，她越好奇想做。所以这次她决定冒一次险，违背了爷爷的禁令，背着被逐出家门的风险踏上了寻宝之路。她之所以如此冒险，完全是因为手里那块玉佩所隐藏的秘密。

两年前，一个四十多岁的商人突然登门造访关家，说是来请"穿山道人"出山，帮他去寻找一个神秘宝藏。关谷山早已金盆洗手，不问江湖事，便想随便打发来人。不料这商人拿出一块玉佩后，关谷山顿时变了脸色，连忙请那个商人进屋详谈，被问及这块玉佩的来历，商人便一五一十道了出来。

原来这个商人是一个历史研究学者，他非常热衷于研究一个消失的神秘古国——夜郎国。因此他翻阅了大量有关资料，走遍了与夜郎有关的地方，并做了许多调查笔记，目的是想寻得传说中的夜郎神秘遗址——迷幻城。

相传，在夜郎王反叛汉王朝，被汉使陈立杀害之后，夜郎国也随之被灭。而当时的夜郎王有一个亲信叫金，是夜郎国的巫官，他和一帮人伪装躲过了追杀，逃到了一处山地，改装成平民百姓生活，并将住地取名为"空心"。为了光复夜郎，巫官金暗地里开始囤积各种财宝，为此，他连同几大巫师秘密在生活的空心村地下修建了一座神秘迷幻的地下城池，不仅用来藏宝，还用来排兵布阵，修炼邪术，以图东山再起，为夜郎王报仇。然而，这个消息不知怎么传到了汉帝耳中，汉帝派人围剿空心村，却不想扑了个空，村里的人早已逃跑，而所谓的地下城池却挖地三尺也没有找到。逃走的巫官金见大势已去，复国希望渺茫，便叫人打造了三块玉佩，将地下城池的信息隐匿其中，代代相传，希望夜郎后裔有能人异士去开启宝藏，光复夜郎……

商人说，他有一次在贵州做研究的时候，从一个古董贩子手里收购了一块玉佩，他发现这玉佩上的雕饰与之前所了解到的迷幻城资料似乎有点关系，于是便询问那个古董贩子，这玉佩从何而来，还有没有类似这样的玉佩。古董贩子见买家出手大方，也没隐瞒，说这玉佩是从别家那里收购回来的，也没见有类似的，至于玉佩的出处，古董贩子说他也不清楚。不过有人告诉过他，要是找着三块类似的玉佩，那就更加可以卖个好价钱。

听完商人的讲述后，关谷山也没有说什么，便一口答应下来，破例出山帮商人寻找迷幻城。虽然商人并不知道为什么关谷山会突然答应自己的请求，但他由于极度兴奋也来不及多想，便把玉佩留下给关谷山破解其中的奥秘，说下月初三再来拜访，匆匆离开了关家。但约定的日子到了，那个商人却没有出现。一连过了好几个月，那个商人还是没有来取回玉佩，关谷山觉得此事有点不妥，便叫人去打听一下情况，这才知道那个商人在离开关家后不久，不知为何突然发了疯，跳河自杀了。尸体被打捞上来的时候，人们发现商人的四肢蜷缩在一起，一双血红的眼睛睁得非常大，眼球几乎突了出来，甚是诡异恐怖。有人说他是被吓疯的，也有人说他是被诅咒了，但关谷山觉得商人的死可能跟那块玉佩有关。事后，关谷山便把玉佩当作宝物收藏起来，再也没有对任何人提起此事。

然而这一切都被躲在暗处的关灵留意到，她好奇心大发，同时心中的疑团也越来越多，爷爷为何看见此玉佩变了脸色？又为何会破例重出江湖？那个商人为什么会死得如此诡异？埋藏在地下两千多年的那个夜郎迷城究竟是个什么样……这些问题令她萌生了去寻找迷幻城的念头。终于在一个夜晚，她偷偷潜入爷爷的宝物房，取走了那块神秘的玉佩，只留下一封信作解释，便独自一人离开关家去寻找迷幻城。

关灵的话早已让我们三个听得目瞪口呆，想不到区区几块玉佩，竟然会牵扯出一个神秘古国。我忽然想起二叔公所说的话，虽然当年金家老三没能从玉佩中找到金同焕老太公的宝藏，但却发现了金氏家族与夜郎古国之间的秘密。看来此话不假，在宝藏的背后一定隐藏着迷幻城这个惊人的秘密。

第十二章　赫章龙洞　佛面空心

在关灵介绍完自己之后，我也向她逐一介绍了我们几个，然后我对她说：“关小姐，如果玉佩里面隐藏的是夜郎国迷幻城的信息，为什么那玉佩会跟我们老祖宗金同焕藏宝扯上关系？”

关灵摆摆手说：“哎呀，别小姐小姐的叫了，听起来很别扭，还是直接叫我的名字或者叫灵儿吧，我的朋友都是这样叫我的。”接着她又说，“这个我之前说过，这些宝藏八成是已经被盗了，根本无法追查。而且，我估计这个是你的祖先，也就是那个金同焕，他破解了其中的玉佩，找到了卧龙山，然后将计就计把自己的宝物藏在了里面。”

我想了想说：“这个很有可能。巫官金在造这三块玉佩的时候，在卧龙山修建了一条古地道，用来作为幌子。因为据历史记载，夜郎国是在战国时期建立了，而我们在卧龙山发现的古地道就是战国时期的，这一点很符合历史。我那个祖先金同焕生前肯定也想去寻找祖先留下的迷幻城，估计他只找到卧龙山那个地方，后来因家变问题，他干脆就选择了卧龙山的古地道作为自己的藏宝点，然后灵虚道人也将计就计，用巫官金造的三块玉佩帮金同焕藏宝，于是就有了我们金氏族谱藏宝的传说。但三块玉佩之间的关系，估计一时半会儿也很难弄清楚，不过不管怎样，现在应该可以确定这三块玉佩的真正主人是巫官金，而并非是灵虚道人。当年老太祖金同焕要金氏三兄弟齐心合力，目的应该不只是找到他藏的那三大马车的宝藏那么简单，有可能是想让他们知道夜郎迷幻城的秘密。"

关灵说："你说得还是比较合理的，不过这些始终是猜测，真正的答案恐怕已经成了谜。"

我想也是，历史这东西是有变数的，就像我们金氏族人是不是夜郎后裔，也没有什么有力的证据去证明。不过，要是用玉佩能找到传说中的夜郎迷城的话，那就不同此讲法了。

我忽然想到什么，便问道："对了，你爷爷为何突然破例去帮那个商人寻找迷幻城？"

关灵摇摇头说："这个还没弄清楚，估计要等到时见了我爷爷，让他老人家亲口跟我们说了。不过，"关灵说到这里，抬起头看着我，"不过，那个商人的死因，我查到了一点资料。"

我连忙问："哦？死因是什么？"

关灵说："他临死前的一个星期，进去过一座夜郎时期的古墓，有些资料就是从那里得到的，但据说在墓里发现了一种千年古虫，至于这种虫是什么物种，还没有定论，只说毒性很强，所以我推测，他的死因跟这千年古虫有关，有可能是被咬到了。"

我说："古墓里怪事多得很，出现这种千年古虫也不出奇。但不管怎样，一个致力于研究夜郎国的人因此而死，实在令人痛惜，要不是他带来了这第三块玉佩，估计我们也不会有缘坐在这里聊天。说起这玉佩，如果说三块玉佩都有关联，我大致可以这样认为，我手上一块是指明族谱藏宝的地点，一块是指明地道的走法，那你手上这块又会是指明些什么？还有，你又是如何知道迷幻城在赫章县的？"

关灵笑了笑说："我想我手中这块是三块中最重要的一块，它有可能指明迷幻城的方位。其实这事说起来也很巧，那天我去找我爷爷，刚好在门外听到他在里面兴奋地叫着'赫章龙洞，佛面空心'这几个字，我开始还不知道是什么，偷偷一看，才发现我爷爷拿着玉佩在仔细看，我这才确定他说的这几个字一定跟这块玉佩和那个迷幻城有关。我知道赫章那里曾经发掘了许多座古代夜郎时期'南夷'民族的墓葬，还发现了'套头葬'和其他几种奇怪的葬式。但龙洞指的是哪里呢？我查了许久，也没弄清楚。不过，在黔西县钟山乡那里有个叫龙洞的地方，我去那里看过，应该不是我们要找的龙洞。至于后面那'佛面空心'，我就更加一头雾水了，怎么也想不明白究竟是什么意思。所以我想看看你有没有这个本事破解这个'赫章龙洞，佛面空心'是什么，因为你仅凭一块玉佩就找到了卧龙山，我就知道你不是普通人。"

我抱拳拱拱手说："姑娘所言过奖了，其实找到卧龙山，也是撞彩而已。刚才听你说'赫章龙洞，佛面空心'，这个'佛面'会不会是指一些寺庙？"

关灵说："我开始也是这样想，但我去找过一些寺庙问，也没人知道'佛面空心'是什么意思。那里有许多少数民族，如果'佛面'指的是一个地方名，那很有可能会跟少数民族有关。因为夜郎古国是由少数民族建立的，说不定那里还生活着夜郎后裔呢！"

这个时候，马骝突然从旁边探过头说："按我判断，'赫章龙洞，佛面空心'这八个字里，'赫章'和'龙洞'是地名，那'佛面'八成也是个地方名。所以我说，找到了这个'佛面'就可以找到'空心'了。"

九爷跟着说："马老弟说得没错，如果这样推断的话，我们到了赫章，首先要找的就是龙洞。"

我也认同他们的说法，便对关灵说："你把那块玉佩给我看看吧，上次时间仓促，没仔细看。"

九爷在一旁连忙点头道："没错没错，给我们阿斗看看，他绝非三国里的阿斗，我们这个阿斗很聪明的，当初也是全靠他破解了玉佩上的信息，我们才找到卧龙山的。"

九爷这话不知道是赞还是讽，竟然拿我和三国里那个阿斗相比。不过据有关野史记载，三国里的刘阿斗并非"扶不起"，而是一个被低估智商的牛人，就凭他在三国里是在位最长的一个皇帝这一点，也足以证明他并不傻。

关灵对我还是比较信任的，她从包里拿出那块玉佩交给我，说："这玉佩你先收着，这次三块玉佩都齐了，寻不寻得迷幻城，就看你了。"

我接过玉佩，开始仔细观察上面的雕饰。但上面复杂的雕饰，我看了很久也看不出什么端倪，有个地方倒是像个圆圈，但不知道否是代表龙洞。我想不明白，那个关谷山是如何破解其中的信息，道出"赫章龙洞，佛面空心"这几个字的。不过他能称为"穿山道人"，必定有一套自己的破解之法。

接着，我又拿出其他两块玉佩，慢慢对照起来，但看了许久，也没发现什么异常之处。他们三个也轮流拿着三块玉佩细看起来，但最后大家都没有看出什么。无奈，我只好先把玉佩收好，等有灵感的时候再仔细研究。

接下来的时间，我和关灵又聊起了一些关于寻宝的话题，想不到这个看起来貌不惊人的女子竟然对这方面懂得非常多，很有想法，而且还曾经有过寻宝的经验。我心想，关谷山的后人，果然不容小觑。

而一旁的马骝自从听了关灵的介绍后，好像突然变了另外一个人，一路上收敛了许多，平时出口成脏的他，现在话也不多说了，那些泡妞把式也收了起来，闭上眼睛不知是真睡还是假睡，总之没有了之前那种让人讨厌的痞样。

有话则长，无话则短。不知不觉，我们已经到了赫章县县城。赫章县，隶属贵州毕节市，属于乌蒙山区倾斜地带。境内著名景点有赫章夜郎国家森林公园和全国重点文物保护单位——可乐遗址，还有古达乡的天坑。赫章县在历史上一直都是少数民族的部落地区，在新石器时期属"赤水"部落，夏时为南荒服地，到商周时期，这里的游牧民族建立了鬼方国，后被商帝武丁讨伐三年，鬼方国被灭，这个古代小国也从此在历史上消失。直到战国时期，夜郎国出现，这里才被夜郎国统治。

据《史记》记载，夜郎是一个有十万精兵的古国，而并非自大，夜郎国的历史大致追溯到战国至西汉成帝河平年间，存在约300年后神秘消失，是中国历史上神秘的三大古国之一。由于其历史原貌与都邑所在史籍少有记载，近年关于夜郎古国属地问题一直存在争议。所以夜郎国究竟在今日何处，至今也还没有确定下来。而近二十年来，贵州、湖南和四川等地都说那里曾经是夜郎的属地，都在"争抢"夜郎国，一时孰是孰非，难以定夺。不过，由于贵州赫章县具有可乐遗址、古墓群这些历史文化特点，被贵州夜郎考古专家赞誉为"贵州考古的圣地，夜郎青铜文化的殷墟"，所以赫章这里也被作为夜郎故里。

而我们此次出发去赫章县寻找迷幻城，如果寻得，那将会震惊考古界，而关于夜郎的历史和争属也将会被改写。不过，要在一个县里找一个连地图上也没有标注的神秘且已经消失的地方谈何容易。

到达县城后，我们已经饿得肚子咕咕叫，加上舟车劳顿，便随便找间饭馆吃饭，顺便休憩一下。饭馆的老板是个秃顶的男人，个子很矮，加上又长得比较胖，看起来就像个磨辘一样。趁着上菜时间，我向他打听起"赫章龙洞，佛面空心"，问他是否听说过关于这些字的地方或者事物。饭馆老板想了想，摇了摇头说："赫章哪里有什么龙洞，我在此处生活了好几十年，从未听说过什么龙洞，黔西那边好像有个叫龙洞的地方，不过我没去过，你们在赫章找龙洞，估计是找不着了，更加没有什么'佛面空心'的地方。"

我对他说："这'龙洞'和'佛面空心'可能是几百年甚至上千年的叫法了，时间就跟夜郎国的出现差不多一样，还有可能是夜郎时候留下的呢。"

饭馆老板一脸笑容说："这么长历史呀，那就更加不清楚了。不过夜郎国倒是知道，我们这地方在以前就属于夜郎国的，在可乐那边还挖了许多夜郎墓呢。这不，我听说就在前几年，又有两座夜郎墓给盗墓贼光顾了。"

我知道从饭馆老板这里是不可能打听到什么信息的，便没再聊下去。我对关灵说："你当时打听的时候，有没有去查过县志之类的记载？"

关灵说："这个我当然有想到，也专门去查过县志，但完全没有关于'赫章龙洞'和'佛面空心'的记载。"

九爷说："怕是因为历史太久了，县志没有记载也不为奇。"

我点点头说："我们在这里打听下去也无济于事，估计得去仙龙乡那边走一趟才行。因为那里有个比较神秘的黑洞天坑，我猜测'赫章龙洞'中的'龙洞'指的就是天坑。因为古时候的人称那些天坑为天龙口或者无底洞，可能'龙洞'也是其中一种叫法。"

大家对我提出的想法都表示同意，于是吃完饭后便动身前往仙龙乡。从县城去仙龙乡有一段路程，我们问饭馆老板去哪里坐车，刚好他的弟弟说要去仙龙乡那边办事，可以顺便捎我们一程。我们一听，顿时乐开了花。当即收拾好行装，几个人挤进一辆有点残破的面包车里。车厢里散发出一股中药材气味，虽然不难闻，但也让人有点不舒服。

饭馆老板的弟弟也是个胖子，不过身材相对较高一些，他自我介绍叫谭军，从事中药材方面的生意。从他的言谈举止来看，可以判断出是个见多识广的人。于是，我便试探着问他有没有听过这里有叫"龙洞"的地方。

没想到谭军皱了一下眉头说："你们说的是那个神秘的黑洞天坑吗？我曾经听那里的一个种草药的老人说，黑洞天坑有一个传说，说很久以前有龙从黑洞里面飞出，所以那里也有人叫龙洞，那是几百年前的传说，估计也是个三人成虎的故事，不值得一信。不过这都是老一辈的人才这样叫，现在的人都叫黑洞天坑。"

我们几个听谭军这样一说，精神为之一振，我赶紧追问起来："谭师傅，那黑洞天坑现在还去得吗？"

谭军摇摇头说："都没路可去了，我劝你们还是别费这个心思了，你们是外地人，不知道这里面的凶险，传说黑洞天坑是鬼仙的住地，我们这些凡人是去不得的。这不，听说几年前有一支探险队想去那里探险，结果八个人去只有四个人回来，那四个人最后也疯掉了，大家都说他们是遇到了什么古怪东西，死在黑洞里。"

谭军所说的那支探险队，我当时在网上也看过相关的资料信息，后来也有人去天坑那里搜救，但迫于天坑之险要，搜救行动最终失败，此事也不了了之。不过从报道中分析，探险队有可能是中了天坑里的毒气和被神秘的生物咬了。但回去的那四个队员起初也没什么不良反应，只是被咬的地方却一直不能愈合，多处求医也无果，就这样过了两个月后，他们全部突然无缘无故疯掉了，再过了一个月，四个人先后死在精神病院里，死状极其恐怖，像被痛苦折磨死去一样。官方的报道也只是说是中毒现象，但中的什么毒，却至今没有给出个答复。但不管如何，说他们中毒还算靠谱，那些鬼神之说我就不是很相信了。

我问他："这黑洞天坑里是不是有什么古怪的东西？"

谭军一边开车，一边很认真地说："古怪的东西和传说倒是不少，一是说黑洞里面有条千年神龙，张开口就可以吞下一头大水牛，要是有人下坑惊扰了它，那天气定会风云骤变，有的村民甚至说亲眼看见了天上盘着条龙。不过这神龙和鬼神的传说比起来根本不算什么，鬼神这东西，既看不见又摸不着，只要碰了黑洞里面的树木，或者吸了洞里散发出来的黑烟，一个不小心就触犯了鬼仙，结果不是疯癫就是惨死……"

对于谭军所说的神龙传说和鬼仙传说，像我们这些受过高等教育的人是不会信的，只有九爷这种山里人比较相信，听得一脸惊恐之色。其实，所谓鬼神之说，那都是人们对自然界的未知所产生的一种自我安慰的说法而已。从科学的角度来分析，可能是因为那里特有的地理环境、气压、气流等缘故造成的。至于碰了洞中的树木或者吸了那些黑烟，导致疯癫和死亡，这有可能是中毒的现象。

一旁的关灵突然开口说："谭师傅，那你能带我们去见见那位种草药的老人吗？"

谭军摇摇头，笑笑说："他前年搬去地府那边住啰，那地方我可去不了啊。"

马骝可能没听明白，探过头来对谭军说："我说谭老板啊，你这样就不对了，油钱我们会给足你的，大不了来回的车马费算我马骝的，再封个大红包给你，这样总行吧？"

谭军大笑起来："哈哈，这位老弟，你是开我老谭玩笑吧，那地方怎能去得？"

我见马骝还没明白过来，忍不住对他说："人家谭师傅说的是阴曹地府，你以为你马骝真的是齐天大圣啊，说去就去。"

马骝听我这样一说，这才知道自己闹了笑话，"呸"了一声道："我以为那人是住在哪个府上，原来是已经死了。不过就算是阴曹地府，我马骝也可以闯他一闯，找他问个明白，就怕阎王老头子误认为我是孙大圣，吓得不敢出来呢。"马骝这种人，就是跌倒在地上也要捡把沙子。

接下来，我又问谭军有没有听说过"佛面空心"，谭军摇摇头表示没有听过，这也在我的预料之中。不过我们已经知道黑洞天坑就是"龙洞"，到时过去那边再打听也不迟。

面包车进入仙龙乡后，我们便向谭军道了谢，然后下车走进乡里。临走时，谭军对我们说，可以去找一下仙龙乡的族长，或许能打听到些什么。

第十三章　仙龙乡

仙龙乡是一个很偏僻、被大山包围住的小山村，住户并不多，都是彝族人，相传是夜郎的后裔。彝族是中国第六大少数民族，主要聚居在中国西南部的云南、四川、贵州三省。说起这个彝族，还跟我们的伟大领袖毛主席有关。因为彝族在古时候是叫"夷族"，其名源于汉史记载中的"西南夷"（西南少数民族的统称）。在1956年破除旧社会的民族歧视时，彝族派代表进京会见毛主席，毛主席了解情况和听取意见后给出建议，由于"夷族"有蛮夷之味，带有贬义，于是将"夷"改为"彝"，意为房子（彑）下面有"米"有"丝"、有吃有穿，象征兴旺发达，故把"夷族"改为"彝族"。

一半情一半景，带着探访夜郎国的好奇心，再看着眼前彝族人的原始生活方式，一股带着崇敬的亲切感充斥着我的夜郎情怀，既熟悉又陌生。而与我的心情相反，其他人脸上冒出来的却是一股新鲜感。特别是马骝，他这种走南闯北的生意人虽然见多识广，但看见这里的民族风情，也不由感叹起来："啊，这些彝族人的穿着实在奇特，虽然是有点奇怪，但从艺术角度来看，可比我们汉族的服饰要漂亮多了。就不知道那些彝族男人的发型叫什么名字呢，为何都在脑门儿留绺头发，看起来让人觉得怪怪的。"

我对马骝说："这你就不知道了，他们这种穿着是乌蒙山区彝族独有的，乌蒙山区是古代西南彝族文化的发祥地，仙龙乡在过去由于山川险阻、交通闭塞，与外界交往很少，其服饰古朴、独特，较完整地保留了彝族传统风格，与东晋时期昭通霍氏墓壁上所绘彝族装束一脉相承。而且他们这里的男人还保留着古代遗风，在头顶前脑门儿蓄一绺长发，象征男性的尊严，神圣不可侵犯，彝族俗称'天菩萨'。"

马骝对我竖起大拇指说："想不到你对这种偏门的知识都那么了解，如果不了解你，还以为你也是彝族的人呢。还别说，斗爷，你在头顶脑门儿那里搞个什么'天菩萨'的话，我看你跟他们也没什么区别啊，哈哈。"

我心里暗暗吃惊，忍不住伸手摸了摸了脑门儿，不管马骝是有心还是无意，我感觉自己一走进这里，好像一下子就可以融入他们的生活，完全没有陌生之感。难道二叔公说的没错，我们金氏族人真的是彝族人，夜郎的后裔？我看看同样姓金的九爷，他倒是也觉得这里很亲切，四处观望打量，毫不认生，像是来探访远房亲戚一样。

我们一边走，一边向路人打听族长的家在哪里，很快，我们就找到仙龙乡的族长。可能见我们是外地的游客，他拄着拐杖出来相迎。我仔细打量一下这个老人，只见他有八十多岁，穿着一身青蓝色大襟长衫，下装是一条黑色长裤，腰上还系着一条白布腰带，跟彝族的其他男子的穿着没什么区别。老族长除了留有"天菩萨"外，下巴还蓄有斑白的胡须，个子虽然不高，长得也很和善，但言谈举止间却非常有威势。

寒暄几句后，我便进入正题，对族长说："老族长，你们这里的黑洞天坑，是不是也有'龙洞'这叫法？"

老族长顿了一下，随后点点头说："有是有，可你们几个是怎么知道的？"

我笑笑说："我们是从一些古书记载里了解到的，想过来打听一下。"

老族长继续道："哦，是这样。这黑洞天坑至今也有几千年历史了，在古时候，曾经有一段时间叫作'龙洞'，直到改革开放以后，为了破除迷信，这里的天坑被国家命名为黑洞天坑，于是龙洞的叫法就逐渐少了。你们打听这个是想干吗？"

我开门见山："听说这天坑自古以来，就有许多古怪之事发生，所以才想去探险一下。"

没想到老族长一听我说要去黑洞天坑探险，立即变了脸色，摇头摆手连说几个"去不得"，还说那里是鬼仙之地，不是凡人去的地方。看见这个族长如此惊怕和受鬼神传说影响，我一时之间也不知道怎么继续开口说话。

尴尬之际，只见关灵对族长说："老族长，其实我们去黑洞天坑，不是去冒险，而是有原因的。几年前，不是有一支探险队去过那里探险遭遇不测了吗？队员里面就有我的亲人，前段时间他托梦给我，说在那里被困住了出不来，变成了孤魂野鬼，不能进入轮回之道，叫我前去解围。你看，我连'轮回镜'都带来了。"

说着，关灵真的从背包里摸出一面圆形的古铜镜，我虽然不是什么鉴宝专家，但也能感觉出那古铜镜是一件很有历史价值的宝物，估计关灵又是从她爷爷那里偷来的。

老族长见关灵拿出"轮回镜"，便伸手接过来仔细观看，一边看一边啧啧称赞："这件东西估计有好长历史呀，就不知道是哪个朝代的宝物，又是怎么个用法……"

关灵歪了歪嘴角说："这件宝物是秦朝时期的'轮回镜'，只要找到了死者的葬身之处，便可念动咒语，用轮回镜照其幽冥，送回轮回之道。"

老族长半信半疑的样子："你们几个怎么看都不像是道家之人啊，怎么会使用道家之宝？"

关灵笑笑说："老族长，不瞒您说，我叫关灵，我的爷爷就是江湖人称'穿山道人'的关谷山，我得以从他身上学到些皮毛功夫。不知您老听说过'穿山道人'没有？"

老族长一听，面露惊喜之色，点点头道："听说过，听说过，因为老夫也略懂风水，所以对关道人是非常崇拜呀。想当年啊，'穿山道人'这个名字可是威震五湖四海，后来不知为何突然退出江湖，销声匿迹，今天见到他的后人，真是三生有幸啊，他老人家身体无恙吧？"

关灵说："谢谢老族长关心，他老人家身体好得很，天天练太极呢。这'轮回镜'也是他传给我的，今天我们来这里，就是受他老人家的旨意，帮天坑里的亡魂进入轮回之道。"

老族长一边听一边点头，然后捋了捋了下巴的胡须道："既然如此，那我加以阻拦，就变得有点不通情理了。不过，你们对此地不熟，恐怕难以寻到天坑。这样吧，我叫我们这里的人带你去一趟，你们觉得如何？"

听到有当地人作向导，我们当然高兴，当即就想出发，老族长连忙拦住道："这天色已晚，夜间行路凶险莫测，何不在此住一宿，等天亮再出发？"

我看了看时间，已经是下午五点多了，在城市的话，时间还尚早，但在这里，不知怎么天色会黑得特别快。不到一阵，家家户户都开始炊烟袅袅，我们只好等待明天再出发。

老族长吩咐家人给我们安排了两间客房，关灵自己一间，我们三个大老爷们儿一间。马骝趁着关灵走进房间后，便悄悄对我和九爷说："喂，你们都瞧见那'轮回镜'了吧？那可是一件价值不菲的宝物啊。"

九爷压低声音说："马老弟你要知道，她只是在骗那个老族长而已，她还说那东西是秦朝之物呢，看来也是骗人的吧。而且一个女子随身携带如此贵重的东西，怎么看都有点不寻常。"

我也跟着说："那古铜镜应该是件宝物，但就不知道是不是秦朝之物，我见她说谎如此了得，一时也不知哪句真哪句假。"

马骝摇摇头说："不是不是，凭我多年的经验，这东西确实是秦朝之物，我不会看错的。我马骝给你俩长长历史知识吧。"马骝清了清嗓子，接着说，"古铜镜有很多种，虽然商代已经开始有铜镜出现，但还是以秦朝铜镜为最好，而且秦朝的铜镜流传到今天的，都是一些出土之物，传世的没几个。因为在古代，铜镜都是用来殉葬的，因为古人认为铜镜可以照死者幽冥，令其进入轮回之道，早日投胎做人，因此古代的铜镜大多都入土，也因为这样，所以有些人把铜镜称为'轮回镜'。还别说，这样的风气一直被沿袭下来，直到清朝还有人效仿。古铜镜的铜质非常好的，即使入土多年，挖出来的时候也不会失去其良美的质地，凭着她那把镜子的质地和色泽，我敢肯定，关灵手上那块古铜镜，一定是秦朝之物。"

等马骝抛完书包后，我对他说："真的如你所说，那又怎样？难道你想打她主意？"

马骝连连摆摆手说："别搞我，我只是随口说说而已，她是那个死老道的后人，我可不敢得罪。"

听马骝这样的口气，似乎里面大有故事。我刚想追问下去，就在这个时候，老族长的家人来叫我们出去吃饭，我只好作罢。

趁着饭菜上来的时候，我忽然想起一些事，连忙问老族长："老族长，您老人家有听说过'佛面空心'这样的地方名或者与之相关的事物吗？"

老族长沉思了一阵，说："你说的这个'佛面空心'没有听说过，不过我们这里倒是流传有'佛面赤竹'的传说，自古就有佛祖割肉饲鹰、存血喂蛇的故事，这种竹子说的就是佛祖普度众生，遇到蛇这种动物时，佛祖便以自身血液喂之，但蛇贪婪成性不断索取，佛祖只好将自身的血液保存到竹子中以供蛇来食用，此举终将蛇感化，蛇也不再食用竹中的血液，时间一长这种竹子就被染成了赤色，也就是'佛面赤竹'的由来。相传这种竹子子生长速度极慢，可千年不死，死后千年不倒，虽然生长条件要求极高，但生命力却十分顽强。不过时至今日，也只是传说而已，至今还没有人亲眼看过。"

听了老族长的一席话，我大为震惊。我的这本《藏龙诀》中第三部分灵物篇中就曾对此物轻描淡写道："佛面朱竹，通人之灵，佛之品性，蕴华邪物。"我回头一想，"佛面空心"这不就是说的'佛面朱竹'吗？

这么说来"佛面空心"的"佛面"与竹有关系是极有可能的，那么问题就落在了去哪寻找朱竹上了，找到这种竹，就离解开谜底不远了。不过这都只是我的猜测，至于是否真的如此还不得而知，索性还是不告诉马骝他们为好。

我记得我曾经看过一本名叫《古夫于亭杂录》的古书，里面有提到闽南及秦岭淮河一带有一种赤竹，色如丹砂，可以用来做禅杖，不过这种朱竹已经绝种。由于品种奇特，此竹对生长条件要求极为严苛，光照、湿度、气温以及周围的环境都会影响到赤竹的生长，要想找到绝非易事。

不过，夜郎国就是一个崇拜竹的国家，视竹为图腾，甚至有些地方把夜郎王叫作夜郎竹王。关于竹王的故事，最早见于古书《华阳国志》，书中记载，在上古时候，有一女子浣于遯水（可能是今贵州西南部北盘江），看见有三节赤色巨竹漂流过来身边，于是想把巨竹推开，但推开没多久又漂回过来，如是者几次，而且竹筒中还有婴儿啼哭的声音，女子觉得奇怪，于是将赤色巨竹拿回家里剖开一看，里面竟然有一个男孩。后来，女子将男孩抚养成人，男孩长大后资性聪颖、武艺超群。有一天他出去游玩，累了在一块大石上休息，叫随从做一些吃的，随从说这地方无水。他立即抽出身上的佩剑去击坐着那块大石，奇迹出现了，一股水流竟然从石头里涌出来。由于男孩生长的地方有成片赤色竹林，而且他是在竹筒中被发现，所以便以竹为姓。再后来，他势力强大，雄长一方，建立了夜郎国，自称夜郎侯，所以夜郎王也叫作夜郎竹王。

夜郎的历史文化，有着浓厚的宗教色彩，但并没有过多去描述"赤竹"的生长位置。我想，既然老族长说黑洞天坑里有"佛面赤竹"，那就一定跟"佛面空心"有关系。那么，剩下来的"空心"就很容易解释了，因为天坑在周围的山群中就像是被挖空了心一样，这正符合"空心"的定义。而且所谓空心者，竹也。这个"空心"的由来，用竹和天坑完全能对上号。

想到这里，我心里面一阵兴奋。吃完饭后，我们和老族长又讲天说地、谈古论今起来，其中老族长最为关心的还是关灵身上那面"轮回镜"，不断向关灵讨教。关灵这人嘴皮子功夫确实了得，天南地北乱吹一通，三两句就能把老族长说得如学生听教般频频点头，信到十足……

第二天早上，我们刚吃完早餐，老族长就叫来了当地的一个人给我们作向导。我一看来人，心里不禁打了个问号，心想老族长是不是老糊涂了，竟然找个小姑娘来带我们去凶险莫测的天坑？

第十四章　鬼仙道

只见眼前这个小姑娘看上去也就十五六岁，长得亭亭玉立，一身彝族女孩的打扮，脸蛋红润红润的甚是可爱，笑起来的时候眼睛还弯弯的，好像会说话一样，十分惹人喜欢。她身上还背着一个小箩筐，里面放有一只公鸡和些拜祭用的香烛衣纸。

见状，马骝立即开口对老族长说："老族长，您是不是搞错了，这小姑娘年纪这么小，带我们去那么危险的地儿，您舍得吗？"

老族长笑笑道："这位小兄弟，你可别小看我们的银珠，她虽年纪轻轻，但比许多大男人都了不得，那本事和你们的关小姐有得一比呢。要想去天坑，只有一条道，如果不能和鬼仙对话的话，就算去了，也回不来。我们银珠是族里唯一一个通灵的人，就算我们自己族人去天坑拜祭鬼仙，也需要靠她带路呢。"

和鬼仙通灵？这太邪乎点了吧？我们半信半疑，生怕这个叫银珠的小姑娘没有把我们带到天坑，反而要我们保护她，那可就麻烦了。但既然老族长对她如此信任，我们也不好意思拒绝，只好顺其自然了。

一路上，银珠像只小鸟一样窜窜跳跳，哼着我们听不懂的彝族歌曲，好像完全不担心的样子。看见她这般天真可爱，我们几个端在嗓子眼儿的心也慢慢放了下来。如果她没本事，估计老族长也不会把这么一个可爱的小女孩往这天坑里推吧!

经过一个榕树林的时候,我忽然想起什么,便对银珠说:"银珠妹妹,听老族长说,你是族里唯一一个能和鬼仙对话的人,不知道这是怎么回事呢?"

银珠说:"我们族里有一条规定,凡是七月十四出生的人,不分男女,均是与鬼仙有缘之人,这样就可以得到巫神传授,从而能与鬼仙通灵,祭拜时可以代替巫神,带族人们去天坑祭拜鬼仙。而我是近年来族里唯一一个在七月十四出生的人,所以老族长才会这样说。其实与鬼仙通灵是为了顺利通过鬼仙道,因为鬼仙道很复杂,如果不能得到鬼仙的指示的话,那就很容易迷路的。因为天坑就是鬼仙的家,我们凡人是不能随便去打搅的,如果要去的话,一定要事先和鬼仙沟通好,得到鬼仙的同意才能去的。"

我点点头说:"原来如此。那,何谓鬼仙道?"

银珠回答我说:"鬼仙道是唯一一条可以去天坑的路,也不知道是什么时候留下来的,传说那是鬼仙走过的,也有人说是我们彝族祖先留下的。由于道路错综复杂,到处都藏有机关陷阱,如果是不了解这条路的人,进去后是绝对走不出来的。不过即使是我们的人,如果没有和鬼仙事先沟通,也会在鬼仙道上迷路。"

关灵问:"之前那探险队也是经由这条鬼仙道去到天坑的吗?"

银珠点点头说:"没错,我听说也是我们族人带他们去到天坑口的,但他们不听我们的劝诫,擅自进入天坑内部,惹怒了鬼仙,导致死的死,疯的疯。"说到这里,银珠突然变成大人的口吻对我们说:"各位,我事先跟你们说啊,你们不可擅自进入天坑内部,或者蓄意破坏里面的一草一木一石,要不然出了什么事,我银珠也救不了你们。而且,可能还会连累我们族人。"

马骝笑嘻嘻地说:"银珠小妹妹,你不是可以跟鬼仙通灵吗?如果我们不小心得罪了鬼仙,请妹妹帮口说两句好话啊。话说,妹妹你是怎么跟鬼仙通灵的啊?"

银珠瞥了眼马骝,神秘一笑道:"等下你就知道了。"

说话间,我们眼前突然出现一棵参天大榕树,那棵树奇大无比,估计十来个人也合抱不下。其主干上布满了块状根系,好像山脉、峡谷,千沟万壑,大榕树干上抛撒出一束束气根,如一条条巨蟒把头深深地扎进泥土之中,像是要把地上的水分全部吸干一样。整棵树就是枝连枝、根连根，构成"独树成林"的奇观。原来刚才我们走的那个榕树林，其实就是同一棵树。

而在那些枝干上面，还缠满了长短不一的红色布带，飘飘荡荡的令人眼花缭乱。在主干靠近地下的地方，有一大片暗红色的东西，如鲜血被晾干之后一样，看起来非常诡异。

看见这种情景，我不禁想起了有云南一绝之称的榕树王，榕树王位于我国云南盈江，号称中国第一大树，树冠覆盖面积就有好几亩地，树龄已有一千多年，气根入土后长成的新树干就达一百多根，实在蔚为壮观。这棵千年大榕树不仅分枝多到令人折服，那些古老的传说更增添了不少神秘色彩。相传大榕树是土地公的休息之地，不许破坏，就连枯枝也不能捡回去当柴烧。但有一些人不信邪，蓄意去破坏它，结果这些人都莫名其妙受到了惩罚，病的病，死的死。有了这些神秘事件，这棵大榕树自然而然成为了人们心中的神灵之物，对其烧香祭拜，祈求风调雨顺、全家平安。

而我们眼前这棵大榕树与云南那棵相比，有过之而无不及，而且在主干下方，也有不少拜祭过的痕迹，不用说，这肯定是仙龙乡彝族人祭拜鬼神之地。

这个时候，只见银珠走到那棵大榕树下，接着放下背上的箩筐，双膝跪在地上，开始焚香烧纸，一时间，烟雾缭绕，更添几分诡异。她示意我们也跪下，马骝立即很不情愿地嘀咕起来："这拜神拜佛见得多了，拜树可倒是新鲜，这只是棵大榕树而已，没错，树是大得离奇，但总不会成了精吧，有什么好拜的……"

银珠说："我们这棵树叫通天神树，它虽然不是什么精怪，但却有灵性，哪家人要是有什么病灾之类的事，来这里祭拜一下，就可以消灾避难，非常神奇。"

马骝笑道："这简直比医生还了得啊！"

我连忙用手肘撞了一下他说："喂，这毕竟是人家的地盘，人家有人家的规矩，所谓入乡随俗，你哪来那么多费话？"

我虽然不明白银珠在搞什么，也不知道这棵通天神树到底有没有灵性，但在这种诡异莫测的地方，还是循规蹈矩点好。等我们跪下之后，只见银珠开始呢喃起来，像是在祷告，我们也听不清楚她在呢喃什么。念了一阵，银珠突然一手抓起箩筐里那只公鸡，也没见她拿出刀，右手只是轻轻在鸡脖子上一划，鲜血就开始从鸡脖子喷涌而出。银珠把鸡血滴在树干上，直到血流尽为止，然后才把公鸡扔进不远处的一个坑里。

看见这种情形，我才明白那主干为何是一大片暗红色了，原来上面残留的东西真的是血。按照这样来计算，这棵大榕树不知道"吸"了多少血了。

银珠做完这一切后，便对我们说："好了，我已经跟鬼仙沟通过了，可以带你们进入鬼仙道，去天坑那里。"

马骝一脸怀疑的样子说："小妹妹，这么快就完成通灵啦？我以为通灵会很复杂的呢，原来也只是念几句，杀只鸡祭拜一下就搞定了啊。"

银珠冷笑道："这个大哥，别以为这是个简单活，通灵不是一般人能做的，其中的奥秘玄机更不能透露。不是我银珠自夸，我们族人都来这里祭拜过，都想与鬼仙通灵，但只有我一个人能做到。要不大哥你来试试？不过事先说明一下，要是有个不测，招祸上身，可别怪我没提前打个招呼啊。"

马骝被银珠这样一说，立即尴尬笑了笑，连连摆手道："不敢不敢……"

九爷笑笑道："小妹妹啊，刚才看见你杀鸡的时候，手法非常干净利落，也不见有刀什么的，就一下子给鸡断喉了，就不知道是怎么一回事呢？"

银珠哈哈一笑说："哦，你说这个啊，那是我们族里的秘密武器。"说着，银珠从右手上取下一个银手镯，"你们看，这里有刀片镶着的，推一下就可以弹出来，必要时还可以用来防身。"

果然，在这个精致的银手镯上，有一个很巧妙的弹簧开关，开关连着一块非常锋利的刀片。只要把开关往上推一下，刀片就会弹出来，而且锋利的一面永远朝外，怎么都不会伤到自己。

我心想，这种设计真是厉害，分分钟杀人于无形。要是像我们这些城市人那么开放，整天抱头抱颈的话，被这东西割喉了都不知道是怎么回事。

就在这个时候，一阵窸窸窣窣的可怕声音突然响了起来，紧接着，不知从哪里一下子蹿出来十多只长相奇怪的大山鼠，纷纷扑向刚才银珠把公鸡扔进去的那个坑里，然后开始疯狂撕咬。不到一分钟，一只大公鸡就这样被吃得只剩下一堆鸡毛。那些大山鼠吃完公鸡后，往我们这边看了看，也不怕我们，胜利般露出锋利的牙齿，然后一溜烟钻进林里消失不见。

等那些山鼠消失后，关灵松了口气说："怪吓人的，这里的山鼠为什么是食肉的？我记得山鼠是吃素的啊？"

九爷摇摇头说："我看这不是山鼠，山鼠我见得多了，也吃过不少，绝不是这个样子的，我看好像是一种狐狸，会不会又是什么动物的变种？"

银珠说："我们这里管这些叫狐鼠，传说是狐仙和鼠仙的后代，既吃荤又吃素，在白天的时候，它们的活动就像狐狸一样，但一到了夜晚，就会转变成山鼠。我们的祖先为了不让它们去啃这里的树皮，于是就把祭拜后的东西扔给它们吃，久而久之，它们就习惯了我们人类，也不怕人。"

马骝惊讶道："真是不出远门，还不知道世上竟然有这种怪物啊。"

我也非常惊讶，真想不到这世上还有狐鼠这种杂交动物。因为"狐鼠"一直以来都是"狐狸"和"老鼠"的合称，古人只用它来讽刺贪官污吏，抨击官场黑暗，后来出现的一个词语叫"狐鼠之徒"，就是用来比喻品质低下的人。但想不到，仙龙乡的大山里，竟然真的会有一种动物叫狐鼠。虽然还未被生物界定名，但从它们的长相来看，除了"狐鼠"这个名字，估计其他名字都不符合。

这时，银珠对我们说，鬼仙道的入口就在通天神树的背后，这棵树之所以得此名，就是因为可以从这里通向天坑。

我们四个人跟着银珠，绕到通天神树的背后，在银珠扒开那些气根后，一个洞口赫然出现在我们眼前。这个洞口就在通天神树的主干里，洞口很大，两三个人并排走进去也不成问题。

从外形上看不出这树洞是天然的，还是人工做成的。但听银珠介绍，这树洞是天然而成的，关于这个树洞，还有一个传说。传说在很久以前，当地有一个农民在附近砍柴，正准备回家的时候，天空突然雷鸣电闪，下起了瓢泼大雨，农民于是扔下柴，跑来这大榕树下躲雨，无意中发现了树干里有个窟洞，他探身进去，看见里面很大，可以容身，于是便钻了进去。不料雨一直下个不停，砍了一天柴的农民也累了，在树洞里不知不觉睡着了觉，等他醒来的时候，却发现自己正处于天坑之上，一条神龙盘旋在一旁。农民被吓得六神无主，就在这个时候，那条神龙突然开口说话，它说这里是鬼仙之地，它是鬼仙的守护神，因为多年来，鬼仙未被祭拜，仙气逐渐变弱，所以叫农民回去叫族里的人，每年的七月十四，就要前来天坑这里祭拜鬼仙，这样就会得到鬼仙庇佑，风调雨顺，人人平安。否则的话，鬼仙将会降祸全村，人畜不生，草木不长。

神龙说完，摆了摆尾巴，立即刮起一阵强风。农民被吹得睁不开眼，只感觉自己被吹得摇摇晃晃、飘飘荡荡，等风停了之后，他睁开眼睛一看，发现自己竟然又躺回在那个树洞中。外面的雨已经停了，农民急匆匆跑回村里，把这件事跟族里的人说了，然而谁也没相信他，认为他只是南柯一梦，都不以为然。

一直到了七月十四那天晚上，天空突然雷鸣电闪，不一会儿就下起了倾盆大雨，这雨一直从晚上下到天亮还不见停，族里的建筑哪里经得住雨水的冲刷，崩的崩，倒的倒，加上山体滑坡，有的房屋甚至被泥石流淹没。外面的田地也早已成了水塘，放眼望去，一片汪洋。这个时候，族人们方才想起那个农民的话，于是全部聚集在一起，对着天坑那边不断磕头认错。说来也奇，他们一磕头，刚才还是倾盆大雨，立即变成了毛毛小雨。族人们简单收拾好家里，便带着祭品来到大榕树的树洞里，无意中发现里面出现了一条秘道，而秘道竟然可以一直通往天坑……

后来，每逢七月十四，族人就有了祭拜鬼仙的仪式，而这棵树就被叫作通天神树，这条秘道也因此被称为鬼仙道。

第十五章 九宫八卦十二道

关于这些传说，我当然不会相信，只当故事来听。但出现在眼前的鬼仙道，就不能不相信了，就连踏出去的每一步，都变得小心翼翼。每隔十几米，就有一盏长明油灯，这种油灯虽然有长明之称，但并不是真的永久不灭，只要灯油烧尽，油灯自然会熄灭。所以，我估计这里时不时会有人来为油灯添油。除此之外，边上还可以看见一些弓箭和利器，甚至道路中心还设有陷阱。我想这个除了可以阻止外人擅闯，估计更多时候是用来阻止野兽的侵犯。

鬼仙道说白了，就是一条铺了青石板的地下通道，只不过通常的地下通道都是直路比弯路多的，但这鬼仙道却刚刚相反，九曲十八弯，分叉路又多，走了一段路，我们已经被兜得头晕脑涨，分不清个东南西北。

这条鬼仙道也不知道是谁设计的，简直就是一个迷宫，如果不熟悉的话，估计真的会被困死在这里面。银珠开始走得还是比较快，比较顺，但越走到后面，就变得越慢，而且到了分叉路的时候，她还会停下来，闭上眼睛想一想才走。

看见这样，我忽然想到一件事，我估计所谓与鬼仙通灵，只不过是当地的一种迷信，真相恐怕是大脑的记忆力，因为没有较强的记忆力，是不可能走出这条鬼仙道的。而每个人的记忆力都不同，如果经过特殊的训练，那完全可以达到记忆高手的境界。银珠说过，她被巫神传授过通灵之术，可能那个巫神就是个记忆高手，有一套记忆鬼仙道的方法，而银珠刚好是在七月十四出生，所以才被选中为接班人。不过，即使不是银珠，换成另外一个人，只要记住了鬼仙道的走法，估计也可以说自己能与鬼仙通灵。

我看了看时间，已经走了差不多半个小时了，但鬼仙道好像没有尽头一样。我于是对银珠说："妹妹，还要走多久才能到啊？"

银珠说："还早着呢。这才差不多一半路，而且出了鬼仙道，还要走一段山路，才能到达天坑。"

马骝一听才走了不到一半路，立即嚷嚷起来："走了那么久还不到一半路，到底这鬼仙道有多长啊？这七拐八拐的，再这样走下去，我马骝双腿都要扭成麻花了。这鬼仙道真他……真不是人走的道……"可能见有个小姑娘在这里，马骝立即改了一贯的粗口风格。

九爷喘息着说："我都快没气了，要不大家就在此休息一下吧。"

银珠点头道："好吧，我们休息一下，你们第一次走这种道，确实是比较累的。不过这前面的路还算比较好走的，后面的会更加难呢。"

趁着休息，我问银珠："妹妹，你们彝族是不是古夜郎的后裔？"

银珠抬起头，瞪大眼睛看着我说："哥哥，你也知道夜郎国？没错，我听族长说过，我们这里的人都是夜郎后裔。"

我接着问："那你听说过夜郎迷幻城吗？"

银珠想了想，然后摇摇头说："没有听说过，那是什么地方？"

我说："那是一个很神秘的地下城池，传说是夜郎国留下来的，里面藏有宝藏，不过这个地下城池非常神秘，至今无人知道具体位置在哪儿。"

银珠眨了眨眼睛，两条细细的眉毛皱着一起，然后说："你说的地下城池，会不会就是我们这里所传说的地下龙宫？"

地下龙宫？我们四个一听，顿时打起十二分精神来，我连忙对银珠说："妹妹，那你给我们说说这个地下龙宫呗。"

银珠说："我听族长说，以前的天坑不是叫黑洞天坑，是叫龙洞，也叫鬼仙洞，说在天坑的底下，有一个龙宫，那里住有一条神龙，神龙是鬼仙的守护神，龙宫里面有无数的金银珠宝，还有喝了可以长生不老的仙水。仙龙乡的名字，也是因此而来的。不过，这都只是传说，至于龙宫里面究竟是个什么样，也没有人知道，因为至今也没有人能顺利到达天坑底部。"

关灵问："那地方很难下去的吗？"

银珠笑笑说："不是难下，是根本没路可下，天坑四周围都是悬崖峭壁，除了会飞的动物，其他根本不可能下得去。"

九爷忽然开口对银珠说："小妹妹，你说天坑没路可下，那当年的探险队，又是如何下去的呢？"

银珠摇了摇头，一脸认真地说："这位阿伯，你说错了，那些探险队并没有完全下去天坑，听说那四个死在天坑里的人，是因为他们想下去坑底，触怒了鬼仙，鬼仙于是派神龙将他们吃掉了。还有四个是在上面，没下去才保住了性命，不过他们也因为触怒了鬼仙，回去后也一定会遭到报应。说来说去，这都是因为他们触怒了鬼仙，罪有应得。"

银珠说到这里，忽然注视着我们说："我听老族长说，你们去天坑的目的是去引渡亡魂，难道你们要下去天坑吗？"

我对她说："就算我们想下，也不可能啊，你不是说天坑无路可下吗？我们只能在周围观察一下，看能不能引渡那亡魂了。"

银珠点点头，看着我说："嗯，你们最好还是别想着下去，免得触怒鬼仙。因为是我带你们去天坑的，所以你们要答应我，千万千万别碰天坑那里的东西，哪怕一草一木，我怕鬼仙会怪罪于我。"

看见银珠一脸认真的表情，我心里觉得有点好笑，只好点头表示答应她。不过，也难怪她，银珠只是一个十五六岁的小姑娘，一直生长在山区，虽然有上学，但毕竟山区的教育不到位，教育资源非常紧缺，那些学习用品都是别处捐赠过来的，导致他们缺乏良好的科学知识，所以对于族里的那些传说肯定都会信以为真。

不过，既然天坑无路可下，那如果夜郎迷幻城真的是彝族人所说的地下龙宫的话，我们该如何是好？不过，现在也管不了那么多了，正所谓车到山前必有路，船到桥头自然直，去到天坑再作打算。

接下来，我们继续在鬼仙道里兜来绕去。又走了一段路，前面突然出现两条手臂粗的大蛇拦住了去路，只见它们竖起半条身子，对着我们不断吐舌头。九爷吓得躲在了我的身后，连声音都变了："是过山峰，过山峰……"

别说九爷害怕，我们三个也被吓得后退了几步，只有银珠一人比较淡定。我们都知道，过山峰，学名其实叫眼镜王蛇，这种蛇的毒性非常厉害，性情又凶猛，反应也极其敏捷，一旦盯着了猎物，便会追着不放。如果人一旦被它咬了，半小时内没有及时的药物治疗必定死亡。

银珠很淡定地笑着对我们说："你们都叫它们过山峰吗？我们这里叫吹风蛇，因为它们发出的声音像吹风一样。你们不用怕，这两条吹风蛇是我们放养的，主要是为了吃这里的老鼠，免得它们打洞破坏鬼仙道。而且有我在，它们是不会伤害你们的。"

马骝低声说："小妹妹，你可别开玩笑啊，这蛇可不是闹着玩的。"

银珠没理马骝，从身上拿出一个哨子之类的东西吹了一下，那两条眼镜王蛇立即把竖起的半截身子趴了下来，然后慢慢往旁边的一条分叉路爬去。

这个时候，我们才知道这个小姑娘确实有点本事，都不敢小瞧她了。等蛇走了之后，我们继续向前走。走着走着，关灵忽然小声对我说："怎么我觉得这条鬼仙道有点怪怪的，好像在兜圈，又好像在走直路。"

我说："我也有这种感觉，会不会是故意制造出这种走法，令我们觉得这鬼仙道神秘莫测？"

关灵摇摇头说："我看不是，这种走法好像跟那个九宫八卦有关系，也似乎跟十二道有点关联。如果真是这样，那我们就真的处于生死边缘了，因为我们的命都在那个小姑娘手里捏着，她要是忘了一处地方，我们就玩儿完了。"

关灵所说的九宫八卦，我稍微有点了解，按照《藏龙诀》中的说法，九宫八卦不仅可用作排兵布阵，也可用于藏宝技术，属于藏宝法门的九级藏宝术，也就是藏宝级别最高的一种，八卦在此前有提到，而所谓九宫，其实是排局的框架和阵地，它是洛书与后天八卦的结合。古代的天文学家将天宫以井字划分乾宫、坎宫、艮宫、震宫、中宫、巽宫、离宫、坤宫、兑宫九个等份，在晚间从地上观天的七曜与星宿移动，可知方向及季节等信息。而九宫八卦阵，其实就是我们平时所说的奇门遁甲。

《黄帝阴符经》上讲"八卦甲子，神机鬼藏"，即是说，奇门遁甲的神妙之处均藏在八卦和甲子之中。相传，九宫八卦阵是三国时诸葛亮创设的一种阵法。诸葛亮在御敌时以乱石堆成石阵，按遁甲分成休、生、伤、杜、景、死、惊、开八门，变化万端，可当十万精兵。

而在我们现在这个时代，也有一个九宫八卦阵，这个阵是在河南省南阳市的陌陂街，是一项独特的汉族民间游艺活动，俗称黄河九曲连。游客步入九宫八卦阵游玩，流连忘返，可谓"人在宫中走，一览千古情"。但是，至于关灵所说的十二道，我就从来未听过。

关灵解释说，十二道是出自汉代六博，所谓六博，就是六白六黑十二棋，双方相争博一局。六博在汉代非常流行，出土的汉俑即有二人对坐六博者。《博经》上也有记载，每人六棋，相争一局，局分十二道，中间横一空间为水，放鱼两枚。后来有高人将这十二道运用到九宫八卦阵里面，只留一个生门，甚少有人能破。所以，十二道又叫"鬼道"，意思是为了突出通过的难度，以至于只有鬼才能走出去。

这个九宫八卦十二道，通俗点说，就是在八卦里面有九宫，九宫里面再有十二道，如此复杂的阵法，或者说是路线，真的比迷宫还要迷宫，不是一般人能走得了的。

之前我猜测，银珠要与鬼仙通灵才可以走这条鬼仙道，其实真相可能是记忆力，但现在细想一下，除了要有惊人的记忆力之外，还要懂得九宫八卦十二道的阵法要点，这真的不是常人可以做到的。而银珠小小年纪，就可以做到这点，看来她被族里选中，并非只是在七月十四出生那么简单，天赋在其中占了很大比例。

我问关灵："那你能破这个九宫八卦十二道吗？"

关灵摇摇头说："我只是对这个阵法略懂一二，这个估计连我爷爷也不会破。就不知道这仙龙乡里隐藏着什么高人，竟然可以破解如此复杂的九宫八卦十二道。"

我说："照我说啊，挖出此道的人才是真正的高人，怪不得这鬼仙道有那么多离奇传说，其实一点也不夸张，要是把这摆上网，估计会有人认为这是外星人的基地呢。"

这个时候，走在前面的马骝突然扭过头来对我和关灵喊道："喂，你们两个在后面磨磨蹭蹭的搞什么鬼啊，还不快点跟上来，终于要见天了。"

我抬头一看，前面果然有微弱的光线照进来，看来离这条鬼仙道的尽头不远了。

第十六章　黑洞天坑

出了鬼仙道，银珠指着前面对我们说："我就只能带你们来到这里了，你们只要沿着这条路一直往前走，就可以到达天坑的。不过，这个季节，你们要小心脚下的石溜子儿，别给滑倒了哦，这路边就是悬崖峭壁，滑下去可就惨了。"

说着，她从身上拿出一个小竹筒，递给我说："这个是我们这里的信号筒，你们要是回来的话，可以拉下这条弦，然后就可以发射信号弹，我就会来接你们的啦。还是那句，千万别惹怒了鬼仙，记住哦。"

我接过信号筒，对银珠说："妹妹，我们真的非常感谢你，要不是你，我们都不知道怎么来天坑呢。"

一旁的马骝笑嘻嘻地说："哎呀，斗爷你说这些有什么用，要感谢就来点实质的。"然后他对银珠说，"银珠小妹妹啊，要是哪天你到广州来玩，记得来找我马骝哥呀，马骝哥我管吃管住管玩，做你的导游，作你去看广州塔，游珠江，吃美食。有我马骝哥罩着，你在广州横着走都不用怕。"

银珠被马骝逗得嘻嘻笑了起来，对马骝做了个鬼脸："你就吹吧，我看这里面最不靠谱的就是你呢，哈哈。哥哥姐姐们，就这样吧，我走啰，你们保重。"银珠说完，向我们挥了挥手，然后一头钻进鬼仙道，眨眼便没了踪影。

马骝喝了口水，看着鬼仙道自言自语："这银珠真是可爱啊，这少数民族的女孩就是特别纯，特别漂亮……"

我忍不住骂他："你这个死马骝，你不会是想打什么坏主意吧？我告诉你，你千万别有那些肮脏的想法，要不然我一脚踹你进天坑。"

马骝一脸认真道："喂喂喂，看你说的，什么坏主意，什么肮脏想法，我马骝是那种人吗？我只是欣赏她的可爱，她的纯洁。你想下，现在哪里还有这么纯洁可爱的女孩子？要是像银珠这样的女孩在我们那边的话，早就变成城市的空气一样，被污染了。"

马骝的话，我竟无言以对。那也是，银珠的那种纯真和可爱，也只有在这种远离城市喧嚣、不受网络侵害的地方才有，这也难怪马骝会有这番感慨。

我看了看前面，所看到之处都是一片林海，感觉就像进入了原始森林一样。而脚下的路很窄，仅能容纳一个人行走。我们只是喝了口水，也没有休息，便继续前行。马骝想抽烟，但被我制止了，这里的环境虽然比较潮湿，不会担心火灾发生，但烟火会不会引来其他东西，就很难说了，还是小心为妙。所幸我们三个男人都不是烟瘾很大的人，所以抽不抽烟对我们来说并没什么。

脚下这条路比起鬼仙道，虽然没有那么复杂，但还是令人步步惊心，因为脚下的石头不知为何长满青苔，滑溜溜的，踩在上面真是令人胆寒。估计银珠所说的石溜子儿就是这些吧。而路边就是悬崖峭壁，如果说一个不小心踩滑的话，那真是尸骨无存。

这个时候，已经差不多中午了，天气有点闷热，加上长途跋涉，我们身上的衣服都被汗浸湿了一大片。我忽然想起什么，便问关灵："之前你拿出来那个铜镜，可是件宝物啊，不知道是从哪里得来的呢？"

关灵笑笑说："这是我收购回来的，至于从何而来，我也不晓得。我只是看见上面的雕饰挺漂亮，就收回来自用而已。不过，这东西确实是件古董。"

一旁的九爷问："那铜镜真的是'轮回镜'吗？"

关灵哈哈一笑，说："九爷你真的相信啊，我只不过是对老族长说了个谎，好让他告诉我们龙洞的情况而已。不过，古时候也的确也有人把这铜镜称作轮回镜，但那都是道家的一种称号而已，并不是真的可以渡人轮回。"

在转过一个弯后，走在最后的马骝突然骂骂咧咧起来："他娘的，怎么那么痒啊……"

我们几个连忙停下脚步，转过身来去看马骝，只见他不断伸手抓自己的手臂和脖子，有些地方已经被抓出血了，表情非常难受。我立即对他叫道："别抓了，都抓出血来了，你这样抓会越抓越多的。"

　　马骝急得满头大汗："好痒啊，没办法不抓啊……"

　　九爷说："怕是碰到了痒丝虫吧，这种虫的毛有毒，与皮肤一接触就会奇痒无比。"

　　马骝说："我也不知道碰到什么，就突然痒了起来，哎哟，痒死我了……你看你看，都起块了，好像风团一样。九爷，你上山的经验多，碰到这情况怎么解决啊？"

　　九爷说："通常情况下，用生姜和烧酒烧盆热水洗洗，然后用清凉油搽一下，就基本会消痒的。不过，我们在这地方，哪有这些东西啊。"

　　我说："先别急，我的背包里有药品，有一瓶双飞人，可以止痒的。"

　　我一边说，一边从背包里拿出一包药来，但找遍了药包，也不见那瓶双飞人，"怪了怪了，什么药都在，就偏偏不见了那瓶双飞人。"

　　这时，只见马骝有点不好意思地对我说："斗爷，那、那瓶东西可能是落在老族长家里了，昨晚我被蚊子咬了，拿了那瓶东西来搽了下，一时忘记放回去了。"

　　我摇摇头对他说："马骝啊马骝，看吧，这次真的用活该来形容你了，老是粗心大意，你说现在怎么办？"

　　一旁的关灵说："你别说他啦，看他那难受的样子，恨不得把那身猴皮都抓下来呢。我这里应该有止痒的药，我找找看。"

　　关灵把背包放在地上，找了一阵后，她拿出一支六神花露水，接着又拿出一支消毒止痒水，"马骝，你用这瓶止痒水，斗爷和九爷，你们用这瓶花露水。"

　　马骝像是抓住了救命稻草一样，接过止痒水就拧开瓶盖，像倒水般往身上痒的地方倒去，只听见他"咿咿呀呀"叫起来："关大小姐，你给我的是止痒水，还是镪水啊，怎么那么痛……"

　　关灵捂着嘴笑道："你没仔细看使用说明吗？你这倒水一样，不痛死你才怪。"

　　他们说话间，我和九爷也往身上搽好了花露水，有这东西防身，估计一般

126

的蚊虫不敢靠近。我看看马骝，他几乎搽完整支止痒水，还一边搽一边杀猪般叫。

我忍不住揶揄马骝说："喂，有没有那么痛啊，你这样叫，小心引来了那些母山猪，它们以为你是在求偶呢。"

马骝呻吟般的声音说："这个时候还揶揄我，就不知道这个痒可不可以传染呢，等你试下这个滋味。"

关灵连忙说："喂，你们两个少闹一会儿行不？马骝，还痒吗？要是不痒了，就走吧。照这样下去，天黑了都还没到天坑呢。"

马骝把止痒水还给关灵说："谢谢关大小姐的药水，这药水真是有效，搽了之后果然好很多了，就是抓伤的地方有些痛。"

九爷笑笑说："马骝老弟，痛比痒好受点吧。男人大丈夫，一点点皮肉之痛没啥大碍的，幸好银珠不在这里，不然看见你这样，就真的丢脸了。"

我们一边笑着马骝，一边继续赶路。这条路虽然难走，但幸好不算很长，在转过一个大弯后，前面突然变成了平地树林，只见在茫茫林海中，隐隐约约可以看见前面白雾缭绕，如妖魔吐气，令人生畏。

马骝惊喜道："难道前面就是天坑之地？"

我们立即加快了脚步，在穿过一片树林后，一个巨大的天坑赫然出现在眼前。只见这个天坑雾气升腾，一削千丈的绝壁直插地下，坑下一片漆黑，令人毛骨悚然。站到天坑边上，心跳顿时加快，这个天坑甚至有一种要把人和魂魄往下拽的感觉。马骝和关灵连忙从身上拿出手机，对着天坑就是一顿乱拍。

我从包里拿出这三块玉佩，仔细打量着它们，说起来第一块夔龙玉佩的含义比较容易猜，那就是卧龙山藏宝地，可我们却扑了空，难道说这里是巫官金故意设置的陷阱？我想绝非那么简单。我开始思考关谷山是如何猜出"赫章龙洞，佛面空心"这句隐语的。我随即捧起了关灵的这块玉佩仔细打量，玉佩上的大圆图案立刻进入我的眼帘，难道这大圆代表的就是这天坑？"天坑！龙洞！"——看着这块玉佩上的盘龙图案，这两个词不自觉地从脑子里蹦出来。

关灵忽然凑了过来问："阿斗，你拿着玉佩在想什么呢？"

我笑了笑说："没、没事。我是想三块玉佩都带在我身上不安全，万一我出了什么事儿那三块玉佩就都没了，我想把它们拿出来分开保管。"

九爷和马骝也凑了过来，我继续说："九爷，关灵，这玉佩你们两个人一人拿上一个，用绳子把它挂在脖子上，万一遇到危险我们还能扔下背包逃跑。"

马骝撇撇嘴说："斗爷，你这可就不公平了，为什么你们几个人一人挂一个，不分给我呢？"

我说："一边儿去，就你那马马虎虎样儿不把自己丢了算不错了，还戴什么玉佩。"

马骝笑笑说："也是，也是，哈哈。"

我虽然对贵州这个地方不熟，但对于天坑还是有所了解。古书所记载的天龙口和无底洞，指的就是天坑，而在喀斯特地貌学上，天坑被称为"漏斗"。传说天坑地下有龙宫、还有地下海洋和地下森林，神乎其神。一些深不见底的天坑地下究竟有什么，至今也无从考究。

眼前这个天坑虽然气势恢宏，但据我了解，还并不是世界上最大的"漏斗"，被誉为"天下第一坑"的天坑是在重庆的小寨，是世界上迄今为止发现的最大的"漏斗"。这个小寨天坑有两处坑壁台地，其中在位于三百米的台地发现了两间房屋，也就是说曾经有人隐居在这里。但究竟是什么人，就不得而知了，不过可以在这种环境下隐居，一定是世外高人。

小寨天坑内不仅有众多暗河，还有四通八达的密洞。而这些河岸有大量珍奇的动植物，到底有多少，谁也不知道。天坑中的洞穴群更是奇绝险峻，近年来各国探险家曾多次进行探险考察，但目前，仍未完全了解天坑中许多洞穴的情况。他们都认为这儿是世界上第一流的魔幻式洞穴群，科学家们还在许多洞穴中，发现不少珍稀动植物和古生物化石。名震中外的"巫山猿人"化石，就是在距小寨天坑二三十公里外的巫山龙骨坡发现的。

而我们这里的黑洞天坑虽然从面积上来说不是最大，但从神秘感来讲，比起那个小寨天坑，有过之而无不及，因为至今还没有发现关于这个黑洞天坑的任何资料记载。

这个时候，只听见马骝说："这天坑真如银珠所说，无路可下啊！就算我们有绳索，也到不了坑底，怎么办呢？"

九爷摇了摇头说："这由绳索下去，无疑等于自寻短路。"

关灵说："这里肯定隐藏着一条天坑之路，只是未被发现而已，从'赫章龙洞，佛面空心'来看，我们只是到达了'龙洞'，而'佛面空心'我们根本还没参透。"

这个时候我笑了笑说："关灵，你不是挺聪明的吗？怎么这么简单的谜语还没有猜透？"

还在东张西望的马骝赶紧凑过来叫道："斗爷，难道你知道'佛面空心'是什么意思了？你竟然不告诉我老孙！"

关灵和九爷也立刻来了精神，我继续说："你们还记得老族长说的佛面赤竹吗？这种赤竹也叫朱竹，长有佛面，对生长条件极为严苛，不过有可能就生长在这天坑附近，'空心'应该就是指的天坑，而佛面极有可能就是说的这种竹。"

关灵眨着大眼睛，说："你说得有理，只要我们找到了'佛面朱竹'，估计就离迷幻城不远了。"

马骝放眼看了看周围说："这只是传说而已，难道真的有这种竹子存在吗？"

我说："真不真试过才知，既然有传说流传下来，多多少少都会有些影子的。就好像夜郎迷城一样，虽然也只是传说，但我们还不是一样相信，千里迢迢跑来这里寻找，又真的被我们找到了这个'龙洞'。所以说，乡村里的一些传说并不见得会是空穴来风。"

我的一番话说得马骝一个劲点头："有道理，有道理。那我们就不要在这里耗时间了，赶快去寻找那什么'佛面朱竹'吧。"

于是，我们几个开始在周围寻找这种被当地人称为"神仙竹"的"佛面朱竹"。为了防止迷路，我们在走过的地方都做了记号。天坑周围虽然丛林茂密、荆棘丛生，但还是有些被走过的小路，路上还留有拜祭过的痕迹，估计是仙龙乡的人来这里祭拜天坑走出来的。由于"佛面朱竹"这种东西不是什么宝藏，因此那本《藏龙诀》上也没有教人如何去寻找。不过，既然这种竹不是寻常之物，那应该长在不寻常之地。

我们一边走，一边四处看，特别是有竹子的地方，我们更加仔细确认那地方有没有洞口或者类似秘道之类的东西。走了一段路，前面似乎越来越阴森，突然，走在前面的马骝一下子收住脚，转过身对我们做出了一个噤声的手势。我们不知道发生了什么，但看见马骝那严肃的神情，应该是发现了什么东西。我们立即竖起耳朵倾听，不久，一阵类似小孩的哭叫声隐隐约约从前面的树林里传来，声音时短时长，时高时低，好似有个小孩在嘤嘤哭泣。

九爷最怕这种东西，吓得舌头都打结了："这、这是什么东西啊……不会撞鬼了吧？"

我说："这大白天的，哪来的鬼啊？"

马骝吐了口水说："这里如此阴森诡异，有鬼也不奇怪啊。他娘的，不会是鬼仙知道我们来了，出洞来迎接吧？这下惨了，银珠说过，千万不能得罪鬼仙，不然死无……"

关灵立即打断马骝的话说："你这个马骝，就净胡说些不吉利的话，我们又没触犯这里的东西，何来得罪呢？这些声音怕是哪些动物发出来的吧，这种人迹罕至的地方怎么可能会有小孩在哭呢？"

马骝说："关大小姐，话可不能这么说。我们现在是在找进入天坑的路，这表面上就是想侵犯鬼仙之地了，话又说回来，这分明是个小孩在哭，怎么会是动物呢？我马骝闯荡江湖那么久，什么没见过？怎么会连小孩子的哭声和动物的叫声都分辨不出来？"

关灵说："你没见过，不代表没有啊，猫叫春的声音就是类似这样的，还有一种叫娃娃鱼，叫声也像这样。"

马骝说："可是，猫不是在夜晚才叫春的吗？娃娃鱼不会出现在森林里吧？"

我看见他们你一句我一句吵起来，忍不住制止他们说："你们都别吵了，过去看看不就知道了吗？马骝，要是你怕的话，就跟在我后面，我就不信真的撞鬼了。"

我一边说，一边走到最前面，马骝跟在我后面，还在嘀嘀咕咕地说"这怎么可能是动物在哭叫呢"。其实我自己也不相信是动物的哭叫声，要是在晚上，没准会认为是猫叫春，或者是在一些地下河里可以碰到的娃娃鱼，但这里是茂密丛林，而且是大白天，这两种东西都不可能会出现。

走了一段路，声音越来越清晰，也越来越令人毛骨悚然。再向着声音的方向往前走了十多米，一个巨大的黑影突然出现在茂密的树林中。我们定眼一看，原来这个巨大的黑影，是一只大鸟，有点像老鹰。只见这只大鸟有一米多高，全身的羽毛都是黑色的，但鸟喙是黄色的，非常尖，上面沾着一些血。而在它身下，有一只奄奄一息的小野猪躺在那里。

可能发现有人靠近，那只大鸟立即转过身来，对着我们这边叫了起来，这么近距离听它的叫声，真的像一个小孩在哭叫，非常凄厉。

这个时候，马骝才惊讶出声："我屌，原来是这只家伙发出的怪声。"

关灵得意道："怎样？马骝，我没猜错吧。"

马骝对关灵竖起大拇指说："还是关大小姐你厉害。这只巨鸟比卧龙山那些还要大，还要诡异，就不知道这只家伙又是个什么品种，竟然可以捕获到一只野猪。"

关灵说："这我就不清楚了，你得问问我们知识渊博的斗爷了。"关灵边说边看向我，脸上还带着一丝令人猜不透的笑容。

我耸耸肩，笑笑说："哈，你以为我是百科全书啊，什么都知道。不过，估计百科全书也没有记载，说不定这种巨鸟是个新物种，还没……"

我话都还没说完，只见那只大鸟突然扑腾一下，展开一双长达两米多的大翅膀，犹如一只庞大的怪物般直直地向我们这个方向奔跑过来。看那阵势，似乎把我们当作了猎物。

我们连忙往后退，但由于山路崎岖，加上又焦急，关灵一不小心被树藤绊倒在地，我连忙扶起她继续往后退。这时，马骝突然大喊一声："赶快爬上树去！"

九爷是个山里人，爬树对他来说不成问题，很快找了一棵大树爬了上去。而关灵不知是因为刚才绊了一下脚，还是因为不会爬树，看见她蹬了几脚都爬不上去。这种时候我也顾不上什么礼节了，一手托着她的屁股，另一只手托着她的腰，用力往上一送，硬是把她弄上了树，然后我自己也三两下爬上了另外一棵树。

这个时候，我才忽然想到，追击我们的是一只大鸟，我们爬上树岂不是正合它的胃口吗？我在心里直喊糟糕，刚想破口大骂马骝一顿，却看见他不知从哪里弄来了一个弹弓，用双脚夹住一棵树，然后拉弓对准那只冲过来的巨鸟。看见马骝这副架势，我立即放心了。我知道马骝的能力，他从小就耍得一手好弹弓，可以说是百发百中。

因为这弹弓，马骝还成为了学校的"明星"。那是读高中的时候，我们班的一些坏小子跟马骝打了个赌，说要是马骝把女教师宿舍上面晾晒的内衣打下来，就请马骝喝一个星期汽水。马骝是个穷人家的孩子，听说赢了有一个星期汽水喝，就不管三七二十一了，来到女教师宿舍楼下，拉弓对准晾晒在三楼的一件内衣，然后只听见"啪"的一声，那件内衣应声而落，大家当时笑得前俯后仰。后来这事被班主任知道了，马骝他们被开了批判大会，马骝也因此成了学校的"明星"。

闲话休提，只见马骝拉弓对准那只巨鸟，就在巨鸟想飞起来的时候，马骝突然一松手，那只巨鸟的头立即向后仰了一下，整只扑落回地上，这情形应该是打中了它的头。马骝接着连发几弹，弹弹都射中那只巨鸟的头部，可能是害怕了，巨鸟长嘶一声，扑棱起翅膀，掉转头飞进了树林里。

等那只巨鸟不见后，我们才回到地面上来。我对马骝说："你这个死马骝，你知道你差点害死我们吗？"

马骝一头雾水道："什么？我差点害死你们？我救了你们，你们连句多谢都没有，还反而说我差点害死你们，你这家伙胡说些什么啊？"

我说："你叫我们上树，可那是只鸟啊，这不是送死吗？"

马骝一听，哈哈大笑起来："啊，这个啊，哈哈，我不是存心害你们的，你也知道，当时那种情况，我要找个制高点，才能打得中那怪物嘛，所以……嗯，就顺带着连你们也喊上了。"

九爷抹了抹额头上的冷汗说："幸好马骝老弟有这功夫啊，我爬上那么高，就算那家伙不吃人，只是吓我一下，这么高掉下来的话，我这条老命估计就葬送这里了。"

我忽然想到什么，便问马骝："你这弹弓是从哪里弄来的？之前在卧龙山的时候，怎么不见你拿出来啊？"

马骝笑嘻嘻说："这个嘛，是从那个老族长那里偷……啊不，拿的拿的。"

我说："马骝啊马骝，人家好好的招待你，你竟然趁机偷人家的东西？这被人知道，我们的面子还往哪里搁？"

马骝依然那副笑嘻嘻的嘴脸说："我都说了不是偷的，我是拿的，我留下了钱的。五十块啊，也算对得起他了吧。别那么较真儿嘛，不就是一个弹弓吗，刚才要不是有这弹弓，我们还不知道能不能像现在这样站在这里说话呢。"

这时，我才注意到关灵一个人走到一旁，不知是吓到了还是什么，一直低着头。我便走过去对她说："没事吧？刚才绊了一下，有没有弄到脚？"

关灵抬起头看见我，霎时红了红脸，不敢跟我对视，只是轻轻摇了摇头。看见这情形，我立即明白是因为什么了，毕竟被一个大男人摸了腰还摸了屁股，换做谁都会感到尴尬。我连忙向她解释说："刚才那……嗯，不是故意的，我也是情急之下才这样做，希望你别介意。"

关灵点点头："嗯，没事，我明白。"

于是，我们重新出发，继续寻找传说中的"佛面朱竹"。一路上，关灵都很少和我有眼神的接触，我不知道她是因为害羞，还是嘴里说没事，其实心里在生我气。

就这样东寻西找，约莫找了一个多小时，还是没有发现传说中的"佛面朱竹"。我们也深知，想找到这种东西，并不是那么容易。

这个时候，大家的肚子都咕咕作响，我看了看时间，发现已经是两点多钟了。要是不看钟，单从天色和周边的环境来判断的话，肯定会认为差不多是黄昏时候。

我们从背包里拿出一些饼干和方便面等干粮，就着从仙龙乡里装的山泉水吃了起来。九爷一边吃一边看着我说："我说啊，我们这样找下去也不是办法，这干粮和水都有限，虽说可以撑那天不成问题，但要是找不到那竹子，又或者说，万一信息有误，那我们就只有打道回府了，我们得再想想办法。"

马骝也接着说："九爷说得没错，我现在不怕找，就怕如九爷所说，万一信息有误，那我们就白忙活了。"马骝说话的时候，是看着关灵说的。

关灵当然明白马骝话里有话，只见她笑笑说："俗话有讲，信则有，不信则无，我是相信我爷爷的，他从玉佩上解出夜郎迷幻城是在龙洞这里，那一定会是在这天坑底下。况且，你没听银珠说过吗？这里的人也说天坑底下有一个地下龙宫，只是没有人下去过探明而已。"

马骝忽然叹息一声说："我不是不信你，我只是……"马骝想说"我只是不信你爷爷"，但话到嘴边又吞了回去，只见他摇了摇头说："唉，那我们现在怎么办？盲目寻找也不是办法。斗爷，这里就数你是最贼的了，啊不，是智商最高，你得给大家想想办法啊。"

第十七章　佛面竹洞

被马骝这样一说，我立即感觉责任和压力都非常大，我只好对他们说："大家先别那么气馁，办法肯定是有的，只是还没想到而已。你们看，从一开始我们什么都没有，然后找到第一块、第二块玉佩，到最后又结识了关灵，得到了第三块玉佩和夜郎迷幻城的秘密。这些冥冥中似乎就是注定的，所以，我们都走到这一步了，就证明我们跟夜郎迷幻城是很有缘分的，只要我们坚持，一定会找到宝藏的。"

我这番话算是鼓舞士气，重新点燃了他们的激情，但我心里很清楚，照这样寻找下去真的不是办法，必须找出这当中的玄机。没错，古人留下的东西，一定是有玄机的，就像在玉佩里隐藏信息，还有刚走过的"鬼仙道"，这些都有他们的玄机存在。

趁着大家休息讨论的时候，我在一旁偷偷拿出《藏龙诀》翻了起来，这本书中的灵物篇里，虽然有对赤竹的介绍，似乎并没有用动植物作为藏宝的线索。如何到达天坑底部呢？我翻向书的第三部分，也就是如何寻宝那部分。翻来覆去品读各种寻宝口诀，虽然语言大多晦涩难懂，不过我还是在书的"地形篇"中摘出了一句话："非凡之宝，非凡之境，若有若无，常隐于中，山川河流，鸟兽灵居，不可易得，不为远也。"虽然这句废话没有实际用处，但其中的"不为远也"倒是提醒了我，入口一定就在不远处。巫官金选择在天坑底下建造迷幻城，那当时他们是如何出入的？建造迷幻城肯定需要大量的木材、石材等原料，运输距离不会太远，附近肯定有一条通往天坑底下的路。

我马上把马骝他们几个叫过来，为了便于他们理解，我捡了根树枝，在地上一边画图一边继续说："你们看，这个大圆圈代表是天坑，而这个小圆圈就是通往天坑底部的洞口，如果按照我的理解的话，这两个东西可以构成一个三角形，也就是我们数学上所熟悉的勾股定理，那条斜边就是通道。所以，假如这个天坑有两百米深，那么我们要找的洞口应该在距离天坑一百五十米左右的地方。"

我把这个想法说出来后，大家都愕然了，马骝更是嚷嚷道："哎，我说斗爷啊，你这数学知识学的不赖啊，连这种法子都能想出来。"

九爷听得连连点头："没错没错，那道口应该就在天坑的周围不远的地方，因为太远的话，路程可就远了，相对来说，进出也就不方便。"

我说："从地面进入底下的话，最短的路程是直线而下，但这不符合通道的实际设计，因为太陡了难走。所以，那条通道应该是斜斜地通往地底的，而且有可能会呈'Z'字形，这样有利于行走，跟我们的楼梯设计是同一个道理。"

对于我的推断，大家似乎都没有异议。歇了一阵，我们再次背起背包重新出发。按照我的推断，我们从天坑边缘开始，以步伐为距离，走出一百多米的地方，打算用这样的方法围着天坑寻找一圈。

路上，马骝突然问我："对了，佛教不是唐朝时期才有的吗？这夜郎时期也有佛了？"

我说："马骝，你的历史是体育老师教的吗？夜郎时期是在汉朝，汉朝早已经有佛的出现了，佛教是在东汉时期传入中国的。"

九爷拍拍马骝肩膀说："马骝老弟，看来你的历史知识也比我老九好不了多少啊，哈哈。"

马骝笑道："九爷，你本身就是个历史啊。"

我忍不住说："马骝，你本身就是个笑话啊。"

大家有说有笑又找了一段路，但眼见就要天黑了，我们却依旧一无所获。这个时候，大家的心情未免都有点失落。这里的天黑得很快，如果继续寻找下去的话，会很危险。于是，我们只好找了个比较平坦的地方弄干净，用作今晚休息的营地。

帐篷还没弄好，天就完全黑了下来，我们只好亮起手电筒，继续搭建帐篷。这个时候，关灵突然说有点事，要走开一下。看她的样子，应该是想去方便，而又不好意思对我们三个大男人说。因为之前就有过这样的情况，我们也明白。

等关灵走开后，马骝立即嚷起来：“用不着每次方便都走那么远吧，好像我们会去偷窥一样。”

九爷笑笑说：“哎，人家毕竟是个女孩子嘛，这种事肯定是这样的啦。”

我对马骝说：“难不成人家要跟你说明道白啊？马骝，我看你这小子肯定是有事瞒着我们，要不然怎么好像处处都在针对关灵呢。”

马骝低下头说：“哪有，我只是实事求是……”

我停下手中的活，对他说：“你小子就别隐瞒了，趁着关灵现在不在这里，你就对我们说说吧。我发现自从你知道关灵就是关谷山的孙女之后，态度来了个一百八十度转变，开始还对人家吱吱喳喳的闹个不停，现在就对人家不冷不热的，你这小把戏一眼就看穿了。说吧，是不是跟她爷爷关谷山有关的？”

在我的追问下，马骝终于说出了一段令人唏嘘的往事。

话说当年，关谷山为了报恩，帮助钱禹元移走了一座山坟，而这座山坟，正是马骝的孙氏祖坟。有可能是因为这座祖坟的风水被破坏，孙氏后人渐渐变得人丁单薄，灾祸连连，生活诸多不顺。而马骝的出生，就是一个活生生的例子。马骝在家里排第五，他前面有四个姐姐，一家人为了生个儿子，可谓是烧香拜佛，四处求子。这个时候，有人说，孙氏祖坟被破坏，要想得男丁就难啰。就这样过了三年，家人终于盼到了一个男丁，这个男丁就是马骝。但不知为什么，马骝一出世，家人就一个接着一个病倒了，有人就说马骝是个灾星，劝马骝的家人把马骝扔掉，以免祸害全家。马骝父亲的思想被动摇了，在一个晚上，他偷偷把马骝从家里抱走，放到孙家祖坟那里，祈求祖先保佑家人平安。就在扔掉孩子转身走的时候，天空突然雷鸣电闪，一场大雨毫无预兆地下了起来。父亲看见被雨淋得哇哇大哭的马骝，于心不忍，最后还是把马骝抱回了家。就这样，一家人忍受着闲言闲语，含辛茹苦地把马骝拉扯大。

马骝说到这里，突然语气一变：“你们说，我该不该恨这个死老道？要

136

不是他动了我家祖坟，我的命运会如此不堪吗？哼，虽然我不是很相信风水这些，但有些东西就连科学也解释不了，这一切肯定跟那个死老道动了我家祖坟有关。"

九爷感慨道："想不到老弟你的身世会是如此多灾呀。但是俗话说，祸不及妻儿，何况这个关灵是他的孙女，你还是别把怨气撒在她身上了，我想我们找到宝藏还得靠她。"

我点点头说："九爷说得有理，我很同情你的身世，但你这也未免太小心眼了。做人心胸得放宽一点，眼光得放远一点，等找到了宝藏，就可以重新修葺一下孙氏祖坟，到时有多风光搞多风光，有多豪气搞多豪气，这才是正事。"

话音刚落，远处突然传来一声惊叫，听声音是关灵的呼救。我们不约而同站起身来，马骝说："不会方便的时候遇到蛇了吧？那可真的是引蛇出洞了。"

我没心思跟马骝打趣，从背包里拿出一把匕首就往叫声那边跑去。从刚才的惊叫声判断，关灵应该是遭遇了不测。因为关灵不是普通的女孩子，如果是碰见一些蛇虫鼠蚁之类的东西，不足以令她发出如此恐惧的叫声。

我跑进一片茂密的竹林里，但并没有发现关灵的身影。我喊了几声，没有任何回应，竹林里静得令人害怕，之前的一些虫鸟叫声在这个时候也突然全部消失不见。手电一扫，突然一片赤色灵光映入眼中，再定眼一看，不禁大吃一惊，原来是一大片赤色的竹林，这些竹子果然跟书上描述的一样，竹身和竹叶都是赤色，而竹的斑纹仿佛人面，看起来虽美但很诡异。

这时，马骝和九爷也赶了过来，他们也被眼前这片赤竹惊呆了。我忍不住惊叹道："佛面朱竹，天坑的入口一定在附近！"

马骝说："难道关灵进了天坑里了？"一边说一边四处寻找。忽然，前面的树丛里有一丝亮光，在这个漆黑的夜里显得特别明显。我们循着亮光走过去一看，发现那亮光正是关灵的手电筒。这下，我们三个你看我，我看你，大家心里都很明白，事情严重了！

马骝说："这女人会不会是被什么野兽给叼走了？"

九爷缩着身子，拿着电筒四处扫射，声音开始有点抖："这、这会是什么野兽啊？竟然可以那么快就把一个人叼走……"

他们说话的同时，我检查了一下周围的草丛，如果真如马骝所说，关灵是被野兽叼走的，那一定会留下痕迹的。果然，在捡到手电筒过去一点的地方，有一片草丛倒下了，很明显是被重物压过，而且上面还有拖动物体的痕迹。

我们顺着拖痕一直找过去，找了不到十米的地方，拖痕突然消失了，而出现在我们眼前的，是一个光滑的洞口，天坑的入口果然在赤竹林里。拖痕到这个洞口就没有了，很显然，一定是什么东西把关灵拖进了洞里。

我用手电筒往洞里照了照，黑漆漆照不到底，这个时候，我也顾不得危险，立即趴下身对着洞里喊了几声，但除了一些回音之外，没有任何的声音。

从洞口的尺寸和光滑程度来看，基本排除那东西是一些巨型猛兽，有可能是蛇之类的爬行动物。我忽然想到了什么，忍不住脱口而出："这会不会是传说中那条蟒蛇把关灵拖走了？"

马骝说："蛇吃东西的话，不是就地进餐的吗？"

我一想，马骝说的对，不管是蟒蛇还是其他蛇类，它们的进食都是直接将猎物吃掉的，不会像狼一样把猎物叼回去。但从这光滑的洞口来看，不是蛇这种爬行动物，又会是什么呢？难道天坑里真的有神龙存在？

我说："不管关灵被什么怪物拖进里面，这个洞口下面，应该就是那条通往天坑底下的通道。不过，如果真是这样，那关灵的性命就……"说到这里，我停下没说。从目前的情况来看，即使我不说，大家都知道这意味着什么。

九爷用手电筒照着洞口说："如果这里面是通道，那好像有点不对劲啊，你们看这洞口，最多只能容纳两个人直着身子进去，要是在地下建筑一座城池，这材料如何从这么小的洞口弄进去，这似乎未免有点说不过去。"

听九爷这么一说，我才注意到这个问题，这个洞口确实小了点，不管从人员的出入，还是物料的输送，都极其不便。我拿起手电筒，在洞口周边再仔细观察了一遍。这周边都是一些藤蔓，密密麻麻的连成了一大片，我忽然意识到什么，立即拿出匕首，把洞口周边的藤蔓割断了一些，洞口顿时感觉大了许多。我一看这样，立即惊喜起来，敢情这之前的洞口只是那怪物出入时的路，因为身体的限制，所以洞口就一直呈现这样。这些藤蔓实在太多了，即使人踩在上面走过，也感觉不到脚底下竟然会是空心。

我连忙召集马骝和九爷，三下五除二就把洞口周边的藤蔓弄掉了一大片，一个大洞口渐渐出现在我们面前。从洞口的边缘来看，天然形成的可能性很小，虽然上面铺满了青苔，但一些人工痕迹还是呈现在眼前。即使这样，我们下去还是有点困难，洞里面太深了，我们不敢贸贸然游绳下去。

接下来，我们继续把那些覆盖在洞口上面的藤蔓割掉，很快，一个直径有十米左右的大圆洞出现了，而在东西两边还有两个大缺口，乍看之下就像两只大耳朵，这"耳朵"上面有一条阶梯，阶梯一直往地洞延伸下去，仿佛无穷无尽。

看见这两只"耳朵"，再看看周围的赤光闪闪的竹林，我立即兴奋起来："'佛面赤竹，佛面空心'，这里就是'佛面'和'赤竹'，我们终于找到了！"虽然极度兴奋，但想到关灵的安危，我也来不急多想宝藏的事儿，马上考虑怎么去营救她。

马骝和九爷也注意到了，这个大洞圆圆的，就像一张脸，而两边有阶梯的缺口就像两只大佛耳，如无意外，这应该就是传说中的"佛面"。也就是说，这个"佛面洞"就是通往天坑底部的唯一通道。

马骝说："斗爷，我真的佩服你的智慧，这'佛面'果然在你计算的范围内，就不知那些夜郎人为何要造个这样形状的洞口，不会是佛教之人吧？"

我说："听说当时那首领是个巫官，应该就是现在的道士之类吧。佛语说，佛本是道。反正普通人是不可能建造出如此壮观的佛面洞来。"

纵观四周，如果我没猜错，这里一带应该就是古夜郎的空心村，只是时过境迁，除了一大片竹林和这个神秘的"佛面洞"外，并没有其他历史痕迹留下。不过，这片竹林似乎印证了"空心"这个名字，因为夜郎就是一个崇拜竹的国家。

我对马骝和九爷说："我在这里守着，免得出什么意外，你们两个回去把背包拿过来，关灵那个背包刚好可以跟九爷换一换，九爷你那个没什么工具，就交给我拿吧。"

两人点头答应，飞奔跑回搭帐篷的地方去取回背包。趁着这个空隙，我拿出手机看了看，我知道关灵身上带着她的手机，想打一下她的手机看看，但看到手机信号处的红叉时，这个想法随即破灭了。

很快，他们两人拿完东西回来了。我们三两下整好装束后，便一手拿着手电筒，一手紧握匕首，沿着"佛面阶梯"慢慢摸索而下。

第十八章　悬魂梯

只见这条阶梯有三米多宽，斜斜向下延伸，仿佛有种无穷无尽的感觉。洞内的空气有点闷，有一股说不出的古怪气味萦绕在洞中，闻起来似花香，但又夹杂着丝丝腥味和酸味。脚下的阶梯全是由大石板铺砌而成，虽是经人工打磨，但年代已久，已经起不了防滑作用了，加上洞内湿气很重，青苔蔓生，脚踩在上面有种滑溜溜的感觉，真的生怕一不小心，连人带包一起滚落下去。

我一边走，一边小心翼翼观察着周围的环境，生怕有什么机关陷阱，眼前突然出现了一个平台，在平台的两侧，还有两个石洞。我们不敢贸贸然进去，生怕那条怪物就在里面。我叫了几声关灵的名字，没有任何回应，于是在地上捡了块石头，扔进左边那个石洞里，来了个"投石问路"，发现里面没什么异常情况后，便打着手电筒慢慢走进去，才发现里面是一个约莫三十平方米、类似储物室一样的地方。只见地上散落着一些骨架，看似人骨，又像是兽骨，大大小小的几乎铺满了一地。

马骝吐了口水说："看来很早之前就已经有人进入过这洞了，就不知道为什么会死在这里。"

我说："也许是被这些猛兽所伤，你们看这些骨架，大得离谱。还有，这人的尸骨被断开两半，肯定是猛兽所为。"

接下来，我们用同样的方法进去右边的石洞，这个洞的空间差不多跟左边的一样大，地上同样有尸骨，但没那么多，而在东边墙角处有一些好似树皮那样的东西堆积在一起，走近一看，这哪是什么树皮，分明是蛇蜕。从这些蛇蜕来看，蛇的体积都比较小，最大的也就是纸杯那么粗，这样的蛇并不足以把关灵这样一个女汉子拖进洞中。所以这些蛇蜕并不是来自那条传说中的大蛇，有可能是它的后代。

出了石洞，我们继续往下走，不过这次我略感有些诡异，这场景貌似在哪儿见过，就连上下台阶的路程都差不多，我回过头来数了一下，共三十六级台阶。令人惊愕的是前面又出现了一个平台，平台左右两侧同样各有一个石洞。我们还是按照之前一样，先投石问路，接着再进洞探究。左边的石洞同样散落着一些骨头，右边的石洞竟然跟上面的一样，在东边墙角处也有一些蛇蜕。

马骝叫道："他娘的，这蛇脱衣服也选同样一个方向，还脱得几乎一个样子，真是奇哉怪也，怪也奇哉。"

我忽然意识到什么，摇摇头道："不对劲！不对劲！我们好像回到了第一次看到蛇蜕那个石洞里。"

九爷听我这样一说，立马瞪大了眼睛，四处打量了一下说："不会吧，我们明明是往下走的啊，怎么可能会兜了上来？"

马骝也接着说："斗爷你就别吓咱们了，这怎么可能，难道往上往下走我们都不知道吗？"

我自己也有点糊涂了，这看起来真的就像第一个石洞里面的情景。但话又说回来，这阶梯明明是一直往下走的，怎么可能会往上兜了回来呢？但我始终相信自己的直觉，为了验证我的说法，我用匕首在石壁上刻画了一个交叉符号。马骝一看就明白，他蹲下身子，把一条长长的蛇蜕摆成一个圈作为记号，然后大家才走出洞，继续往下走。

一样走完三十六级石阶，平台出现了，两边依旧是两个石洞。这次，我们先往刻了符号的那个石洞走去，惊人的一幕出现了，在手电筒的光照下，我们三人都看见了石壁上那个交叉符号。马骝有点不敢相信的样子，连忙去看地上的蛇蜕，那里分明有他之前用蛇蜕摆弄的圈。这下大家都紧张起来了，一时不知所措。

九爷战战兢兢地说："难道我们又像在卧龙山那样，遇到了鬼打墙？"

　　马骝说："我看是了。"说着，忽然眉头一皱，"这就遭了！相比卧龙山那个，这个恐怕没那么容易应付了，我听老人家说过一些传说，说如果在路上遇到鬼打墙还好，要是在像楼梯那样的地方遇到鬼打墙，是很难走出去的，这个时候，除非八字硬，否则非绕死不可。我的八字那么弱，恐怕今天葬身在此了……"

　　马骝的话令我和九爷都寒了一下，我虽然有了解过鬼打墙，但实质上没碰到过，在卧龙山那次算是第一次，但那次可以说是侥幸逃脱。不过，有一点我可以肯定，就是面对这样的情况，千万不能急，否则就玩儿完了。于是我对他们两个说："我们先不能急，既然碰上了，就不要怕，就像卧龙山那次，我们还不是走过来了。我看啊，这古人设计的陷阱肯定是有玄机的，他们喜欢讲究规律，只要我们找到了其中的规律，就自然会找到出路。"

　　我说得好似轻描淡写，其实内心也已经开始慌了。先是关灵被不知是大蛇还是其他怪物拖入这佛面洞里，这已经够我们慌了，现在又遭遇恐怖的鬼打墙，也不知道跟在后面的还有什么恐怖的事情发生。

　　我们商量了一阵，决定按照在卧龙山那时的办法来，每走一个阶梯就刻上一个数字，直到三十六层石阶走完，总共刻了三十六个数字。然后，我们发现再次回到了原点。发现这个方法不行，我们想试试往洞口方向走，看会不会也是这样，结果没发生任何事，我们轻易地走出了洞口，来到了地面。

　　马骝一屁股坐在草地上，深呼吸了一下说："真是诡异啊，幸好能走得出来。"

　　九爷也累得坐在地上，喘息着说："可是，关灵还在里面，我们还要下去吗？"

　　我点点头说："当然要下，说不定关灵在等着咱们去救呢。别歇了，下去吧，救人要紧。"

　　马骝有点不情愿，一边站起来一边抱怨道："斗爷，这姓关的是你什么人啊？非得要这么拼掉性命也要救她吗？到时要是出了什么意外，我们三条人命可赔给她了……"

　　我很严肃地对马骝说："不管是谁，只要是我们的队员，我都会这样做。换作你或者九爷，我也会不顾一切去营救。"也许我的语气很重，马骝低下头没再说话。

我们再次往下走去，这次跟之前一样，走到三十六级石阶的时候，平台和两边的侧洞出现了，地上也开始出现我们刻的数字。大家只是互相看了看，谁也没吭声，然后继续往下走，结果和预想的一样，还是回到了原点。这真如马骝所说，如果按照这样走下去，真的非把自己绕死不可。

我们坐在石阶上，一时间谁也没有说话，周围突然陷入死寂一般，就连各自的呼吸声和心跳声都听得很清楚。就这样静坐了一阵，马骝好像想到了什么，脸色突然一沉，坐直身子惶恐道："难不成我们遇到了传说中的悬魂梯？"

我一听"悬魂梯"三个字，心里也吃了一惊，关于这个悬魂梯，我只是从书上看到过，传说一些大型古墓里面就有这种机关存在。这种悬魂梯一共有二十三层石阶，身处其中看着只有一道楼梯，实际上四通八达，而有月牙形的记号就是个陷阱，记号其实是在台阶上逐渐偏离，再加上那些台阶和石壁，可能都涂抹了一种以远古秘方调配，吸收光线的涂料，更让人难以辨认方向，一旦留意这些信息，就会使人产生逻辑判断上的失误，以为走的是直线，实际上不知不觉就走上岔路，在岔路上大兜圈子，到最后完全丧失方向感，台阶的落差很小，可能就是为了让人产生高低落差的错觉而设计的。这种设计原理早已失传千年，现在有不少数学家和科学家都沉迷此道，有些观点认为这是一种数字催眠法，故意留下一种标记或者数字信息迷惑行者，而数学家则认为，这是一个结构复杂的数字模型。

我对马骝说："但眼前这个阶梯是有三十六层的，而阶梯上也没有所谓的月牙形记号，这都与悬魂梯的描述有着明显的区别啊。"

九爷双手合十祈祷起来："阿弥陀佛，大慈大悲的观音菩萨，保佑这东西不是悬魂梯呀！"

看见九爷那个虔诚而又紧张害怕的样子，我忽然觉得有点好笑。相反，我知道了这种情况后，反而慢慢镇定了下来。古人设计的机关虽然巧妙，令人畏惧，但几乎所有机关都是在暗处设伏，也都会有它的解法。我相信巫官金在建造这里的时候，肯定不会很复杂，因为太过复杂，人员的流动性就不好，地下迷幻城就更加难以完成。不过，不管是不是悬魂梯，正所谓万变不离其宗，只要把这样的机关放在足够的光亮下，或者说有足够的人站在上面的话，这种机关就完全被破解，起不了作用了。现在，后者这种靠人多的方法就行不通了，只能试一试光亮这种了。

想到这里，我对马骠和九爷说："这样，我们三人拿出手机来，分三个位置站，也就是最左边、中间和最右边，然后把手机的手电筒打开，制造光亮，这样走一次看看，也许能看到周围的一些情况。"

马骠和九爷也没做多考虑，立即照办。九爷搜了一下关灵的背包，发现她的手机并没有在，他忽然想到什么，连忙对我说："阿斗，关灵的手机不在背包里，我们可以打打她的手机，不就可以确定她在哪里吗？"

九爷刚说完，马骠就说："九爷你吓傻了啊，这里哪里来的信号打电话，从我们进入山里，手机就相当于一个钟了，除了看时间，什么用处都没有。不过，现在可以发挥一下它的作用了。"

九爷傻笑了一下："哎呀，真的老糊涂了。"

我拍拍九爷肩膀笑笑说："九爷，这个在上面的时候我就想到了。不过，起码我们知道关灵身上有手机，这也是一条线索。"

九爷一边点头说是，一边拿出自己的手机。我看那是一台很旧的杂牌手机，接过来想打开手电筒，却发现没有这个功能。于是我对九爷说："九爷，你的手机没有这个功能，关灵掉下的手电筒就归你拿吧。"

这个时候，我和马骠都把手机的手电筒功能打开了，眼前顿时光亮了许多，加上四支电筒的光亮，照射的范围立即大了许多。

马骠突然说："斗爷，我看我们还是要拿一根绳子绑在各自腰间，互相牵制着，这样也许会安全点。这么宽又这么诡异的阶梯，我怕走着走着走不见了。"

马骠的话很有道理，于是我们立即拿出一根绳子，在中间的地方把绳子套在九爷身上，然后我和马骠各自把绳子的两端绑在腰间。一切就绪后，我在最左边，九爷在中间，马骠在最右边，我们三个人，六只手一起举起来，这条悬魂梯被照得明亮，然后，我们同时迈开步子往下走。

第十九章　野　人

就这样一直走到第十二层石阶，诡异的悬魂梯突然发生了变化。只见在光亮的照射下，我们发现左右两边竟然多出来了两条阶梯，这个发现令我非常兴奋。之前我们走了那么多次，竟然会没有发现这两边的阶梯，这当中肯定有问题。

马骝说："斗爷，这下怎么办？我们该走哪条？"

未等我回答，走在中间的九爷就开口说："反正我这中间的不能走，你们看地上，还有我们刻过的数字。也就是说，我们之前走来走去的就是我脚下这条。"

我说："没错，现在我们只能选择左或右的来试试了。"

马骝说："我们选左边的吧，古时候不都是左官比右官大吗？像左丞相就比右丞相的权力大。"

我点点头说："那也不一定，秦朝时期确实尊左，但到了某些朝代又尚右了，好像楚国就是这样，就不知道夜郎时期是尚右还是尊左了。不过，我也同意走左边的。九爷，你怎么看？"

九爷愣了愣："我能怎么办，一切都听你们的。"

于是，我们开始往左边那条阶梯走。这次，我们走了三十六层，又发现了一个平台，但平台两侧没有洞，看见这样，我们终于知道没有回到原点，而且还有种越走越往下的感觉。看来，选择走左边没错，我着实对刚才做的选择捏了一把汗，万一走错了方向那现在是生是死还不一定呢。

就在大家都为此感到庆幸的时候，一声喘息的声音突然响起，我们像被拉紧了神经般立即僵在原地，我甚至能透过绳子感受到九爷的身子在哆嗦。再一次喘息的声音响起，我也顾不了那么多了，立即拿起手电筒往发出声音的地方照去，只见一个黑影飞快地从灯光处闪过，很快就消失在黑暗中。

马骝突然惊叫道："好像是个人！"

九爷的声音也有点惶恐："这、这里怎么会有人啊？会不会是关灵？"

马骝摇摇头说："我也不知道，但感觉看上去就像个人，不过应该不会是关灵吧，她现在都不知道有没有被那大蛇吃了呢。"

我说："我也觉得那黑影像个人，不过这样的一个地洞，怎么会有人存在呢？我看有可能是类似于人的动物，比如人猿那样的动物，但那喘息声的确很像人。"

马骝"呸"了一声，说："不管是人是鬼是动物，下次等那家伙出现的时候，我就让它尝尝我孙爷爷的弹弓。"

我们一边说，一边再往下走去。走了一阵，喘息的声音再次响起，在这幽暗的地洞里，这样的声音实在令人头皮发麻。我们立即停下脚步，拿起手电筒和手机四处扫射，但能看到的地方都没有发现什么异常。但我们都知道，有个东西一直在黑暗处盯着我们。而与此同时，马骝已经拉开弹弓，往喘息的地方打了一弹过去，只听见"噗"的一声响，应该是打在石壁上了。

马骝对自己没打中那东西，不免有些羞恼，他平时可是百发百中的，这次竟然打了个空，心里肯定不服。他往地上吐了口水，骂了句粗口，然后再次拉弓连射三弹，但三次都是打在石壁上。

我对马骝说："不要浪费精力了，只要它不惹我们，我们也别管它，当下之急，去找到关灵才是正事。"

我们顺着石阶继续往下走，但喘息声依旧不时响起，很明显，那家伙一直在跟踪我们。不过，它也只是在黑暗中一直跟踪，似乎只是好奇，并未有恶意。

接下来走了相当长的一段阶梯，终于到达了一个平台的地方，这个平台的两侧依旧像一开始碰到的那个一样，有两个洞口。不过这里的两个洞口明显比之前看到的要大很多，而且在洞口的上面，都有一个面目狰狞的鬼头雕塑，在手电筒的光照下还发出幽幽的青光，看样子应该是青铜铸造的。

就在我们想走过去的时候，一个黑影突然从洞里面迅速地跑了出来，然后跳跃着往阶梯下冲了下去。我连忙举起手电筒，但那黑影跳得实在太快，一眨眼工夫就无影无踪了，以至于连它是什么样都未看清。

这个时候，马骝想拿出弹弓弹射，但被我一手拦住了。我对他说："它没伤害到我们，我们也收着点，别去惹它，因为不知道这是什么东西，节外生枝就不好了。"

马骝说："斗爷，刚才那东西你有没有看清楚？好像是个野人。"

九爷一听马骝这样说，立即瞪大了眼睛："对对对，我看马骝老弟没猜错，虽然看不清楚它的样子，但那影子看起来真的有几分像野人。"

我说："但看它跳跃的身姿，有点像猿猴类，说不定会是传说中的地猴子呢。"

马骝一脸疑惑："地猴子？田鼠啊？"

我摇摇头说："不是田鼠，有些地方虽然地猴子叫田鼠，但传说真正的地猴子是一种猴类，在我国西北地区曾经发现过，它们跟我们平时看到的猴子不同，它们常年生活在一些地洞下，而且是不合群的，通常都是单独出来觅食，但对我们来说，如果不惹它，是没危险的。不过，一旦被激怒，那就不是闹着玩的，它们拥有一双巨大且孔武有力的手，十只手指非常尖锐，指甲如钢刀般锋利，可以将一个比它大几倍的动物撕扯成碎块。所以，刚才我才制止你拿弹弓射它。"

马骝说："那既然这样，我们还是别管那东西是地猴子还是天猴子了，先进洞里瞧瞧吧，看看里面会不会有宝贝。"

我说："这洞里面估计有些什么东西，大家得要小心了。我们把身上的绳索拿掉吧，要不然到时有危险的话，很麻烦呢。"

马骝把绳索收好后，在地上找了两块石头，分别扔进两边的洞里，发现没什么动静，便率先走进了刚才地猴子逃出来的洞里，我和九爷紧随其后。这个洞里面的空间很大，有一百平方米左右，但即使是这么一个大空间，却是空空的，除了地上有些像动物粪便的东西，几乎找不到其他实物。

我们退了出来，往另外一个洞口走去，这个洞看起来一样大，同样是空空的。为了不耽误时间，我们没逗留，出来后继续沿着阶梯往下走。

走了有一段路，突然，之前那个喘息声再次响了起来。难道那个地猴子还在暗处跟踪我们？我们这次没有做声，继续往下走。然而，喘息声过后，一个黑影突然在电筒的光照下闪过，这次我们都看清楚了，那东西头发很长，身上有着黑色的毛发，而且还缠着一些好像是树藤之类的东西。

真的是个野人！

马骝有点激动道："看见没有，看见没有，我都说了，那东西是个野人，我没说错吧？斗爷你还说是什么地猴子，有猴子长成这个样的吗？"

九爷忽然问："但是，他一直跟踪我们想干吗？"

我说："这个问题我也想知道，不过，如果这个家伙真的是野人，那么他应该不会一直在跟踪我们。因为从一些野人的报道资料来看，是不会这样的，野人只要受到惊扰，一般情况下会立即逃离，而且速度惊人，让人们想拍个照的时间都来不及。而且它们的身形一般都比较巨大，跟我们刚才看见好像有点不同。"

马骝想了一下，说："斗爷说的好像有道理，我也看过一些野人的报道，现在回想起来，确实不是很像。但是，刚才明明看见的是一个人。那如果不是野人，会是什么？"

马骝这个问题令我们都沉默了下来。是啊，如果我们看到的那个家伙不是野人，但又有人的体行，那会是个什么？要知道，在这样一个深洞里，是不会有人存在的。之前在侧洞里面看见的那些人骨，虽说不知道是现代人还是古人，但都已经有好些年头，而如今一个活生生的人形生物出现，确实令人惊恐，但更多的是疑惑。

为了寻找关灵，我们也不多想，只能一边走一边四周扫射，看下能否再次发现这个人形生物。这次我拿出了手机，希望有机会能拍下这个神秘的东西。

又一直往下走了一段路，平台再次出现了，依旧左右两侧有个石洞，又是跟之前的一样，都是空的，也许时间久了，里面本来有的东西都化成了尘土。我发现，这次每走一定的台阶数，就会出现类似的平台。

不知不觉间，阶梯突然走完了，脚下踩到的变成了一片平实的土地，而出现在我们眼前的是一个非常广阔的空间，手电筒照射的地方几乎没有障碍物。这也似乎说明，我们已经顺利到达底部了。但我觉得越是顺利，越是诡异，就像暴风雨来临之际，总是令人感到害怕。

我看了看时间，已经是晚上的九点多了，我们竟然在这阶梯上走了将近有三个小时。但这时间也同时告诉我们，距离营救关灵已经过去了三个小时。关灵现在生死未卜，实在令人担忧，但我们除了乱找一通外，真的不知道该怎么办。

这时，九爷忽然说："这么大的地方，我们朝哪个方向走为好？"

我打开手机的一个指南针功能，辨别了一下方向，然后往右边指了一下说："那边过去应该就是天坑的底部。"

马骝喝了口水说："那我们走吧。"

就在这个时候，一阵闹钟的声音突然在前面黑暗处响起，这可把我们吓了一大跳。只见响声之处亮起一道微微的光亮，在光亮的映照下，一个黑色的人影跳跃而起，然后飞快地往西北方向跑去。

马骝立即叫了起来："是那个野人，是他！"说着，就追了过去，我和九爷想拦也拦不了，只好也追了过去，但野人早已消失得无影无踪。

闹钟的声音还在响，我们走过去仔细一看，立即兴奋起来，这竟然是关灵的手机！我连忙捡起来，关掉了闹钟的声音。我查看一下，原来关灵设置了一个晚上九点半的闹钟，真不知道是用来干嘛。不过，这闹钟的出现，说不定关灵就在附近。

我大声喊了几声关灵，声音撞在墙壁上，在这个空旷的洞穴里产生了回声。如果关灵在附近，一定会听得到的。但几声喊出去后，什么也没有回应。

马骝等我喊完后，对我说："斗爷，那野人怎么会拿着关灵的手机的？难道拖关灵进洞的是他？"

我摇摇头说："不，应该不会是他，从洞口那拖痕来看，应该是爬行动物，不会是这野人。至于他为什么会有关灵的手机，我估计是捡来的，怕被我们发现他的行踪，所以匆忙丢下逃跑了。"

马骝说："如果那野人是在这洞里面生活的话，那这里面肯定有水源和食物。但这里都是石头，他到底是靠什么生存的呢？"

我说："估计是从天坑底部那边跑过来的吧。"说到这里，我忽然意识到什么，连忙对马骝和九爷说，"如果野人是来自天坑底部，那我们得往他逃跑的方向追去了，他受到惊吓，肯定会跑回去的，说不定关灵就在那边。"

第二十章 石 棺

于是，我们举起手电筒，向着野人逃走的方向追了过去。没追出多远，前面突然有东西挡住了去路。仔细一看，原来是一副副的石棺材，这些石棺每排七副，按照七七四十九之数排列成一个方阵，看上去好像一个阵法。

在棺椁左右两边各镶着一个青铜鬼头，样子就跟之前在石阶侧洞看到的一样，不同的是，这次看到的青铜鬼头的嘴唇还留有些朱砂红，在光线的照射下更加显得狰狞恐怖。不过，石棺几乎没有一副是完整的，很多被移动过，有的棺椁被完全打开，棺盖掉落在地上。

马骝一边拿着手电筒照一边兴奋道："斗爷，这么多棺材，估计不用去找迷幻城，在这里就可能会找到宝贝吧。"说着，就要探身去棺材里查看。

我连忙一把拉住他说："等等，这事不能大意，这毕竟是古时候的东西，说不定有什么危险。你没看过一些盗墓的资料啊，什么尸毒、蛊虫等这些，随时都可能要了你的命。"

九爷也跟着说："是啊，马骝老弟，不可贪一时之急啊。"

马骝在我和九爷的劝说下停下了动作，然后我们小心翼翼靠近棺材里，用手电筒往里一照，顿时大失所望，棺材里面只有一些泥土一样的东西，看样子应该是尸骨在多年的风化下变成了这样，就连气味也没有了。接下来一连看了好几副，情况几乎都是一样。为了不耽搁时间，我们分开来行动。

马骝照了几副后有点着急了，嚷嚷起来："现在我都开始怀疑这迷幻城宝藏的事儿是真是假了，都不知道有没有。你说，我们这一直下来，几乎所到的地方都是空的，就连这棺材里面也没件陪葬品，这夜郎巫官不会是个穷鬼吧？"

我说："就看这洞的造势，你说巫官金能穷吗？这可非一般人能造出来的。这些人估计是挖洞的工匠，所以才没有陪葬品。不过，工匠都能用石棺入殓，这好像又不符合夜郎时期的作法。"

马骝说："难不成这些人是有身份的？会不会是巫官金的后人？"

我摇摇头说："不，应该不是。如果是他的后人，不可能连一件陪葬品都没有的。"

马骝叹息道："该不会也像尸体一样化成泥了吧？"

我说："这个的可能性也不大，夜郎时期的陪葬品可以参照贵州的可乐遗址，当时考古人员从墓里发掘了七十多件陪葬品，有青铜人形扣饰、铁三叉戟、铜釜、铁刀、孔雀石珠串、骨珠、乳钉陶罐、漆器残体等，这些东西都不易化成泥。"

话音刚落，在一旁查看的九爷突然惊叫起来，连忙招呼我们道："快来看这里！"我和马骝立即赶到九爷那边，往眼前的棺材一看，顿时倒吸了口凉气。这次，棺材里不是一堆骨泥，而是一具尸骨，这尸骨上面竟然还有未腐烂的衣服。

九爷哆嗦着说："这、这死的是啥人啊？怎么衣服至今都不腐烂……"

马骝接话道："是啊，这看起来好像死了不是很久的样子啊。"

我细看了一下，突然，一个东西吸引了我，我立即拿出匕首挑了一下，那东西立即清晰地映入大家的眼帘——竟然是现代的打火机！

我们三人你看我，我看你，都觉得眼前这情景不可思议。如果这样的话，那躺在棺材里的那具尸骨，应该就是一个现代人了。可是，一个现代人怎么会死在距今两千多年的夜郎时期的石棺里呢？

马骝嘀咕起来："这人会不会是盗墓贼？"

九爷镇定下来说："还真的有可能呢，估计是遇到什么死在这里，被同伴放进棺材里的吧。你们看，尸骨的下面还有一层泥土，就像其他棺材看到的那样。"

马骝突然看着我说:"那么说,这洞已经有人光顾过了,那么迷幻城的宝藏……"

我制止他说:"先别妄下结论,这人为什么死在这里,一定是有原因的。而且,有一点是可以肯定的,这人的同伴怎么不给他盖上棺盖呢?这说明什么?说明他的同伴只有一个人,仅凭一个人的力量,这棺盖是盖不上去的。"

我的话刚说完,马骝突然"咦"了一声,然后说:"斗爷,你的推断看来要收回了,你看那里……"

我往马骝指的方向看去,只见旁边不远的一副石棺里,同样躺着一具差不多的尸骨,那些未完全腐烂的衣服在手电筒的光照下,还能依稀看见原来的颜色,一看就知道是现代的服装。

九爷说:"这样看来,应该有第三个人存在啊。"

马骝晃了晃电筒说:"不止三个人呢。你们看这,也同样躺着一个。不过,这尸骨好像有点奇怪。"

果然,在另一边的石棺里,照样躺着一具现代人的尸骨。但这尸骨有点不同,只有上半身的骨头,下半身除了一些泥土外,并没有看见骨头。按理说,这人死了一定会留有骨头的,之前看的那两具尸骨也很完整,并没有出现这样的情况。

难道这个人死的时候,身体只有一半?那另一半去了哪里?会不会被猛兽吃了?这并不是没有可能,一开始在那些阶梯侧洞里,就发现过大得离谱的猛兽骨头。在这个阴森诡异的佛面洞里,存在着太多的未知。虽然一路下来除了悬魂梯和那个神出鬼没的野人外,并没有遭到什么危险的攻击,但当中的诡异还是令我们感到害怕。

然而就在这个时候,一声女人的呻吟声突然从前面的棺材里传了出来,我猛然一惊,头脑中第一反应就是"关灵"。

"诈尸了!诈尸了……"马骝和九爷完全不思考,拔腿就跑,跑了有一段路,发现身后好像没什么动静,便忍不住停下脚步。

马骝回头看看我,发现我还在原地。我调侃他们说:"你们回来,回来,就这胆子还怎么寻宝啊?万一这声音是关灵呢?"

马骝走回来说："不是啊，斗爷，万一这是诈尸咋办，这诈尸可不是闹着玩的啊，而且还是个女尸，她会先吸光我们的阳气，然后慢慢弄死我们，说不定还会来个先奸后杀啊。"

九爷冷笑一下说："要是这样的话，你马骝还不爽死了，两千年前的女尸也喜欢上你，还想跟你干那事，那你真的要体验一下这人尸合一的新鲜玩意儿了，说不定还能给你生孩子呢。"

马骝尴尬地往地上吐了口水骂道："我屌，看你说的，这女尸干巴巴的，要是人尸合一，还不把我马骝给铁杵磨成针啊……"

我和九爷都捂嘴笑了起来，但很快，我们都一下子收敛起笑容，石棺那边再次传来一声女人的呻吟。我们相互看了一眼，然后我紧握匕首，带头走了过去。马骝和九爷紧跟在我身后，同样拿出匕首来，但从他们的电筒光的抖动来看，肯定心里非常害怕。

从我所学到的知识来判断，这世界上确实是有些不能解释的东西存在，但这诈尸在我的认知范围内是不可能的。古人说，人死时有时胸中还残留一口气，如果被猫狗鼠什么冲了就会假复活，动物灵魂附体到尸体，这即是我们平常说的诈尸。但是这一口气完全不能支撑起生命，只会像野兽般的乱咬。最后那口气累出来倒地，才算彻底死了。而且诈尸不同于复活，诈是一种乱，也不同于借尸还魂。

如今在一个距今两千多年的地洞里，出现了三具现代人的尸骨，现在还出现一个清晰的女人呻吟声，这难免会令人想到诈尸。但我很确定这不会是诈尸，也许那个女的也是个现代人，而且她还没死。所以，我才敢壮起胆往前去探究一下。

距离发出声音的石棺还有五六米左右的时候，呻吟声突然没有了，我们等了几分钟，声音再也没有出现。然而，就在我们犹豫要不要靠近的时候，声音再次响起。但这次不是呻吟声，而像是要挣扎出来的声音。

我们都吓得屏住了呼吸，双眼紧盯着那副石棺，同时也握紧了手中的匕首。在我们身上，最大的武器也就是手中的匕首了。当然，马骝的弹弓也可以算是一件武器，但如果遇到猛兽攻击的话，估计都起不了作用。虽然我们对去寻宝有进行各方面的准备，但武器这方面，也只能做到这样了。

这时，令人惊魂的一幕突然出现了，只见在手电筒的光照下，石棺里面慢慢伸出来一只女人手，那芊细的手指攀着石棺的边缘，看样子是想要从石棺里爬出来。就在这个时候，我突然注意到一个细节，那女人的手上有一只青绿色的手镯，这跟关灵手上的非常相像。

想到这里，我也顾不了生命安危了，握紧匕首就冲上前去。等我冲到石棺前一看，不禁大叫起来："是关灵！是关灵！"我没看错，石棺里面躺着的女人不是别人，正是失踪多时的关灵。只见她蜷缩在石棺里，脸色苍白，双眼紧闭，身上的衣服有些破烂，整个人看上去脏兮兮的，像是在泥土里滚打过一样。

关灵不是被怪物拖进了洞里吗？怎么会出现在石棺里的？

但这个时候，我没心思去想这些问题了，急忙把关灵从石棺里抱出来。马骝和九爷也赶过来帮忙，马骝递过来一瓶水，九爷把装有各种药的药袋子拿出来。我把关灵放在地上，用大腿垫着她的头，然后把她脸上的泥土擦干净，给她喂了两口水。从表面上看，她只是手脚有轻微的擦伤，并不严重。

我一边叫着她，又给她喂了两口水，过了一阵，可能恢复了些体力，关灵终于睁开了眼睛。可能长时间在黑暗的地洞里，一时不适应，也可能是受到了惊吓，当关灵眼睛一睁开的时候，突然就惊叫起来，挣扎着想爬起来。

我连忙抓住她的手，努力让她镇定下来："灵儿，是我，是我，你看清楚，我是阿斗，我是斗爷。"我一边说，一边示意马骝和九爷把手电筒往我脸上照，尽量让关灵避开光线，也同时令她看清楚我。

关灵慢慢放弃了挣扎，眼神迷离地看着我，突然双手抱住我的身体，嗷嗷大哭起来。我抱紧她，抚摩着她的头，安慰道："没事了，没事了，我们都在，我们都在。"

关灵哭了一阵，也许意识清醒了，发现自己抱着我，连忙松开手，一脸羞红的样子。看见这样，我咳嗽了一下，赶紧把她扶起来，然后轻声问她："有没有哪里不舒服？"

关灵抽了一下鼻子，摇摇头说："没有，只是手脚有些痛，脑袋晕晕的……"

我检查了一下关灵身上擦伤的地方，并没有大碍，把伤口清洗了一下，然后涂上药，做了个简单包扎。马骝这个时候递过来一些饼干，关灵实在太饿了，一连吃了好几包才对马骝说了声谢谢。

等关灵吃饱喝足后，我才问她："那个，到底发生了什么事？为什么你会出现在这里？又是什么东西把你拖进来的？"

关灵听到我问她，突然打了个冷战，眼里净是恐惧："我记得我刚方便完往回走的时候，树林里突然出现几只黑山狼，它们扑过来想吃我，突然一条大蛇不知从哪里蹿出来，一口把我衔住，把我拖进了一个洞里，没错，我能感觉到那是一条非常恐怖的大蛇……"

果然是一条大蛇！但这样看的话，那条大蛇似乎是救了关灵，因为当时要不是它把关灵拖走的话，估计早已成了那几只黑山狼的猎物了。不过，岂有蛇不吃人的道理？何况如此一条大蛇，莫非真的是天坑里的神龙？

我连忙追问："那大蛇有没有伤害你？"

关灵摇了摇头："我只感觉到它在我身上嗅来嗅去，好像没有要吃掉我的意思。然后过了不久，突然出现了一个人……对，是一个人……是他把我安放到石棺里的。"

我疑惑道："一个人？什么人来的？"

关灵摇摇头说："不知道，我根本看不见他的样子，只感觉到是一个人。我开始还以为是你，但后来才发现不管我怎么喊叫，他都没回应我，我这才知道这洞里另有其人。"

马骝突然说："斗爷，会不会是那个野人？"

关灵一下子坐直身子问："什么野人？"

我于是将我们看见那个野人的经过告诉她，关灵听完后思索了一下，然后说："我不知道是不是他，但听你的描述，好像是这样的身形。至于样子，这里实在太黑了，我确实一点也没看清楚。不过，他身手了得，那条大蛇就是被他打走，我才得救的。"

话音刚落，不知从哪里突然吹来一阵阴风，紧接着，"咝咝"的声音突然从东边响了起来。我们都感到有点不妥，立即终止了谈话。很快，我们感觉到有东西在向我们这边靠近！

第二十一章　巨型怪蛇

关灵本能反应般一骨碌从地上站起身来，满脸惊恐，心有余悸地叫道："是那条大蛇……是那条大蛇……快走，大家快走啊……"关灵的声音充满了恐惧，刚恢复了些许血色的脸立即"唰"一下白了下去，也许只有经历过被大蛇拖进洞里才会有如此的表情。

我扶着关灵，马骝和九爷拿着手电筒照着路，大家都没有方向和目的，只是不顾一切地往前奔走，希望摆脱大蛇的追杀。但关灵身上有伤，加上还没恢复元气，跑起来一瘸一拐的，这样下去肯定不行。我索性对她说："我背着你走吧，这样走太慢了。"说完，我也没管她答不答应，一躬身就把她放在了背上，然后迈开大步往前跑。

跑了一段路，我也累得气喘吁吁，于是把关灵从背上放下来。我喘着气对大家说："这样跑下去也不是办法啊，毕竟这里是它的地盘，我们怎么也不够它熟悉。万一跑去了死胡同，那真的是一窝端了。"

关灵皱着眉头说："那怎么办？要不你们别管我了，我这样会拖累大家的。"

我立即对她说："这什么话呢，我们不会把你扔下不管的，要生一起生，要死一起死。"

马骝也跟着说："就是呀，关大小姐，你以为我们是什么人啊，这种扔下同伴的事能做得出来吗？"

马骝话还没说完，九爷就焦急起来了："现在不是逞英雄的时候，赶快逃呀，那东西越来越近了！"

此时，那令人毛骨悚然的声音已经大了许多，我再次背起关灵往前跑。但没跑多远，前面突然出现几块巨石挡住了去路，我拿起手电筒照了照，发现右边有个洞口，说不定这是条出路。我连忙招呼马骝和九爷往洞里跑去，谁知跑到洞里一看，里面就是一个四四方方的大石洞，不过在石洞里面也摆满了大大小小的石棺，让人不寒而栗。

九爷惶恐道："这、这是死路呀，我们必须退回去。"

我看了看洞口外说："来不及了，大家躲进石棺里吧。"

九爷一听要躲进石棺里，脸色顿时变了，眉头紧蹙说："这装死人的地方，躲进去恐怕不怎么吉利吧？"

我对他说："九爷，现在命都快没了，还谈什么吉利不吉利。"说着，我看向关灵，"看来你要再躺一次棺材了。"

关灵苦笑了一下，说："对我来说，我已经死过一次了。"说完，她径直走到一副推开了一半棺盖的石棺，然后伸脚跨了进去。

等关灵躺好后，我往她手上塞了一把匕首，嘱咐她要小心点，然后我过去把棺盖推回去。看似很重的棺盖竟然发力一推就推动了，为了安全，棺盖没有合尽，而是留有一个手掌宽的空隙用作透气。

把关灵藏好后，九爷和马骝也找到了一副比较大的石棺，然后两人挤在一起。就在我推动棺盖的时候，马骝突然探出头来对我说："斗爷，你怎么办？"

我说："少废话，我自有办法，快把你头缩回去。还有，把手电筒关掉，匕首拿好，轻点呼吸，随时做好战斗的准备。"

马骝还想说些什么，但我已经把棺盖推了过去，他只好把头一缩，躲进了棺材里。就在我转过身的时候，一阵阴风突然迎面袭来，夹带着一股令人呕吐的腥味。紧接着，洞口处传来一阵"咝咝"的声音，一个巨大的身影游动着钻了进来，一下子出现在我面前。

在抖动的光线下，我清清楚楚看见这个东西的模样。那是一条全身乌黑发亮的大蛇，蛇身直径有七八十厘米粗，上面的鳞甲发出幽幽的亮光，它只进来了一部分身子，另一部分还在洞外，不知道它到底有多长。而在蛇头上，竟然长着一对犄角和几条很长的触须，这看起来跟传说中的龙一样。在我的认知范围内，从没有见过这样的蛇种。

这个时候，大蛇吐着芯子，用一双血红色的眼睛盯着我，随时都有种要冲过来把我吃掉的架势。我想往后退，却发现双脚一直在抖，就连拿着匕首的手也开始抖了。面对这样的怪物，再强大的心理防线也会被摧毁。

我心想，今天算是完了，仅凭一把匕首怎么能敌得过如此恐怖的怪物？但怎么都是死，我可不会束手等死，我要想办法把大蛇引开这里……我一边观察着周围的情况，一边思考逃跑的方法。然而，未等我来得及想，大蛇突然向我发起了攻击，只见它张开大嘴，凶猛地往我身上咬下来。我发现它嘴里光秃秃的，并没有看到锋利的牙齿。但我想蛇都是直接把猎物生吞的，有无牙齿不是多此一举吗？

我连忙举起匕首，不敢硬斗，看准方位后就往右边跳开。但大蛇的速度实在太快了，我刚避开，它就已经把头转了过来，一下子就把我掀翻在地，我在地上打了滚，靠在了石壁上，我想撑起身来，但身上立即传来一阵剧痛。

此时此刻，我才知道什么叫命悬一线，看来真的要死在这里了。这时，虽然手电筒丢在一边，但还是能看见那大蛇已经对准我，就要准备再发起攻击了。我闭上眼睛，等待死亡的时间既漫长又短暂，脑海开始闪过无数个画面……但很快，我就被浓郁的腥味呛得差点呕吐，那腥味实在太难闻了，就像无数个虫子在侵蚀着五脏六腑。我虽然闭着眼，但能感觉到那蛇头离我很近，甚至连它的呼吸声都感觉得到。

时间一分一秒过去了，但那大蛇只是一个劲在我胸口上嗅来嗅去，却没有咬我，难道它以为我已经死了？不不不，我知道自己身体明显在抖动，不过既然这样，那我干脆来个装死好了。果然，过了一阵后，那蛇头离开了我，但似乎没有走。

我稍微睁开眼睛，看见那长着犄角的蛇头就在头顶的上方，微弱的光线下，那两只血红色的眼睛一直在盯着我，但好像没有了之前那种愤怒。这大蛇就这样一直看着我，不时吐着芯子，却没有进一步的行动。

忽然，关灵的声音从石棺里传了出来："斗爷，你没事吧？"糟糕！她这样一出声，大蛇立即把头移向了她那边，愤怒的情绪再次爆发，慢慢把头伸向了石棺那边。

看见这样，我也顾不得装死了，立即撑起身子，迅速地扑到石棺前，用身体挡住石棺的缝隙，悄悄对关灵说："我没事，别出声。"

大蛇看见我，本来已经靠近石棺的蛇头一下子缩回，然后像之前那样，一动不动地盯着我看。

这个时候，我忽然一眼瞥见挂在胸前的那块玉佩。在仙龙乡准备出发去天坑的时候，我怕把玉佩放在我一个人身上不安全，所以我找来三条玉绳，分别把它们串上，交给了关灵和九爷。

现在回想起来，难道是这些玉佩起的作用？关灵之前也说过，大蛇把她拖进洞后，只是在她身上嗅来嗅去，并没有吃掉她的意思。难道说，是关灵身上的玉佩显灵了？所以大蛇才在关灵危难之际把她拖进洞里？

想到这里，我立即兴奋起来，要知道，这玉佩是巫官金留下的，是两千多年前的产物。如果这条像蛇又像龙的怪物就是仙龙乡的人所形容那样，是天坑守护神的话，那么很有可能就是迷幻城的守护神，也就是说，它可能和这块玉佩产生了某些灵性，所以刚才不断地在我身上嗅来嗅去，最后也没攻击我。

想到这里，我立即拿起挂在胸前的玉佩，对着大蛇晃了晃，那大蛇立即有了反应，身子往后缩了一缩。看见这样，我暗自惊喜，看来真的奏效啊。我也不管它听不听得懂人类的语言，对它说："我不管你是龙是蛇，是神是鬼，希望你不要伤害我和我的朋友，请快快出去！"

其实我都对自己这个举动感到非常可笑，想不到受过高等教育的我竟然也会做出如此荒谬的举动，这也许是人类在生命在受到威胁的时候所做出的本能吧。

但那条大蛇似乎听不懂，依然盯着我，那芯子吐出来就好像一根绳子一样粗，令人害怕。我又说："这是巫官留下的玉佩，见物如见主人，还不快快退下！"大蛇这次终于有反应了，真的乖乖往后退了开去，然后消失在黑暗中。

这真是让人难以置信的一幕，一切都来得那么奇幻，如同在拍电影一样。这是真的与那玉佩有关，还是另有其他，都无法得知。但现在不是思考这些的时候，我连忙捡起掉落在地上的手电筒，跑出洞外照了照，外面一片安静，那条大蛇已不知所踪。我立即返身回去，把关灵从石棺里拉出来，马骝和九爷也在这个时候推开棺盖，爬了出来。

马骝拍了拍身上的泥土，深呼吸了一下后叫了起来："哎呀，可憋死我老孙了……"

九爷说："要不是有斗爷，我们可真的死在这里了。"

马骝说："你们看见那怪物没，像蛇又像龙，这看起来就跟那个蛟龙一样啊，就差没有爪子了，真是奇哉怪也，怪也奇哉。"

我说："的确奇怪，这条巨蛇和关灵的那块玉佩上刻着的怪龙一模一样，看来有可能真的是迷幻城的守护神啊！"

马骝忽然对我说："对了，斗爷，那怪物怎么那么听你的话的？你不会以前来过这里，认识它，你俩有交情吧？"

我瞪了他一眼说："要是有交情，它还会冲过来咬我们吗？把我弄得一身伤。"

关灵看着我，很关切地问道："你没事吧？"

我点点头，然后对他们说："我们还能活着，真是命大啊。刚才那一幕真的有点不可思议，我想有可能是这块东西救了我们的命。"我指了指胸口那块玉佩。

大家都诧异了，眼睁睁地盯着我的胸口。马骝一脸不相信的样子，伸手拿过那块玉佩，看了又看："这、这怎么可能啊，这又不是武器，完全没有攻击力啊，那怪物怎么会害怕呢？"

九爷也拿出自己脖子上挂着的那块玉佩，嘀咕道："难不成这玉佩就像皇帝的玉玺一样，见此物如见主人？"

关灵也把玉佩拿出来说："会不会这玉佩有什么神奇功效？"

马骝点点头说："我看是了，这古时之物，历来都有灵性一说，说不定这玉佩和那怪物产生了某种灵性，令它不敢对斗爷下手。如果真是这样的话，你们三个都有了护身符，可要保护好我啊。"

大家都在不断猜测，但谁也没有答案。

就在这个时候，洞口外突然传来一声喘息，那喘息声非常的熟悉！我们齐齐看向洞外，只见一个披头散发的野人如幽灵般出现在手电筒的光照下。

第二十二章　探险队

野人身材魁梧、皮肤黝黑，一头乱蓬蓬的长发披在肩上，浓眉下是一双炯炯有神的大眼，下巴还蓄着长长的胡子，乍看之下，有点像古代的人，一时间也看不出他的年纪。不过，野人身上还裹着一件黑色的兽皮，脚上穿着一双草鞋，手里还拿着一根木棍，木棍的一端被削成尖尖的，上面还沾着一些暗红色的东西，看起来像是干枯的血，这样的打扮，又不得不让人联想到食人族。但这次，野人竟然没有逃走，而是直愣愣站立在洞口看着我们。我们立即握紧了手中的匕首，同样傻愣般看着他，不知道他到底想干什么。

时间仿佛静止了一般，谁也不敢打破这种局面，大家就这样僵住了。然而，就在我们不知所措的时候，野人突然开口说话："你们是谁？"这个声音听起来有点沙哑，但也很粗犷，而且音标标准，不像出自一个深山野人的口。

我立刻想起外面那几副石棺里的现代人的尸骨，难道这个野人跟他们是同类？但是我不能确定，也不知道对方有何目的，我只能问回去："你又是谁？"

对方沉默了一下，似乎在考虑该如何介绍自己。很快，他又开口说话了："我没有恶意，我还救过她。"野人用手指了指关灵。

大家都看向关灵，我问关灵："真的是他救了你？"

关灵看着野人，一脸的迟疑，"有点像，但我真的记不清了……"

看见这样，我只好扭过头来看着野人，问他："既然你救了我的朋友，那你能告诉我们，你到底是谁吗？"

野人说："我叫上官锋，是天坑探险队的成员。"

我们一听，不禁大吃了一惊。探险队的人不是都已经死了吗？怎么突然会有活人存在呢？我忽然想起什么，用怀疑的目光看着他问道："那么说，外面躺在石棺里的那几具尸骨是你的队友？"

这个自称叫上官锋的人点点头说："没错，是我的队友。"

我继续追问道："这个到底是怎么回事？"

上官锋闭上眼，像是在回忆，然后，他睁开眼，一脸痛苦地说："五年前，我们有八个人来这天坑探险，谁料到……"

上官锋提起了五年前的一个秋天，八个探险爱好者一起来到龙洞天坑探险，想揭开这个被人传得神乎其神的天坑之谜。在当地人的带领下，他们顺利地到达了天坑边上。当地人告诉他们许多禁忌，但他们都觉得那是迷信，谁也没上心。

等当地人走后，他们就开始在天坑周围琢磨着怎么下去，但天坑深不见底，他们一时也没有办法。不过，在往下几十米的地方，其中一个队员看见那里有个洞穴，便产生了一窥究竟的想法。于是，四个人负责上面的绳索安全，另外四个人就游绳下去。上官锋就是下去的其中一个。但谁也没想到，就在他们刚接近那个洞口的时候，一阵青烟突然从洞中飘了出来，接着飞出无数个黑色的东西，游绳下去的那四个人被烟雾一熏，抓住绳子的双手突然就一软，全部一起往天坑下面掉落了下去。

所幸的是，上官锋掉落的时候刚好被一棵大树托住了一下，卸去了部分冲力，也就是这么托了托，上官锋保住了性命，只是摔晕了过去。等他醒来的时候，发现另外三个同伴已经被摔得血肉模糊、面目全非了。

上官锋说到这里，停了停，然后继续说："我开始寻找出路，但却像被困住了一样，怎么逃也逃不出去。无奈之下，我只有在这个天坑底下生存下来。也幸亏我是个退伍军人，野外生存能力很好，所以我也没什么损伤。为了保持语言能力，我每天都对着树木和石头说话，也每天记录着日子，因为我相信总有一天，我的其他队员一定会带人来救我出去的。但却没想到，这一等，就是

163

五年，更加没想到，今天等来的会是你们。"说到这里，上官锋忽然看着我问，"对了，你们是谁？也是来这里探险的？"

我见对方也不是什么坏人，于是逐一向他做了介绍，然后我也没隐瞒此行的目的，便对他说："其实我们是来寻宝的。"

我之所以毫无保留地对上官锋说出此行的目的，是因为我考虑到眼前这个人的能力。没错，随便说个谎很容易，但这没有用。这个上官锋可以独自一人在这天坑底下生活了五年，那真的如世外高人，非比寻常，想必他对这里也一定很熟悉。而且，他还是一个退伍军人，也曾经从怪蛇那里救过关灵，一个这么有能力的人，当然要加以善用，说不定在寻宝路上可以得到帮助。

这时，上官锋用惊奇的眼光看着我："寻宝？寻什么宝？"

我笑了笑，把夜郎迷幻城宝藏的传说给上官锋说了个大概，没想到上官锋听完后，哈哈大笑起来："我在这里生活了五年，一草一木，一石一水我都清清楚楚，根本没有你说的那个什么迷幻城，更加没有什么宝藏。"

听上官锋这样一说，我们都不免露出了一丝失望的表情，马骝向前一步，问上官锋："你没有看见一个城池或者龙宫之类的建筑物吗？"

上官锋摇摇头："这里根本没有你说的那些什么城池龙宫。不过，这天坑底下倒是像个世外桃源，资源非常丰富，再活个几十年都没事，只要不被那条大蛇吃掉就好。你们应该都看见了外面的石棺了吧，其中有副只有一半尸骨，就是那条大蛇干的，那一半还是我硬生生从它嘴里拔出来的。"

上官锋刚说完，关灵就惊讶了一声，一脸惊恐的表情，可能是想到自己被大蛇拖进洞里的情景。接着，只见关灵对着上官锋鞠了一躬说："谢谢你救了我……"

上官锋笑了笑说："当时我以为那条大蛇拖进来的是野兽，后来听见你的叫喊声，我才知道是个人。我在这里独自生活了五年了，突然听见人类的声音，那种兴奋……"上官锋说着激动起来，"所以我不顾一切，都要把你从蛇口里救出来。所幸的是，那条大蛇没有伤害到你。"

我忽然想起什么，便问过去："那么说，我们在阶梯上看到的那个黑影是你？"

上官锋点点头："没错，是我。"

我苦笑一下："你可吓得我们不轻，我当时还猜这会不会是什么地猴子……那你为什么不逃走呢？"

上官锋叹息了一声后说："我刚才说了，我逃不出去。当初发现这条阶梯的时候，我可是兴奋死了，心想天无绝人之路，但最后才发现，我的想法是错的。这条阶梯也不知道是谁设计的，非常诡异，我试了几百次，兜兜转转还是回到原地。"

我和马骝对视了一眼，心里都知道上官锋是遇到了悬魂梯。我们从上往下，也是这样被困，他从下往上，也是被困，看来这条悬魂梯真的非同小可。要不是我们用光照的方法，估计这个时候还在悬魂梯里转悠。

我又问："在阶梯的时候，你完全可以跟我们交流呀，为什么不这样做？"

上官锋的嘴角微微扬了扬，说："我不是有心吓你们，在我没确定你们是什么人之前，出于本能，我要保护自己的行踪。要不是我身手敏捷，估计得挨子弹了。"

马骝哈哈笑了起来："不是我马骝自卖自夸，我那手弹弓可谓是百发百中，你也算是第一个从我马骝的弹弓下逃走的人啰。不过要是白天，估计你就没那么幸运了，哈哈哈。"

谈笑间，一个黑影突然在我们眼前一闪而过，我看见一个东西扑棱着翅膀直向我们这边扑来。这时，只听见上官锋大喊一声"小心"，然后一挥手，那只东西被他手上的尖棍穿身而过，打在了洞壁上，然后掉落下来。

我们举起手电筒照过去，看见那东西倒在地上，虽然被尖利的木棍穿胸，但还没死去，还在地上不断挣扎。仔细一看，原来是一只脸盆般大的蝙蝠，不过这只大蝙蝠跟我们平常看到的不同，这只大蝙蝠是白色的，加上那皱皮的脸，看上去好像很老的样子。

马骝说："斗爷，你读的书多，知道这是什么蝙蝠吗？"

我摇摇头说："从没见过这样的蝙蝠，这估计是变异之物啊。"

这时，身后传来上官锋的声音："大家赶快离开这里，这种白蝙蝠是有毒的，之前看见有些动物被它咬过，不一会儿就死掉了。"说着，他走过来捡起那锋利的木棍，把那白蝙蝠甩落到角落里。

我们把扔在地上的背包收拾好后，疾步走出洞外。上官锋在前面带路，我们跟在他身后，也不知道他要把我们带去哪里。不过看见他在黑暗中也能轻车熟路，我们的戒备心也慢慢放了下来，放开脚步跟着他在黑暗的洞穴里穿梭。

走了将近有半个小时，前面的空气突然清新起来，还夹杂着阵阵花香，再走了一段路，一片丛林忽然就出现在我们眼前。起初，我们还以为走回了地面，但看见丛林中的一条小溪流时，我们才知道眼前这地方就是我们的目的地——天坑底部。

此时已经深夜时分，我们也无暇观看这个世外桃源，在上官锋的带领下，我们来到了他的住处。那是一个人工加工过的天然洞穴，四四方方，约莫有四十平方米，打扫得很干净，中间是一张用木棍和竹子混搭的床，上面铺着兽皮，靠角落那边有堆干柴，石壁上还挂着些竹筒，可能是用来喝水的，另外一边的角落上放着好几根削尖了的木棍，每一根都有血迹沾着，木棍旁边，还挂着好几件兽皮，有黑毛的，有白毛的，还有黄毛的。除此之外，别无他物。

上官锋对我们说："你们今晚就在这里休息吧，明天我再带你们四处去看看，看能不能找到你们说的那个宝藏。还有，关小姐你身上还有伤，如果不介意的话，可以睡我那个床，免得有湿气，伤口就更加难愈合了。"

关灵看了我一眼，我向她点了点头，说："上官大哥说的没错，这里湿气很重，你得多注意伤口。"

关灵"嗯"了一声，然后双手合十对上官锋表示了谢意。

马骝突然问道："上官兄，那个大蛇不会趁着我们睡觉的时候，把我们几个给一窝端了吧。"

上官锋笑道："这可不必担心，我在这里睡了五年，它还没有把我吃掉。放心吧，我会睡在洞口守着。"

这时，我忽然想到些东西，便问上官锋："上官兄，五年前，你们在探险的时候，从洞里飞出来的那些黑色的东西是什么？"

上官锋说："好像是一种虫子。不过，我当时也没看清楚，就掉了下去。怎么了？"

我说："你的队友回去后，身上被咬的地方一直难以愈合，后来也因为这疯掉了，最后在精神病院痛苦死去。没有人知道他们是被什么咬了，只能说是中毒身亡，但这种毒至今无药可治。"

上官锋的表情慢慢阴沉了下来，甚至出现一丝痛苦，良久，他才说："我开始还以为他们放弃了搜救，原来他们……"上官锋说到这里，长叹了一声，然后低下了头。

我对他说："你们出事后，也有人来搜救过，但都无法下去，加上天坑的危险，你也知道，无奈之下搜救队也只好放弃了。嗯，估计他们也以为你们全部遇难了，因为谁也不会想到，你竟然还活着，而且可以在这里生存那么多年，这也是一个奇迹了。"

上官锋又长叹了一声，然后说："是啊，要不是当过兵，学过野外生存，早就死在这个地方了……"

上官锋像打开了话闸子，不断在讲述他这五年的经历，同时也不断询问我们外界的事情……直到我们打起了哈欠，他才不好意思地停了下来。

第二十三章　噩梦成真

这一夜，我们经历了前所未有的恐惧，虽然有个容身之地，但谁也没心思睡觉。如果不是因为这块玉佩的话，那真的想不明白，它为什么不把我吃掉，而是很听话般走了……

就这样想着想着，我迷迷糊糊睡着了。也不知睡了多久，洞外突然传来一阵轻微的脚步声，起初我还以为是上官锋出去了，但听着听着，却发现那脚步声是从外面走进来的。难道有人出去后再回来？

我微微睁开眼睛，但洞里黑漆漆的，伸手不见五指，只能感觉到大家都在熟睡。不过仔细听呼吸，能听到除了我以外的四个呼吸声，也就是说，全部人都在，并没有人走出去。那不是我们的人，会是谁？难道这天坑之下除了上官锋外，还有其他人存在？

想到这里，我感到脊背一阵发凉，立即抓住了怀里的匕首。我伸手去拿手电筒，却发现手电筒竟然不见了！我记得睡觉之前把手电筒放在身边的，怎么会不翼而飞了呢？

这个时候，脚步声越来越近了，我很确定这脚步声不是野兽，更加不会是那条什么怪蛇，而是一个人，但睡在靠近洞口的上官锋竟然没有被吵醒。我又想不明白了，按道理来说，上官锋是个警惕性非常高的人，而且在这洞里生活了那么多年，理应不会睡得那么死的。这又是怎么回事呢？

就在我不知所措的时候，一个黑影走了进来，跨过了睡在地上的上官锋，然后径直地向我这边走来。黑夜中看不见他的样子，但依稀能感觉到是一个人，而且是个身材高大的男人。

我紧紧握着手中的匕首，不管他是谁，是好人还是坏人，只要他有进一步的举动，我就会刺出手中的匕首。我这样想着，那个黑影已经走近我身边。我半眯着眼睛，假装睡觉，但紧张和恐惧还是令我出了一身冷汗，汗湿之处痒痒的，非常难受。我看着那个男人，等待出手的机会。

此时，那个男人在我身边停住了脚步，像在仔细端详着我。虽然距离不到一米，但我能感觉到他身上带来的寒气，仿佛伫立在我面前的是一尊冰雕。不过令我更加心寒的是，此人的呼吸声，我竟然半点也感觉不到。

男人端详了一阵，忽然向我躬身，我以为他要对我做什么，想拔出匕首刺过去。然而，就在这个时候，男人开口说话了："请跟我走吧。"那是一把苍老的声音。

我愕然了一下，立即按住了手中的匕首，心想这是怎么回事？这人是在对我说话吗？

这时，只听见那男人再次躬身说话："请跟我走吧。"

迷迷糊糊中，我发现自己好像中了邪一样，身体竟然不受控制地慢慢站了起来，然后跟在这个男人的身后，走出了洞外。

夜色浓郁，树影婆娑，四周围一片黑暗，虫豸的叫声此起彼伏，令人心惊。我跟在这个男人身后，有种行尸走肉的感觉。走了十多分钟后，男子在一处山壁前突然停住了脚步，似乎到了目的地。然后，他对着山壁喊了一句类似咒语一样的话，前面的山壁突然亮起了两盏火把，在火光的照耀的下，一扇大石门赫然出现在我的面前。刚才还是山岩峭壁，为什么会突然出现石门？难道这里就是迷幻城的入口？

只见石门有三米多高、四米多宽，看起来非常巨大，左右两边各雕刻着一条夔龙，样子就跟玉佩上的一模一样，只是这石门上的夔龙非常大，栩栩如生，一眼看上去就像活龙盘在石门上。而在石门的上方，有一个青铜鬼头镶在石壁里，直径有五十多厘米，样子狰狞可怕，跟石阶侧洞和石棺上那些一个样。

这个时候，我也借着火光看清楚了眼前这个男人。只见此人有七十多岁，头戴一顶黑色圆帽，身穿一身奇特的古代服饰，鹤发童颜，五绺长须飘洒胸前，飘飘然有神仙之气概。难道此人真的是山里的神仙？会助我寻得夜郎迷幻城宝藏？

正当我猜想之际，老人家又对着石门念叨了一番，然后只听见轰隆隆一声响，那两扇大石门慢慢分左右两边打开，一些火光从里面映照出来。站在一旁的那个老人家躬身做了个"请进"的姿势，我迈步走了进去，立刻被眼前的一幕给吓住了。只见周围迷雾缭绕，一座巍峨的古代城池屹立其中，非常的诡异。就在我为之惊叹的时候，那条怪蛇从里面爬了出来，堵住了城门口，竖起脖子朝我吐着芯子，就像一个守卫的士兵在审视着进城的人。

身旁的老人突然对我说："这就是我们的地下迷幻城，假以时日，必能复我夜郎。"

迷幻城？夜郎？这些词听起来令我既兴奋又充满疑惑，难道眼前这座城池就是我们千辛万苦要找的夜郎迷幻城？那这个老人又是谁？无奈我张大口想说话，却半句也说不出来。

这时，那条怪蛇突然张开大口，一下子扑过来把我咬住，我拼命挣扎，想掏出身上的匕首，但那条怪蛇突然头一甩，我整个人如同脱线风筝一样被甩上了空中，我闭上了眼睛，心想这次就算摔不死，也会摔成残废了。此时，那个老人的声音突然传了过来："凡我后人者，必有光复心，如是异心者，必中夜郎符。"这话一完，我就被重重摔在地上……

我"哎呀"痛叫一声，一下子醒了过来，发现周围还是冷冰冰的石壁，原来是南柯一梦。但一想起那句如咒语般的话："凡我后人者，必有光复心，如是异心者，必中夜郎符。"立即感到浑身不舒服，内心深处还隐隐在作痛。我虽身为夜郎后裔，但现在都是二十一世纪了，还谈什么光复心？难不成我拥有这些宝藏后，就可以占山为王，招兵买马，光复夜郎？

我抹了抹额头上的冷汗，长嘘了口气，这才发现大家都在盯着我看，只有那个上官锋不知去了哪里，不见在洞里。

马骝走过来笑道："怎么啦？斗爷，做了个春梦被人踢下床啊。"

我揉着有点痛的胸口说："要是春梦就好了，这简直比噩梦还噩梦。"

马骝歪着脑袋问："什么样的噩梦能让我们天不怕地不怕的金大爷吓出一身冷汗啊？"

我晃了晃脑袋，咕噜咕噜灌了几口水，然后说："梦见迷幻城了。"

马骝瞪大眼睛说："屌，梦见迷幻城怎么会是噩梦啊？那里可是有宝藏的啊，你该不会像阿里巴巴那个故事一样，太贪心出不来吧？"

看见马骝笑嘻嘻的样子，我于是将梦里看到的情况说了出来。大家听后，都说这个梦太诡异了，而且还有点科幻。九爷说有可能是我昨晚被大蛇吓了，所以才会做这样的噩梦。

这个时候，上官锋从外面走了进来，只见他手里拿着一只烤全兔，看上去应该是刚烤的，上面还冒着热气。他对我们说："这是今天的早餐，你们分了吃吧。"

马骝一个箭步冲上前来，嗅了嗅说："这家伙够肥的啊，但是一大早就吃这个，会不会太油腻了啊？"

我笑道："你这个脸无三两肉的猴子，还会嫌油腻啊，哈哈。我告诉你，你这种人得吃多点地沟油和瘦肉精，这样才能强身健体，像这种野兔，还是留给我们吃吧。"

马骝说："我就是吃了地沟油才练成百毒不侵的，不吃白不吃，人家都烤熟送上门来了，怎么好意思拒绝呢。"

大家一边说笑，一边把烤兔分了吃，还别说，虽然没有酱料，但肉质鲜美，味道非常好。吃过早餐后，我们就开始动身去寻找迷幻城。

今天的天气很好，阳光从坑口射入，由于昨晚没看清楚周围的环境，直到这个时候，我们才真正领略到天坑底下的美。在温煦的阳光下，一条溪流从山而出，不知流向何处，一些藤蔓、苔藓与数十种植物交错生长，数以千计的燕子在天坑的绝壁上筑巢繁衍，蝴蝶、蜜蜂等昆虫任意飞翔。与天坑外的复杂环境相比，这里构成了一道令人称奇的原生态自然景观。我一边走，一边欣赏周围的风景，想起昨夜那个梦，我觉得有必要去那地方看看，但环顾四周，却记不起那条路怎么走了。

这时，上官锋突然问我："你是不是有梦游的习惯？"

我一听他这样问，立即意识到些事情，连忙说："没有啊，是不是出了什么事？"

上官锋点点头说："嗯，昨晚我看见你出去了。"

我吃了一惊："什么？我昨晚出去了？"关灵、马骝和九爷同时看向我，脸上的表情都非常惊讶，因为他们都听了我说的那个噩梦。

上官锋说："下半夜的时候，我看见你走出洞外，叫了你一声，但你好像没听见一样，继续走。这种情况下，我知道你应该是在梦游了。为了防止出什么意外，我跟了上去。要知道，一个人在天坑下夜游，被野兽吃了都不知道是怎么回事。"

我赶紧问他："那你看到些什么？"

上官锋说："我看到你好像很熟悉路一样，一直往峭壁那边走去，当你走到峭壁下，你突然跪在地上，对着峭壁呢呢喃喃不知说些什么，样子好像在祭拜。"

我被上官锋说得出了一身冷汗，继续追问下去："那之后呢？"

上官锋笑了笑说："之后啊，你拜祭完后，就沿着原路回来洞里睡觉了。不过，你那鼾声吵了我一晚，我见睡不着了，天还没亮就出去给你们弄早餐去了。"

我尴尬一笑道："真不好意思呀，我平时很少这样的。不过，你可能不知道，我昨晚做了个梦，梦见一个人来叫我出去，然后走到那峭壁的时候，看见一道石门，石门里面就是我们要找的迷幻城。"

上官锋一脸怀疑的表情说："等等，你说峭壁那里有一道石门？不可能的，那地方就是山岩峭壁，什么都没有，更别说那个迷幻城了。"

别说上官锋不信，连我自己也觉得有点荒唐怪诞。于是我对大家说："我们现在也是在毫无目的地找，那何不去那地方看看，以消除心中之疑？"

关灵点头道："嗯，我觉得斗爷说得有道理，说不定他那个梦会是一个暗示呢。那个迷幻城名叫迷幻，那真的什么都有可能发生啊。"

我说："可是，我不认得怎么去那里了。"

上官锋说："这个放心，我知道。"

在上官锋的带领下，我们穿过了一片树林，很快就到了峭壁脚下。看到这峭壁的时候，我立即叫了起来："是这里，没错，我梦到的就是这里。不过，当时这里有大石门的。"我用手比画着前面的山壁。

马骝和九爷立即上前左瞧右看，又敲了敲山壁，马骝甚至还踹了几脚，但也没有什么情况出现。我看见上官锋在一旁很镇定的样子，估计他早就知道这里并没有我梦见的那什么大石门。

果然，他对我说："斗爷，看来梦境这个东西，不可尽信啊。"

我有点尴尬地笑了笑，也许真的如九爷所说，被那条怪蛇吓到了，所以才会做这样的噩梦。我刚想开口说话，一股阴风突然吹起，远处的草丛不断被压下，眨眼工夫，一条通体发黑、头上长着角的大蛇出现在我们前面。我在心里暗叫一声不好，真的是想什么来什么，连忙招呼大家赶快逃跑。

逃出不远，我发现那条大蛇竟然没有追过来，而是盘在我们原来到过的位置，好像在守护着石门一样。看见这样，我越发感到不对劲了，于是叫大家停下来。

我对他们说："你们看到没有，那条大蛇就盘在我们刚才站的地方。"

马骝说："那又怎样？"

我皱着眉说："我总感觉有点不对劲，它为什么不追我们呢？还有，它为什么会盘在那地方呢？"

马骝笑道："哎，斗爷，你是不是被那个噩梦吓坏了脑子啊？这有什么不对劲的，它不追我们多好啊，难道你想它追着我们满山跑啊，还有它盘在那个地方又有什么问题？我可看不出来啊。"

马骝刚说完，九爷就跟着说："这确实有点问题，我听老一辈说，如果你看到一些动物总待在一个地方，或者追着追着突然钻地里不见了的话，那地方肯定有问题，说不定就藏有金银珠宝。"

关灵也跟着说："难道这条大蛇就是当地人所说的神龙？如果是这样的话，那它盘的地方肯定有问题。因为我听我爷爷讲过一件事，说民国时候，河北的一个山村后面有座大山，山里有条大蟒蛇，它经常盘在一个地方，一动不动，就像守卫着什么。人们开始以为大蟒蛇的窝可能就在附近，所以谁也不敢去惹它，后来有一队士兵进入村里，听到这事后，就起了去捉大蟒蛇的心，于是一队人马跑去了后山捉蛇。后来听说他们没有捉到蟒蛇，但是在蟒蛇经常盘的地方下面发现了一座古墓。所以说，斗爷的猜想也不是没有道理的。"

得到九爷和关灵的支持，我更加对自己的想法有信心了。我看向上官锋，发现他站在一旁冷笑。我想，这种当过兵的人，思想肯定跟我们不同，这种事情他估计只会当作故事来听。但无论如何，我也要在那蛇盘的地方挖它几挖。

　　我这么执着不是为了所谓的宝藏，可以这么说，我一开始知道族谱藏宝的时候，确实想过要拥有这些宝藏而发家致富，但自从知道了夜郎迷幻城的秘密后，我就没有了这种想法，更多是想探索这个国家的秘密。我虽没有光复夜郎的心，但我也没异心，我找到宝藏，找到迷幻城，这对于夜郎后裔的我来说是一种使命。而且，我对昨晚那个诡异的噩梦存在一种敬畏之心，如果它能指引我寻得迷幻城，那么关于夜郎迷幻城的秘密估计永不止于此。

　　我对上官锋说："你在这里那么多年，对这条大蛇的品性和行踪了解吗？"

　　上官锋说："谈不上了解，但多少还是知道些。这大蛇并不是很凶狠，只要不惊动它就没事，要是惹到它，它就一直追个不停，再大的动物也可以吞下肚子。两年前我就看到过它吞一头野猪，那野猪至少有几百斤重，但还是被它慢慢吞进了肚子里，胀得几乎爬行不了。至于行踪，也是经常在那峭壁附近出没吧，有时在溪流边也可以看见它。"

　　我像扑捉到了什么，连忙问："你刚才是说那大蛇经常在那峭壁附近出没？"

　　上官锋点点头："没错，经常看到。不过，它并没有总待在同一个地方，有时在峭壁前，有时爬上了峭壁，总之，不像关小姐说的那个故事一样。"

　　我寻思了一下，说："与其毫无目的地去找，不如就赌上一把吧。这样，我现在过去引开那条大蛇，然后你们趁机过去挖，不管有没有挖到，总之有危险就走。"

　　马骝突然站出来说："斗爷，还是我去吧。我有这家伙！"马骝扬了扬手中的弹弓。

　　上官锋也说："要不我去吧，我对这里比较熟悉。"

　　我摇摇头说："还是我去吧，这个地方是我梦到的，而且我还有'护身符'在身呢。"我指了指胸口的玉佩。

　　说着，我看了一眼关灵，发现她眼里充满了担心。我走过去，拍了拍她的肩膀说："放心，我会保护好自己的。有什么情况你就跟紧上官锋大哥，他能保护你。"

关灵点点头："那你要小心点。"

我点点头，然后攥着匕首就往回走。在距离大蛇还有不到十米的地方，我停了下来。那条大蛇明显注意到我的到来，昂起了脖子，对着我吐着芯子。我扬起胸口的玉佩，大声对那条大蛇喊道："既然让我梦见迷幻城，何不让我进去？"

大蛇依然一动不动，对我的喊叫毫无反应。这时，身后传来了马骝的叫声："哎，斗爷，你这样喊有个屁用啊，拿石头砸它啊……"

我没理他，试着再往前走了几步，然后对着大蛇又喊道："凡我后人者，必有光复心，如是异心者，必中夜郎符。"这句话是梦里那个老人家说的，我不知道他是不是说给我听，但如果这是一句咒语的话，应该会有情况发生。

果然，话音刚落，奇迹突然发生了！只见那条大蛇对着我点了一下头，然后慢慢爬开了，很快就消失在丛林里。看见这诡异的一幕发生，别说马骝他们了，就连我也觉得不可思议。但只有我知道，那条大蛇并不是听懂了人话，而是有可能我说的这句话是一句咒语。因为巫官金这个人本身就是夜郎最大的巫师，这种咒语之类的事情并不是什么奇怪之事。而且，蛇本身是有灵性之物，很多报道里都有介绍蛇类和人类共同生活的新闻，其中不乏凶猛的蟒蛇和毒蛇。在古代，训蛇之人更是跟蛇朝夕相伴，更有饲养蛇类当家庭保姆的例子。

这时，大家都跑了过来，马骝更是对我赶走大蛇这一举动竖起了大拇指："斗爷啊斗爷，你还说你跟那家伙没关系，它就像你的孩子一样听话啊。"

我揺了他一拳说："你他妈才跟蛇生孩子呢。"

关灵也被我们逗笑了，说："那条大蛇两次都被你说走了，也难怪马骝会有这样的想法啊。"

马骝嘻嘻一笑说："就是，人家关大小姐都这样认为，你就认了吧。不过，关大小姐，你也是和大蛇亲密过的哦，它也没伤着你，我看你和斗爷是不是……啊，哈哈。"马骝说到这儿，阴笑起来。

我看见关灵的脸"唰"一下红了起来，立即踹了一脚马骝屁股说："你这家伙，净胡说八道，还不赶快过去开挖。要是没找到石门，我就把你马骝捆起来送到那大蛇面前，看你还贫嘴不。"

马骝捂着屁股说："我这可说的是事实啊，你看你自己，连命都不要的去救她，要是换作我和九爷，估计没有这个待遇吧。这叫什么，这叫重色轻友。你说是吧，九爷。"马骝看向九爷，寻求九爷的支持。

九爷笑了笑，拍了拍马骝的肩膀说："好了好了，别闹了，这些日后自能见分晓，正经事要紧，咱们赶快挖吧。"说着，看了眼关灵，又看了看我，摇摇头笑了笑。

我们从自己的背包里拿出工兵铲，由于关灵的伤还没好，她的工兵铲就交给了上官锋。马骝搓了搓手，对着大蛇刚才盘的地方就挖了下去，我连忙制止道："马骝，不是挖那里。"

马骝一脸错愕："斗爷，难道这挖地还分东南西北啊。不是挖这儿，那挖哪里？"

我指了指峭壁说："挖那里。"

马骝半信半疑，但也没说什么，带头挖了起来。峭壁都是泥石组成，也不干硬，挖起来不是很费劲，只是太久没干过这种活，还是感觉比较累。不过，想起这里面就是迷幻城的入口，进去后可以找到宝藏，一时间又有干劲了。就这样挖呀挖，足足往山体里面挖了将近有三米多深，泥石就一大堆，但石门就连半个影子都没看见。

这时，马骝停下了手中的铲子，抹了一把汗说："斗爷，还继续挖不，这看起来有点悬啊。"

我也暗自苦恼，难道我的想法是错的？难道那个梦境真的只是一个梦而已？

就在我不知所措的时候，上官锋突然"咦"了一声，接着叫了起来："你们过来看，我好像挖到了一些东西。"

第二十四章　夔龙戏珠阴阳门

一听挖到了东西，我们立即扑上前去。由于上官锋一身牛力，所以他挖的地方都比我们挖的要深好多，正是因为这样，在他挖的地方露出了一块灰白色的石块，与周围的泥石很不同，用工兵铲敲下去，感觉非常的坚硬。我伸手摸了摸那石块，可以判断出那是大理石的料，这种料子在古代一般是用来建造石门和牌坊的。

我心里头非常兴奋，连忙拿起工兵铲，把石块边上的泥土铲走。随着泥土的铲走，那石块就变得越来越大，果然不是一块普通的石头，材质光润的大理石上雕刻着精美的兽类图案，几铲下去，一条夔龙身子渐渐露出，我惊喜万分。马骝他们也意识到了什么，纷纷加入进来挖，不够高的地方，我们就搬来石块，垫高来挖。

就这样挖了将近两个小时，一副偌大的石门终于出现在我们面前，两条夔龙分卧石门两边，恰似遨游在石门之上，而门的中间位置，带有上下两个神秘凹槽，槽口从外往里逐渐缩小，槽洞中空，深不见底，如太极阴阳图之两极，乍一看，正组成一幅"夔龙戏珠阴阳图"。

这石门无论从尺寸、形状，就连上面雕刻的图案都跟我在梦里看见的一模一样。这下可把我们兴奋得不知如何形容，马骝更是有点不敢相信的样子，几乎把石门摸了个遍才说："斗爷啊斗爷，我马骝算是服了你了。看来你做的那个梦，应该就是进入迷幻城的提示啊。"

上官锋也惊叹道："这真的是不可思议啊……我在这里生活了五年了，怎么也想不到这峭壁里面，竟然会暗藏着这样一副石门，真的是令人大开眼界。"

九爷啧啧称赞道："古人的藏宝真是绝啊，在这样一个天坑底下，这样的悬崖峭壁底下，竟然修建了这样一副大石门，那工程量真是无法想象啊，你说这样的设计不是用来藏宝的话，那还能做啥？"

的确如此，《藏龙诀》中有很多关于石门的记载，石门大致可以分为明门和暗门，明门的设置一般都是利用一些机关巧术，设计基本是涡轮原理，但只要仔细思考是不难破解的。而暗门，不仅仅指的是一道门，也包括进入藏宝地后的各种机关暗器，机关原理复杂，更具有威胁性。目前来看，这座夔龙石门，应该就算所谓的明门了。

这时，只听见关灵说："可是，我们怎么打开石门？"

我仔细观察了石门一番，除了两个神秘凹槽之外，上面似乎没有什么开启机关的东西。

马骝对我说："斗爷，你那个梦里的老人是如何开这石门的？"

我想了想说："好像是念了几句咒语，石门就开了，但念的是什么我没听清楚。不过，这念咒语石门就开一事很玄乎，不太现实。"

马骝说："不是有个故事说什么阿里巴巴说了句'芝麻开门'，门就打开了吗？"

我忍不住笑道："你马骝小学没毕业啊，那是《天方夜谭》的故事，你还拿来当真，我看你真的想寻宝想得走火入魔了。"

九爷插话进来说："你们看，如果石门打不开的话，那我们就往旁边挖开一条道，然后绕过石门进去，不知这样可不可行？"九爷边说，边对着峭壁比画。

上官锋说："九爷说的好像有道理，如果这石门周边是人工砌成的话，我们多挖几天肯定能挖开。要不然，我们干脆挖石门，把石门弄倒。"

我刚想说话，关灵却摇摇头说："这法子恐怕不妥，我们能想到的，古人在防盗方面肯定也会想到，这石门周边估计会有机关陷阱，到时别说是石门倒下，这峭壁搞几块大石落下来，我们就被活埋了。"

我点点头说："嗯，关灵说的并不是没有道理，这石门两边的峭壁都比较突出，虽看不出有什么机关陷阱，也看不出这突出来的石块有人为加工行为。但在底下挖开石门的话，下面一旦松动，不保证这突出来的石块不会掉落下来，而且还有可能会发生局部坍塌。"

马骝挠着头，皱起眉说："屌，这也不行，那也不行，那该如何是好？总不能看着到嘴的肥肉吃不了吧？这到了门口进不去，说出去的话被人笑死啊。"

我心里也纳闷儿，这都找到门口了，岂有不进去的道理？无论如何，一定要想到办法进去。我看着石门，回想梦中的情景，看是不是漏掉了什么。这时，九爷摸着石门上的那两个凹槽，忽然扭过头来对我说："阿斗，你看这两个凹槽会不会有啥机关？"

被九爷这样一提醒，我和关灵都拿出身上的玉佩来对照，情况果然如九爷说的一样。关灵忽然想到什么，便说道："哎，你们说，这三块玉佩会不会就是打开石门的钥匙？"

马骝一听我这样说，连连点头说："对对对，你这话有道理，我看过一些书，好像也有类似这样的事，万一和冒险小说上一样呢，我们试试也无妨。"

关灵指着石门上的两个凹槽说："就在这里，这凹槽的尺寸跟玉佩差不多大小，我们可以把玉佩放进去试试看。"

九爷又问："可是我们有三块玉佩，这只有两个凹槽。怎么放？"

上官锋说："难道还有一个这样的石门没找到？"

这时，关灵说："先不管了，我们就试试吧，阿斗，你说我们放哪两块合适？"

我陷入了思考，太极阴阳图肯定与乾坤阴阳之说有关，何况道教已经深深融入了中华藏宝文化，这么说来两个凹槽一个代表"阳"，一个代表"阴"，而哪两块玉佩是代表阴阳的呢？

大家将三块玉佩摆在地上，我这块上印有夔龙图案，关灵手上的玉佩带有蛇形图，剩下一块只有简单的纹路。我顿时恍然大悟，夔龙虽有一足，却到底是龙，遨游天际于无形，蛇虽无足却能在地面游刃有余，一乾一坤，一阳一阴，看似也只能暂时这么理解了。

说罢，我将我和关灵的玉佩分别放入石门上下两个凹槽之中，巧的是这凹槽的大小竟然和玉佩完全吻合，在大家满怀期待之中，石门还是纹丝不动。我苦笑道："唉，看来这个法子还是行不通啊。"无奈之下，我只好拿下了门上的两块玉佩。

马骝一脸不爽的样子，抬起脚踢了一下石门："他娘的，要是我有炸药，我就给它炸个稀巴烂……"

我对马骝说："年轻人，冷静点，你把脚踢断了它都不给你动一下呢。我们跟古人斗的是智慧，而不是蛮力。给点时间，总会想出办法来打开石门的。"

马骝问我："斗爷啊，你确定这石门没有其他机关了吗？跟你在梦里看到的是一个样吗？"

我说："差不多就是这个样子，不过当时两边还有两支火把。"

马骝说："那可能那两支火把是个机关啊，我们把旁边的泥土挖开看看吧。"

说罢，马骝就拿起工兵铲，不管三七二十一就动手挖了起来。大家看见这样，也只好走上前去帮忙。但在石门左右两边各挖了一米宽左右，什么也没有发现。这个时候，上面已经有些石子掉落下来，我们不敢继续往下挖了。

我抬起头，抹了一下额头的汗，忽然瞧见石门顶上的泥石有些松动，就要往下掉的样子。我连忙叫在石门下的马骝和九爷走开，然后我扶着刚才叠高的石块，爬上最高处，用工兵铲把那松动的泥石敲了下来。这一敲不紧要，一块青铜色的东西突然露了出来，我立即多铲几下，很快，一个直径四十多厘米大的青铜鬼头出现在我面前。

我吐了口水叫道："他奶奶的，竟然忘记这头顶上还有鬼头呢。"

马骝在底下仰起头说："难道这个青铜鬼头就是开启石门的机关？"

我仔细观看那个青铜鬼头，除了较之前看见的大一点外，其他地方都一个样，并没有什么特别之处。我用工兵铲敲了几下那个青铜鬼头，声音非常响，是个货真价实的东西。

马骝说："斗爷，要不干脆把它敲下来，那东西估计能卖个好价钱啊。"

九爷附和道："是啊，这两千多年的古董，应该挺值钱的。反正一个也是拿，两个也是拿，干脆走的时候，我们也把那石棺上的青铜鬼头弄回去。"

马骝和九爷这两个财迷，见了什么东西都想弄回去，真是令人忍俊不禁。

不过这次我同意了他们这样做，一来是这青铜鬼头确实值钱，但更多的是我对开不了这石门而感到恼火，于是我举起工兵铲，在青铜鬼头周围猛铲起来，那些泥石很快就被铲干净，但那青铜鬼头并没有脱落的意思，还是稳稳挂在那里。这就奇怪了，难不成这鬼东西还粘着什么不成？

这时，马骝在下面嚷嚷起来："屌，你们这些城市人真的是动两下都气喘，平时叫你多下农村锻炼锻炼你就不听，现在好了，连这么一个鬼东西都搞不下来，还搞什么生产啊……"

我没理马骝的揶揄，把工兵铲在青铜鬼头的一侧铲了进去，但铲到一半就被什么东西挡住了，我用力顶了顶，凭感觉应该是一块硬石头。

这个时候，我突然意识到了一种可能性，为了确认这个可能性，我不顾手臂的酸软，再把青铜鬼头周边的地方挖开。果然，我的猜想没错，一根圆柱形的大理石渐渐出现在我面前。只见这根大理石与青铜鬼头粘在了一起，直径有二十多厘米大，最下端隐藏在石门的后面，这就是说，这个青铜鬼头很有可能就是开启石门的机关。

这个时候，下面的人也发现了我这上面的情况，纷纷围了过来。关灵在下面兴奋地叫了起来："斗爷，这会不会就是开启石门的机关？"

我答道："很有可能呢，不过就不知道怎么开启机关啊。"

马骝指着青铜鬼头说："斗爷，你看那鬼头张开那个大嘴，好像要吃人一样，要不我们拿东西捅它一捅，看看有没有什么反应。"

上官锋听马骝这样说，立即抓起木棍，爬上来对准那个青铜鬼头的嘴巴，用力捅了下去，不料上官锋用力过大，这么一捅差点来个狗啃食，原来这青铜鬼头嘴里是空的！

我赶紧拉住上官锋说："这么简单捅一捅就开的话，那这石门不是形同虚设吗？"

上官峰说："阿斗兄弟，那你说我们怎么办啊？"

我拖了拖下巴说："既然我是寻着梦境找到这里的，说明梦是可信的，我记得在梦中石门两侧曾出现两支火把，现在就差'火'这个东西没出现了，那我们也把这青铜鬼头放上火把试试！"

我和上官锋跳下来，几人在附近捡了些干柴，堆成一小堆。我掏出打火机，只听"啪"一声打火，地上的干柴立即着起火来，一会儿两根火把就弄好了。我和马骝各拿一个，重新爬上去，将火把往青铜鬼头的嘴里塞去，没想到刚送到嘴边，一阵烈火猛然喷出，鬼头竟然着起火来，吓得马骝惊慌失措，从石块上踉踉跄跄了下去，"哎呀妈呀，这个鬼玩意儿还会喷火啊！"

关灵揶揄道："马骝你不是胆子挺大的吗？一股火就把你吓成这样？"

我猜想，鬼头内是空的，里面一定连接着某种类似沼气池的装置，产生了可燃气体，才会出现这种现象。

上官峰这时候冒上来一句："阿斗兄弟，这鬼头算是点着了，可门也不见动静啊？"

我刚要说话，九爷突然像是打了鸡血一样兴奋地大喊起来："快过来，你们来看看这个！"

众人连忙凑过去一看，原来是两束耀眼的光从两个凹槽内射出，我立即对关灵和九爷喊道："快把你们那块玉佩拿来！"随后我按照之前的方法，分别把两块玉佩卡在了凹槽之中，映衬着光色，两枚玉佩上的八卦图显得异常清晰。

后退两步一看，好一幅"夔龙戏珠阴阳图"！古人定是在石门内部装了铜镜，利用反射光原理将鬼头处光亮反射至凹槽位置，再利用某种图案显影技术设计了涡轮联动装置，没有这两块玉佩合力，固然是打不开此门的，看来一念道长分析得没错，还是要金氏兄弟合力才行啊！

只听见"轰隆"一声巨响，感觉整座山都在震动，石门上面的泥石开始哗啦啦滑落下来。我立即感觉到不妙，迅速取下门上的两块玉佩，连忙一个纵身从上面跳了下来，在地上打了个滚，然后和大家一起跑到远处观看。

轰隆隆的声响还在继续，周围扬起一阵尘土，透过尘土，我们隐约可以看见那两扇大石门慢慢往下沉去，不用多久，一个黑乎乎的洞口出现在我们眼前。但与此同时，一团白色的烟雾从洞里面飘了出来，看起来非常的诡异，好像即将会有妖魔鬼怪出现一样。

第二十五章　古怪石屋

等那团烟雾过后，我们稍微走近一看，出现在我们眼前的并不是想象中那座宏伟的城池，也非我梦中看见的那样，而是一堵坍塌的石墙。我在地上抓起一块石头，朝着城墙里面扔了进去，并没有什么异常动静发生。由于不知那些冒出来的烟雾有没有毒，我们不敢贸贸然走进去，商量一番后，决定让上官锋去捉一只活的动物回来，扔进去看看情况如何再作打算。

不用多久，上官锋就捉来一只大竹鼠，这只大竹鼠足足有三斤多重，活蹦乱跳。我找来一条长绳，一头系在大竹鼠的身上，一头在手里牵着，然后把大竹鼠扔进石门里面。等了一段时间，我再把绳子拉回来，看见那只大竹鼠依然非常生猛，这下子我们就放心了。

为了安全起见，我用绳子把竹鼠的四肢捆绑起来，然后装进背包里，以备进去之后可能还会用到。竹鼠的生命力很强，就算放在背包里，一时三刻也不会有什么问题。

放好竹鼠后，我便拿起手电筒，率先走了进去。迷幻城的面积不知道有多大，但可以感觉到这是一个被挖空的山体，迷幻城就这样倚山而建。一走进去，就可以闻到空气中飘浮着那股陈年腐味，有点呛鼻，手电筒所照之处都是些残垣断壁，好像经历了一场战争一样。

洞的左右两边都是一堆倒塌的建筑物，有石块、石墩，但以桩柱居多。建筑物虽然倒塌，但从建筑面积、材料和格局来判断，应该是一些居室。据记载，夜郎人的居处有巢居、山处和"干栏"，这些居室建筑形式，一直影响到今天的布依、侗、水等族的居民建筑。所谓"干栏"，是一种将房屋用桩柱架离地面的宫室形式，称："山有毒草、沙风、蝮蛇，人楼居梯而上，名曰'干栏'。"很明显，左边这里的建筑就是"干栏"居。有人认为干栏居是一种较高级的居住形式，是巢居的演化，并且与楼阁的起源有着密切的关系。

在我们正前方，有一条青石板通道，很宽，几个人并排走都不成问题，而且手电筒的光照不到底，不知有多远。我们沿着通道一直往前走，穿梭在这些残垣断壁的建筑里，有点像走战壕的感觉。

马骝拿着手电筒一边四处照，一边说："这跟我想象中很不同啊……全都倒塌成这个样子，他娘的不会像卧龙山那样也被人捷足……"话还没说完，马骝突然停了下来，一脸惊恐的样子，"死了斗爷！"

我"呸"了一声："你才死了。"

马骝焦急道："不不不，斗爷，我好像踩到什么东西了。"

看见马骝这个模样，我立即意识到情况的严重性，连忙问发生了什么。马骝低下头看向脚下说："我好像踩到了机关。"

一听到"机关"两个字，大家都条件反射般紧张起来，九爷更是退后了两步，躲在上官锋后面。关灵想走过来，但被马骝喝住了："别别别，你别过来！"然后他看向上官锋，"老哥，你不是当过兵吗？"

上官锋不知道马骝要说些什么，只好点点头。只听见马骝又问："那你排过雷吗？"

上官锋愣了一下，忽然变了脸色："什么？排雷？莫非你踩的是……"

马骝点点头："没错，我好像踩的是地雷。"

地雷？大家一听，都不约而同往后退开。上官锋连忙说："这个我可没接触过啊，我当的是解放军汽车兵。"

听到这样，马骝一脸颓丧的表情："那你们赶快走吧……这一爆炸，老子估计连个全尸都保不住了……斗爷、九爷，你们到时能帮我捡回多少是多少啊，最好弄去那石棺里，然后找个好风水的地方……"

我赶紧制止他说下去："别乱说，这是古人建的地方，怎么会有地雷呢？看来是踩了什么机关暗器。"

马骝一脸焦急说："这机关暗器也不好惹啊，那、那怎么办？我这脚还到底能不能要了？"

我连忙伸手制止道："不，你别动，我过来看看。"说着，我走到马骝身边，趴下来仔细查看他到底踩的是什么东西。

只见在马骝左脚下面，有一块四四方方的石块陷了下去，果然是一个机关装置！而马骝的左脚刚好踩着石块的中间，压力已经让石块向下陷进去了两厘米左右，要是马骝的脚一松开，或者移动一下，压力感就会透过石块而启动机关，后果就不堪设想了。

我站起来对大家说："这到底是个什么机关我还不清楚，还不能摸清楚这东西的危险性，以防万一，你们还是先退出去洞外吧。"

关灵皱着眉，看着我说："那你们怎么办？"

我说："我还要想办法。"

关灵往前一步说："那我在这里陪你……们，多个人，多个大脑想办法。"

我摇摇头说："不，你还是退出去，你在这里，我会分心的。放心吧，我一定会保护好自己的安全的。"

马骝这时叫了起来："斗爷，你还是别冒险了，你看关大小姐多担心你，你就别让人家担心了……"

我对马骝厉声道："你别再说话，小心你的脚！我一定能保住你的安全。"说完，我看向关灵，发现她眼里尽是担心，我便对她说，"相信我，我和马骝都会没事的。还有，你和九爷的手电筒先留下，我自有用处。"

关灵可能知道拗不过我，咬了咬嘴唇，然后和九爷放下手中的手电筒便退了出去。

我把手电筒放在两边的石块上，尽量使周围的环境能看得清楚，接着搬来几块大石块垒起来，做成一个保护屏障。然后，我深呼吸一下，再次趴了下来。

空气的压抑和紧张令我满脸是汗，这个时候，我才发现机关周围都是石板，想撬开都不行，看来只有一个办法可行了。我屏住呼吸，拿出匕首慢慢伸向马骝的脚底，用力压住石块，保持原来陷入的位置，然后对马骝说："你可以伸开脚了。"

马骝还是不敢动，哆嗦着说："不、不会有什么事吧？"

我用命令的口吻再次叫道："快，把脚伸开。"

马骝只好闭上眼，一咬牙，慢慢把左脚抬起来。发现什么都没发生，他立即睁开眼睛，长嘘了一口气，抹了一把脸上的冷汗。

这时，我已经用匕首紧紧按住了机关，不敢有半点分心。同时我对马骝说："你赶紧退出去。"马骝还想说些什么，但看见我坚毅的眼神，只好把话吞了回去。

等马骝走出去之后，我观察了一下四周，找准位置，然后一松手，一个打滚躲在了垒起的那几块大石块背面。也就是同一时间，机关被启动了，耳边立即响起"嗖嗖嗖"的响声，除了洞口外面的方向，其余方向都射出来好多支利箭，那些箭头打在挡住我的石块上，竟然蹭出了一些火花，可想而知，那箭头非同小可。正所谓明枪易躲，暗箭难防，如果他们不是退了出去，任凭你是谁，都不可能躲得过这样的暗箭。

这时，洞外传来了关灵的叫声："你没事吧？"其他人也同样呼喊起来。

我连忙回应道："没事了，你们进来吧。"

等他们冲进来的时候，我已经站起身来，拍了拍身上的尘土，然后捡起地上的一支箭，只觉得手中的箭有点重量，大约有二十多厘米长，再看箭身和箭头，上面都泛着青绿色的铜锈，分明是一支古代铜箭。要不是当时马骝误认为踩中了地雷，没敢挪脚，现在估计我们都被射成箭猪了，就算不被射死，也真的是治好也浪费药。

这时，其他人也把地上的铜箭捡了起来，数了数，总共有三十六支铜箭，而且款式都一样。才刚进迷幻城，就遇到如此恐怖的机关，真的是令人生畏。

九爷对马骝说："马骝老弟，这次你得感谢阿斗了，要不是他，就你这腰板子，那铜箭一射就穿啰。"

马骝对我抱了抱拳说："感谢斗爷的救命之恩，我马骝这条命以后就是你的了。"

我摆摆手说："我才不要你条猴命，我自己这条命已经够我活、够我累了。说起来大家还得要谢谢你呢，要是你当时挪开了脚，我们这次寻宝就到此结束了。"

马骝哈哈笑道："那么说，是我救了大家啊，哈哈哈。"

我擂了他一拳说："你这家伙真是三分颜色上大红，要不是你踩中机关，我们哪需要你救？"

马骝笑嘻嘻地说："要不是这样，我们还不知道斗爷你那么重情重义、智勇双全啊。"

马骝这顶"高帽"一盖过来，我一时也无语以对，只好说："好了好了，别卖乖了，赶紧收拾好，里面不知道还有什么机关陷阱等着我们呢。"

这次大家都多了个心眼，看好地面有没有机关再向前走。果然走了一段路，地上又出现了类似的四方石块机关装置，而且越往里走，越感觉到危机四伏。经过了两边的居室建筑后，前面突然出现了左右两个分叉口，而倒塌的建筑物也变成了以石块居多，形状各异，排列规则，很可能是一个修炼阵法的地方。

马骝往旁边一块光滑的大石块上吐了一口水，嚷嚷道："屌，又来这些分叉道，想搞死人啊。斗爷，这次该走哪条道？"

我说："直走看看情况怎样，再做打算吧。"

大家于是继续往前走，走了一段路后，我忽然发觉有点不对劲了，这走法似曾相识，而手电筒照的地方也似乎有点熟悉，好像回到了之前走过的路。果然，我的感觉没有错，在转了个弯后，我们出现在一个分叉道上。而这个分叉道，正是一开始那个地方，那块光滑的大石块上，马骝吐的那口水还未干透。

马骝又嚷起来了："我屌，又走回来了。这迷幻城怎么老是搞这些鬼打墙的道啊？卧龙山一个样，佛面洞那里也一个样，连这里也来这一套。"

我爬到一堆相对较高的石块上，用手电筒看了看周围的情况，只感觉通道弯弯曲曲，错综复杂，看上去像个迷宫。我心想，巫官金在建造这座迷幻城的时候，为何会把道路弄成那么复杂？这不会令人行走不方便吗？但转念一想，这迷幻城的宝藏何等重要，要不然这个地方怎么会叫迷幻城呢。

关灵在底下对我说："斗爷，还记得那块玉佩吗？上面的纹路会不会也可以指明这里的道？"

真是一言惊醒梦中人，我怎么没想到这个玉佩呢！我立即冲着九爷叫道："九爷，把你那块玉佩给我。"

九爷连忙从身上解下玉佩交给我，我看着上面的纹路，慢慢对照这地上的通道，还别说，真的一一对上了！原来这块玉佩的用途是在这里，真的是一幅活地图啊！我大为惊喜，赶紧将这情况告诉了大家。

　　马骝说："怪了怪了，这玉佩在卧龙山的古地道里好使，在这里怎么又用上了？"

　　我说："卧龙山的古地道是战国时期的，出现的时间应该比这个迷幻城还要早。估计巫官金去过那个古地道，被那里错综复杂的通道吸引了，于是在建造迷幻城的时候，把古地道的建造方法搬来用了。"

　　关灵点点头说："应该是这个意思。我想，这也是三块玉佩缺一不可的原因。"

　　照着玉佩上的纹路指引，我们果然摆脱了"鬼打墙"，走得相对比较顺利。不过，偌大的一个迷幻城，一路上除了倒塌的建筑物，却连只生物都没有发现。

　　大家也觉察到异常，关灵先开口说："你们有没有发现，我们走了那么长的一段路，竟然没有发现有关夜郎的东西，而且连只普通的虫子都好像没有。"

　　马骝接话说："这里封闭了那么多年，什么都绝迹了呀，有什么好奇怪的。只要宝藏还在就好，这其他的就不管那么多了。"

　　我说："夜郎人利用这山体挖空了来建造迷幻城，当中必定机关重重，越是这样不同寻常，就表明越危险。就算这里封闭了多年，但是虫蚁这些都是生命力极强的生物，不可能全部都绝迹的，一定是有什么原因，它们才没有出现。"

　　九爷说："阿斗说的有道理，有情况出现也未可知，大家还是小心为妙。"

　　说话间，一座奇怪的六边形建筑物突然出现在我们面前，只见那建筑物由石块堆砌而成，看起来有点像一口巨大的井，但正前方有一个门口，应该是一间石屋。这一路走来，许多建筑物都完全倒塌，但眼前这座怪石屋却依然屹立其中，毫无破损。我看看玉佩，这个位置刚好跟卧龙山的第一个储物室是同一个位置。照这样走法，我们估计要经过三个这样的地方，才最终到达目的地。

　　我拿着手电筒从门口处照进去，只见里面的六面墙壁上各挂着一个青铜鬼头，形状跟之前看见过的一样。在正中间的地方放置着一个青铜鼎，旁边还有几个类似烧窑的灶台，看起来像是巫官金炼丹的地方。

　　这青铜鼎有别于以前在书上看到过的，它呈六边形，口径超过了一米，边上镶着一圈青铜鬼头，每个鬼头嘴里都衔着一个铜环，青铜鼎的六面都有铭文，但不知道写的是什么。我连忙用手机拍了下来，也许这些资料回去还有用处。

马骝这时靠近青铜鼎，一边看一边说："这么古怪的青铜鼎还是头一次见啊，就不知道是用来干什么的，我说斗爷，要是把这东西弄回去，估计也值个不少钱啊。"

我说："这座石屋也够古怪的了，要不也弄回去？"

马骝笑了笑，忽然盯着青铜鼎里面兴奋道："还别说斗爷，这青铜鼎弄不回去，那这里面的东西估计可以啊！"

听马骝这样一说，我立即拿起手电筒往青铜鼎里面照去，只见有一堆条形的东西堆放在那里，虽然铺满了灰尘，但是在手电筒的光照下还是发出幽幽的黄光，分明是一堆黄金。这个发现令我们几个大为惊喜，想不到走到这里就已经有如此大的收获。

这时，马骝已经伸手进去拿出了一块黄金，抹去上面尘土，顿时泛出令人兴奋的光泽。他敲了敲手上的金块，又掂了掂，笑道："没一斤也有八两重，按现在的行情，这一堆可值不少钱啊。看来这次没走错门，这迷幻城简直就是阿里巴巴的藏宝洞呀。"

九爷说："难道这就是迷幻城的宝藏？"

我说："就这么一丁点黄金，肯定不是迷幻城的宝藏，我堂堂大夜郎国怎能如此破落小气？就不知道巫官金在这鼎里放金块是什么意思，说不定是个诱饵。大家得多留个心眼了，随手而得的东西多数有诈。"

马骝立即反驳道："这实打实的东西，能敲个叮当响的黄金，有个屁诈啊，斗爷你别多疑了，要是你不想要，我马骝不介意把你那份也收了。"说着，马骝又伸手拿了两块出来。

见没有什么情况发生，大家便七手八脚把金块全部取出，整整有三十块。马骝从自己的背包里拿出一个装帐篷用的布袋，笑嘻嘻地对我们说："这些黄金就先由我保管吧，到时候出去咱们再分赃。我马骝是个有信誉的人，绝不会偷拿你们那份。"

我对他说："我看还是交给上官大哥拿吧，就你这身板，再加上这个背包，我怕这袋东西会把你的腰给压断，男人腰不行，再多黄金又有何用呢？而且背着这么多东西，到时有什么情况的话也行动不便。"

马骝笑笑说："没事，别看我这身材比较瘦，可我腰骨头硬得很呢，这黄金还是我来背吧，背包就交给上官老兄吧。"说着，也不顾上官锋同不同意，就把背包扔给他。

关灵说："要不先放这里，我们出来的时候再拿？"

马骝连连摇头说："不不不，这值钱的东西没看见还好说，要是看见了，当然第一时间要带走，到时回过头来的话，恐怕就不是咱们的啰。我不是怕它有腿会跑，我是怕在这样环境下，什么情况都有可能发生，还是留在身边稳妥点呀。"马骝这种生意人，就是有这种看似谨慎但又狡猾的思想。

就在马骝收拾黄金的时候，我突然感觉有点不对劲，但是哪里不对劲，我又一时间说不出来，只是这种感觉非常的强烈。我环顾四周，一切都跟进来时一样，没有什么异常变化。只是那六面墙上的青铜鬼头的眼睛，好像比之前看到的亮了些许，似乎在盯着我们。

第二十六章 夜郎天书

可能看见我忽然变了神情，关灵小声问道："是不是发现了什么？"

我对她说："我感觉这里好像有点不对劲，你看那些鬼头，眼睛是不是亮了些许？"

关灵听我这样一说，立即紧张起来，往墙上那些鬼头看了一眼说："嗯，我觉得它们好像瞪大了一点眼睛，开始还以为是我自己神经过敏呢，原来你也有这样的感觉。那现在怎么办？"

听关灵说也有同样的感觉，我立即冲着大家喊道："我们快走吧，此地不宜久留！"

马骝还在装黄金，听我这样一喊，立即嚷嚷起来："屌，又发生什么事啦？要走也把这些宝贝先装好啊。"

我对他叫道："别要那些黄金了，赶快走，这石屋好像有点不对劲。"

马骝虽然爱财，但也是聪明之人，听我这样一说，立即不管地上的黄金了，抱起装好的跑出了石屋。

就在马骝刚刚离开石屋的时候，一团淡淡的白色烟雾从石屋里慢慢飘出来。我立即拿起手电筒照过去，发现那烟雾是从墙壁上的那六个青铜鬼头里喷出来的。那团烟雾好像长了眼睛一样，什么地方都不去，偏偏往我们这个方面飘来。

我们不知道这雾是什么来头，急忙往空旷的地方逃走，幸好这迷幻城的空间比较大，我们打着手电筒在黑暗里跑了一段路后，身后那团烟雾也慢慢消散在空气中。大家跑得气喘吁吁，只好找个地方稍作休息。

刚坐下没多久，关灵忽然指着对面的石壁说："你们看，那面墙上好像写着些东西。"

顺着关灵指的方向看去，只见那面石壁非常光滑，长十米、宽两米左右，上面雕刻着无数类似文字符号一样的东西，笔画都是由曲线和圆圈组成，像篆刻似的被曲折起来，但没有一个字是我们认识的。

我忽然想到什么，便说："这会不会就是所谓的夜郎天书？"

九爷忙问："夜郎天书是什么？"

我解释说，中国有八大天书，分别是仓颉书、夏禹书、红岩天书、夜郎天书、巴蜀符号、蝌蚪文、东巴文书和岣嵝碑这八种。而夜郎天书发现于贵州省赫章彝族地区，共有 4480 字，以毛笔烟墨书写，如草似篆，笔画盘旋弯曲、粗细不一、疏落有致、自然流畅。由于当地的位置是过去夜郎国的国境，所以该古籍被称为"夜郎天书"。

马骝说："我们现在也是身处赫章之地，这里又是夜郎的地方，不是夜郎天书是什么？大家过去看看吧，说不定里面会有些什么预示或者指引，可以让我们快点找到宝藏呢。"说着，马骝径直走向石壁那里。

我们也起身跟了过去，走近一看，才发现那些字上面涂了一层黑漆，虽年深日久，但并没有剥落的痕迹。我立即拿出手机，把这整块有字的石壁拍了下来，以便日后找专家破译一下，看看两千多年前的夜郎巫官到底在这里记载了些什么。

马骝看了一阵说："这他妈的是啥文字啊，一点也看不懂……"

九爷笑道："马骝老弟，要是你能看懂，你还用得着干寻宝这行啊，早就变成马博士，啊不，孙博士了。"

马骝说："九爷，你可别小看我们这行啊，我们不仅要动脑，还要动手动脚，必要时还要拼命，正所谓是寻宝有风险，入行需谨慎。"

这时，关灵突然指着其中一个地方说："你们看这里的这些字，组合起来看像不像一条夔龙？"

我们打着手电筒照过去，只见关灵所指的地方是石壁的左上角，那里雕刻着一些文字和符号，但合起来看的话，确实像一条夔龙，而且比起石门和玉佩上的还要生动一些。不过，大家也不知道这条文字夔龙有什么含义。

就在这时，九爷突然间叫了起来："喂喂喂，你们看，那边字怎么会动的？"

我忙问："哪里的字会动？"

九爷用手往右边一指："就是那边，我刚看见它们动了一下。"

我们顺着他指的方向看去，并没有什么异常情况发生。我对九爷说："这些字都是雕刻出来的，怎么可能会动呢？会不会是你看花眼啦？"

九爷摇摇头说："不不不，我没眼花，那些字真的动了一下。阿斗，九爷我虽然年纪大，但眼力还是很好使的，穿针线都不用戴眼镜，蚂蚁从地上爬过我都能看见。"

看见九爷言之凿凿，不像在说谎，我便走到九爷所说的那些会动的字那里，想仔细查看一番。就在我准备靠近的时候，眼前的字突然动了一下，我被这突如其来的一幕吓得后退了几步。心想真的是奇了怪了，这雕刻的字本身就是石头来的，怎么可能会动呢？大家也发现这神奇古怪而又令人惊悚的一幕，纷纷后退，不敢靠近那面石壁。

我蹲下身，从地上捡起一块石头，对准刚才会动的那几个字扔了过去，只听见"噗"的一声，那些黑色的字被石头打中，但并没有掉落下来，而是一下子消失不见了，这还不止，整块石壁上的字和符号都几乎同一时间消失不见。就在字体消失后，石壁上立即出现了与原先字体一模一样的凹槽，似乎刚才那些黑色字体是填进去的一样。

这样的情况更加出乎我们意料，本来石头雕刻的字会动，这已经够离奇了，现在竟然会一下子全部消失不见，实在令人不可思议。

我稍微靠近过去，只见那些字体凹槽里有一个个形状不规则的小洞，有手指般大，非常的光滑，看起来像是某种虫子的巢穴。用手电筒照进去，里面有个东西在转动，好像是一只虫子的脑袋。这样看来，刚才看到的字体移动，应该就是这些虫子在作怪。而我们一开始看见的那些凸起来的字，其实就是这些虫子沿着字的凹槽趴在那里，拼成了一个字的模样。

突然，一缕缕黑烟从墙壁的小洞里冒出，好像所有的小洞一下子变成了烟筒一样。这些黑烟也像之前碰到的那团怪烟一样，什么地方都不去，就冲着我们这边飘来。

我们不敢在这逗留，急忙往前奔去，此时的烟雾竟然慢慢聚在一起，汇聚成一个人形模样，看起来就像有个人在背后追着我们。

一直追了好长一段路，那烟雾才慢慢消失。我们被追得气喘吁吁，真是隔夜风炉吹得起火。九爷更甚，简直躺尸般躺在地上，一连灌了好几口水，那口气才稍微缓过来说："这样被追下去，还、还没找到宝藏就累死了……"

我坐在地上喝了口水，听见九爷叫苦，连忙对他说："九爷，不是有句话叫'苦不苦想想长征两万五，累不累想想革命老前辈'吗？人家那才个叫苦啊，我们这些哪能叫苦叫累，顶多只能叫刺激。"说着，我把玉佩交还给九爷。

九爷一脸诧异："咋啦？不需要这玉佩指路了？"

我说："上面的纹路地图我已熟记于心了，画也画得出来，还是把玉佩给你防下身吧，说不定有些东西怕这玉佩呢。"

九爷抹了抹额头的汗珠说："这玉佩那么神奇，要是能帮我增强体力，那该多好啊。"

上官锋对他说："九爷，要是你年轻的时候像我一样当过兵，练好了体能，就不会叫苦了。"

关灵也笑笑道："我说九爷啊，你一个大老爷们儿，每天在农村里耕田种地，按道理来说体力也不差的啊，现在连我这样一个女子都跑不赢，回去会被人笑话的哦！"

九爷被我们一人一句说得有些尴尬起来，只见他坐起来说："哎，马骝老弟，就差你一个没说我了。"

平时马骝最多话了，特别喜欢笑话九爷，现在竟然没有说话，完全不像他的风格。我连忙拿起电筒照了照，忽然大吃一惊，马骝竟然不知何时不见了！

我以为自己眼花，再仔细点了一下名，没错，真的少了马骝。其他人也注意到马骝不在队伍里，纷纷变了脸色。按道理大家都是往一条路走，怎么突然间不见了？

第二十七章　摄魂术

我冲着四周围喊了几声马骝，只有空洞洞的回声。九爷喊了两声后，忽然想起些什么，对我们说："马骝他身上背着一大袋黄金啊，会不会趁机跑路了？"

我摇摇头说："不可能，马骝这人我了解，他虽然贪财，但还不至于为了那几十块黄金跑路，一定是出了什么事，才没跟上我们。"

九爷冷笑一下说："这个嘛，人在巨大财富的诱惑下，起了异心也难说啊。如他自己所说，值钱的东西到手了就不能不留下，说不定他突然不想冒险了，因为那袋黄金可是一笔不小的财富呀。"

上官锋也跟着说："是啊，人心叵测，我看马骝这人狡猾得很呢。"

关灵看着我，想说些什么，但最终还是没说出口。即使这样，我也看出她应该和九爷他们一样，同样怀疑马骝带着黄金跑了。但我始终坚信马骝不会做出这样卑鄙的事，不过九爷他们的怀疑也不是没有道理。

大家沉默了片刻，关灵忽然想到些什么，说："这个，会不会跟那团烟雾有关？"

九爷说："那也不至于把一个活人弄消失不见吧？"

关灵摇摇头说："不是这样，我听我爷爷说过一件关于烟雾摄魂的事，传说古时候有一种烟雾叫'摄魂雾'，是由鬼王喷出来的，所以也叫'鬼雾'。而这个鬼王，传说是一个非常厉害的魔鬼，它所喷的烟雾只要被沾上身，那这人就会被吞噬了灵魂，只剩下一副躯干，有如行尸走肉般，而这副躯干就变成了鬼王的工具，听命于鬼王。"

关灵这番话说得有点玄幻，反正我是不信的，但九爷却信个十足，一脸的认真，听关灵说完后，他就战战兢兢说："你这么一说，好像真的是那么一回事啊，我看见那团烟雾就是从那石屋墙上的青铜鬼头里喷出来的。"

我忍不住说道："哪来那么多鬼鬼怪怪，就算那团烟雾有问题，也就是一个邪术机关罢了。这个巫官金本身就是个巫师，肯定会布下各种邪术来防盗，那间六边形的古怪石屋有可能就是他平时练邪术的地方。"

关灵点点头说："嗯，其实所谓的'鬼雾'，说白了就差不多跟新闻里说的'迷魂烟'一样，只不过这种'鬼雾'会跟踪人，感觉像活的一样，所以传得比较邪乎。就像我们平时说的'鬼火'，也只不过是'磷火'而已。"

我站起身说："不管怎样，我们还是回去找一下马骝吧。"

于是，大家便沿着原路往回走，走到一个转弯处，手电筒的光突然照到一个人站在前面，顿时吓了我们一跳，等看清楚那人后，才发现原来是马骝。只见他木讷地站在那里，脸上的表情有点诡异，看见我们，也没吭声，好像被定了形一样。在他背上，还背着那袋黄金。

我发现有点不对劲，离他几步远便停了下来，然后问过去："喂，马骝，发生什么事了？"

马骝没有回答我，只是盯着我看，那眼神诡异得令我有点害怕，好像电影里的鬼上身一样。我又重复问了一遍，但马骝依然没有回应。

关灵把嘴附在我耳朵边轻声说："马骝好像中邪了，要小心点。"

我点点头，刚才看见马骝的时候，我心里就有这种想法，但马骝为何突然间变成这样，我一时也弄不明白。

这时，马骝突然一瞪眼，怒视着我们，然后抽出身上的匕首对着我就刺了过来。这一下来得太突然了，我吓得急忙往旁边一闪，但还是来不及，手臂被匕首割了一下，鲜血淋漓。这时，马骝又迅速向我刺出第二刀，而我旁边就是一堵石墙，已无地方躲开，眼看马骝的匕首就要刺中我，不知从哪里飞来一块石头，刚好击中马骝的手腕，匕首"哐当"一声掉在地上。与此同时，只见上官锋一个箭步冲过来，用手中的木棍对准马骝，然后把我拉到身后，敢情刚才那块石头就是他扔的。

关灵和九爷过来扶着我，关灵问："没事吧？伤得重吗？"

我摇摇头："没什么，只是割了一下而已。"

我用手捂着伤口，看着马骝，发现他好像完全变成了另外一个人，那只被石头打中的手一直在发抖，而那双眼睛已经充满血丝，正在怒视着上官锋。我连忙对上官锋喊道："大哥，小心点，他可能中了邪术，已经不是马骝了。"

上官锋说："那怎么办？要把他干掉吗？"

我赶紧说："不，不是要干掉他，他只是被什么控制住了思维而已，得想办法救他。"

上官锋着急道："他这样子，还怎么救啊？"

关灵似乎想到了什么，对着上官锋喊道："上官大哥，马骝有可能是中了摄魂术，赶快把马骝身上那袋黄金打下来。"

我听关灵这样一喊，立即明白了，大家都进过那个石屋，如果有什么鬼东西的话，不可能只是马骝一个人中招啊。唯一的不同就是马骝拿了青铜鼎里的黄金，而且还背在身上，有可能就是因为这样出事了。

想到这里，我也对着上官锋喊道："没错，应该是那袋东西出了问题，要先把它弄开。"

上官锋应了一声，拿起手中的木棍对着马骝就刺了过去，马骝一个闪身避开，然后不知怎么突然就冲上前去，双手把上官锋整个举了起来，把他摔出好几米远。这一幕简直令人瞠目结舌，上官锋的体重起码有两个马骝那么重，但马骝举起他时却毫不费力的样子，那身手简直就像武侠剧里的武林高手一样，也难怪连当过兵的上官锋都毫无招架之力。

马骝把上官锋摔开一边后，立即朝着我这边冲了过来。我在心里大骂起来，这家伙好像跟我有十冤九仇一样，非要置我于死地。

但这个时候我根本不是他的对手，只好扔下上官锋，拉上九爷和关灵就往前跑。马骝一个劲在后面追，还发出类似鬼哭狼嚎般的叫声，十分恐怖。

关灵一边跑一边说："我看马骝他应该就是中了传说中的摄魂术，这种邪术我略懂一二，有一个法子可以试一试，看能不能救到他，你们跟我来……"说着，关灵带着我和九爷跑向旁边的一堵石墙后面暂时躲起来。

刚蹲下来，关灵就一边打开背包，一边对九爷说："九爷啊，等下马骝追过来这里，你要出去引开他一下，给我一点时间，你要注意保护好自己。"

九爷一听要出去引开中了邪术的马骝，一脸惊恐说："我、我不行的，我现在都吓得腿有点软了，要是他要杀我，我一定跑不过他啊。"

我对关灵说："是啊，这样叫九爷出去，无疑等于推他送死啊，要不我出去引诱他吧。"

关灵从背包里拿出那面铜镜说："可是，我要用到你的血。我的意思是要用血来画符作法，你手臂伤了，刚好可以利用一下流出来的血。如果你出去的话，那只好在九爷手上割一刀取血了。"

九爷一听要割他的手取血，连连摇头："这使不得，使不得……"

我对九爷说："那没法子了，九爷，那你就出去引开马骝吧，反正情况不对你就跑就是了。"

关灵也劝道："九爷，没事的，我可以保证你的安全。我只是要一点时间而已，就几分钟时间，我相信你能做到的。"

这时，马骝已经追了过来，像怪物一样一边嗅，一边往我们这边走来。眼看就要走到石墙边，九爷突然一咬牙，什么也没说，拿着手电筒就冲了出去，马骝明显被九爷吓了吓，后退了几步。九爷用手电筒照着马骝说："马、马骝老弟，我是九爷啊，我、我顶多不要那黄金了，我那份给你行了吧……"

马骝似乎没听见一样，怒视着九爷，然后扑了过去。九爷早已做好防备，看见马骝的脚一动，他就跑到一堵石墙后面躲起来。马骝跟着冲了过去，用双手一推，那石墙轰一声倒塌下来。

我在另一边看见这样，心里暗暗为九爷担心，要是他走不开，这石墙肯定会砸到他。不过我的担心是多余的，石墙倒塌后，只见九爷已经逃到另一边躲起来。马骝号叫一声，如发怒的野兽般准备再次扑向九爷。

就在这个时候，关灵已经在铜镜上画好了符咒，只见她一下子站了起来，一手拿着手电筒，一手拿着铜镜，然后用手电筒照着铜镜，对着马骝喊了一声："我在这里。"

马骝听见喊声，转过身来，铜镜反射出来的光刚好打在他的脸上，只见马骝被光一照，全身好像触电般突然痉挛起来，非常的痛苦。趁着这个时候，我立即抓起一把糯米，然后往马骝身上撒去。这个举动是关灵事先吩咐我这样做的，她说糯米能去邪气，我本来就不相信这些东西，但紧要关头，不管有没有用，试了再说。

还别说，这些糯米一撒到马骝身上，立即冒出一股白烟，像似在马骝身上进行烟熏一样。很快，马骝就被一团烟雾笼罩起来，再挣扎了几分钟，马骝突然"扑通"一下倒在了地上，一动不动，也不知道是晕了过去还是死了。我心想，关灵果然得到了她爷爷的真传，确实有点功夫。那面铜镜也还真是件宝物，幸亏关灵带在身上，要不然马骝算是玩儿完了，不单单他，我们也估计逃不出摄魂术的追杀。

等烟雾慢慢散开后，关灵对我说："过去看看他吧，应该没事了。"

我连忙走过去，发现马骝身上的那袋黄金竟然消失不见了，在他背上只留下一个空袋，袋子上面有一摊黑色的液体，不知是什么东西。我心有余悸地扶起他，把那空袋子取下来扔掉，只见马骝脸色惨白，双唇紧闭，不省人事。

这时，上官锋一瘸一拐地跑了过来，我立即问他："你没伤着吧？"

上官锋说："没什么大碍，只是摔痛了脚而已。"忽然看见马骝倒在地上，连忙问，"他死了吗？"

我说："没有，只是晕过去而已。幸好刚才关灵施法救了他，要不然倒下的估计是我们了。"

上官锋看向关灵，一脸的诧异，似乎想不明白这样一个女子为什么会有这样的本事。关灵没有说话，我也懒得跟上官锋解释了，叫他帮忙把马骝抬到一块大石板上放着。然后我和关灵又是掐人中，又是擦药油，好不容易才把马骝弄醒。

马骝一醒来就叫头痛，我赶紧拿过水来喂了他几口，过了一阵，他才慢慢清醒过来，一脸茫然问发生了什么事。我于是将他中了摄魂术的事一五一十说了出来，马骝听完后，脸色都变了，对大家一连说了几个对不起，接着又感谢关灵的救命之恩，然后恢复原来的样子骂骂咧咧起来："他娘的，我还以为捡到宝了，没想到中了巫官金设下的陷阱，这夜郎人真他妈阴险毒辣，怪不得会被灭掉……"

　　看见马骝会说脏话，我那个悬起的心终于放了下来。这时，我忽然发现九爷皱着眉头，一脸有心事的样子，手里的手电筒还晃来晃去，好像在寻找什么东西一样。

第二十八章　迷虫香石

我于是问他："九爷，有什么事吗？是不是丢了什么东西？"

九爷回过神来："啊……哎，不是，这还不是因为刚才被吓了吓嘛，我这条老命都快被吓没了……"

马骝连忙向九爷道歉说："九爷，对不起了啊，我也不想的。到时拿到宝藏，我分多点给你补偿补偿，算是精神赔偿费啊。"

九爷笑笑说："那到时我可不客气了啊。不过，我有点担心，发生了这样的事，我怕这里面的东西都不能拿啰。"

马骝说："怕什么啊，就算出事了，我们这里要文有我们的斗爷，要武有我们的上官锋大哥，要法师有我们的关灵大小姐，还怕什么妖魔鬼怪？"马骝说得倒是轻松，他不知道刚才他中了邪之后是多么的恐怖。

我说："这种地方，有些东西确实不能乱动，更加不能拿。就像那些盗墓的一样，如果拿走了陪葬品，墓主人的尸体发生变化的时候，最好就是按原样放回去，否则对盗墓贼不利。这里的迷幻城，虽然没有古墓里的那些规矩，但同样要小心为妙，有可能一些垂手而得的东西就是机关陷阱，所以大家要谨慎行事。"

关灵接着我的话说："斗爷说得很对，我也算是一个有寻宝经验的人，有些东西真的千万不能碰，就算发现地上有什么宝贝，也别随意捡起来收着，这古人留下的东西多少都会带点邪气，轻则引火烧身，重者直接毙命。"

在关灵说话的时候，我忽然注意到九爷的脸色变得越来越紧张，好像关灵说的情况跟他有关一样。从刚才我就觉得九爷的表情很不自然，那眼神看起来并不是被马骝吓了，而是丢了什么东西一样。

看见这样，我忍不住问他："九爷，你是不是有什么隐瞒着我们？不会也偷偷藏了什么东西吧？"

九爷紧张道："没、没有啊……没藏啥……"

我说："九爷，你的表情都出卖你了，没有隐瞒干吗那么紧张啊！"

九爷有点尴尬："这个……"

我又说："别这个那个了，有什么你就说出来吧，这种环境下还隐瞒，只会害人害己呀。你看马骝，他就是一个例子，搞不好就丢了性命了。"

九爷歪了歪嘴角说："这个……我是藏了点东西，但应该没那么严重……"

马骝一听九爷果然藏了个宝贝，立即嚷嚷起来："屌，好啊九爷，果然姜还是老的辣，我们对你那么好，还带你去寻宝，你却好了，偷偷把宝贝藏起来。我告诉你啊，你这个作法是不对的，我们这些'寻宝猎人'在江湖上可是有规矩的，凡是私自偷藏东西，都会被处罚的，你自己看着办吧。"

马骝的一通乱吹竟然让九爷信以为真，他尴尬笑道："这、这个还不是因为穷怕了嘛，我们这些乡下人，多多少少都有点贪财的陋习，我也不懂这啥'寻宝猎人'、啥江湖规矩，马骝老弟你就念在我上了年纪，放我老九一马吧。"

我忍住笑对九爷说："你别听马骝胡扯，赶紧说说你藏了什么东西。"

九爷说："我也不清楚那是个啥东西，像一块玉石一样，四四方方，扁扁的，有小孩子巴掌那么大，还有些香气。我当时觉得可能是个宝贝，也就顺手捡起来藏在身上了。"

我也不知道九爷形容的这个东西是什么，便问他："那东西在哪里？"

九爷说："我是放在身上的，进来的时候还有的，现在不知道掉哪里去了。可能是刚才被马骝老弟吓了吓，逃跑的时候弄丢的。"

马骝说："九爷，那东西丢了也好，搞不好到时会像我一样中了什么摄魂术，把老命给赔在这里了。"

九爷说："那东西不是在这里捡的，是在卧龙山那边。"

我一听那东西是在卧龙山捡的，立即松了口气，这都多久的事情了，如果有什么异样，早就发生了吧。不过，在卧龙山的时候，九爷几乎都是跟在我身边，也没有什么异常举动，如果他发现了那块像玉石的宝贝，我和马骝不可能没看见的。

马骝忽然想到些什么，立即叫了起来："哦！九爷，你不会是在出古地道的时候，骗我们说去方便的时候捡的吧？"

九爷尴尬地点点头："没错，就是那个时候发现的。我觉得也不是什么宝贝，所以也没告诉你们。"

马骝说："如果是宝贝，那就要捡回来啊，九爷，你知道大概掉在哪个地方吗？"说着，马骝拿起手电四处照射。

九爷说："应该就在附近，但这里那么多烂砖碎石，估计很难找回来呀。"

我说："这个先不管了，应该也不是什么重要的东西，我们还是去找那批宝藏吧，刚才马骝这么一闹，耽搁了不少时间呢，我担心时间久了会更加凶险。"

就在我们刚刚收拾好东西准备走的时候，一些异响突然引起了大家的注意，好像是什么东西破土而出的声音。我们立即停了下来，仔细倾听，确实有些诡异的声音从地底下传来，而且还明显感觉到脚下有震感，好像就要发生地震一样。我背包里的竹鼠一直都没怎么动过，但现在却突然间不断挣扎起来，显然它也听到了那些诡异的声音。

九爷吓得叫了起来："死了死了，要地震了，怎么办？我们还是出去吧，要不然这座山塌下来，我们就被活埋了……"

上官锋也跟着说："是啊，你们看这周围的建筑物，可能都是因为地震才倒塌的。"

我虽然不知道地震是怎么个感觉，但也觉得上官锋说得有点道理，这里的建筑物那么厚实，看起来非常牢固，除了地震，真的没什么东西可以导致这里这么破败不堪。

想到这里，我和大家一商量，除了马骝充英雄死撑之外，其他人都同意先退出去保命要紧。于是，我们掉转头，沿着来路，加快脚步跑了回去。

震感还在继续，那些诡异的声音也渐渐大了起来，似乎有千军万马在周围窜动。走了没多远，光线里突然出现了一堆像蛆一样的怪虫，它们不断从地下钻出来，密密麻麻一大片。显然，刚才的震感并不是什么地震，而是这些怪虫弄出来的。

不过，那些怪虫都朝着一个方向涌去，我连忙拿起手电筒，顺着那些怪虫爬行的方向看去，只见不远处的一堆石头旁边，密密麻麻爬满了怪虫，但它们只是远远地围成了一个圈，却不敢靠近圈里面的东西。

我照向那东西，发现那只是一块有些光泽的石头，但不明白那些怪虫为什么会有这样的举动。就在我感到疑惑的时候，旁边的九爷突然叫了起来："就是那东西！我在卧龙山捡到的就是那块玉石。"

马骝说："九爷，你捡的是什么鬼东西啊，怎么会引来那么多鬼虫子。"

九爷说："我怎么知道啊，我还以为是宝贝呢……"

这时，关灵忽然惊呼一声："迷虫香石！那块东西应该就是传说中的迷虫香石！我曾经听我爷爷说过这东西。九爷，你捡的确实是个宝贝啊，这些虫子不会是那迷虫香石引来的，相反，这迷虫香石能起护身作用，驱赶这些虫子。"

接着，关灵向我们解释说，迷虫香石是一种类似于琥珀一样的形成物，掩埋在地下千万年，在压力和热力的作用下石化形成，不过与琥珀不同，这种迷虫香石只有在潮湿的地下溶洞里才能找到。因为有一股香味，所以古人也称其为'香石'，但有别于现在市面上的所谓香石。如果把迷虫香石放在身上的话，不仅可以去体臭，还能养神，而且各种毒虫不敢近身。但这种迷虫香石有一个弱点，那就是很容易磕崩，从崩处会渗出一些无色液体来，这些液体带有一种很奇特的香气，香气会逐渐变淡，最终会导致迷虫香石失效，变成一块普通的石头。

相传宋朝皇帝宋徽宗非常喜欢稀奇古怪的石头，一个地方官员听说后，便想将家里的一块名为"香石"的石头献给宋徽宗，以博得升官发财。不料走到半路摔了一跤，不小心把身上的香石弄崩了一个角，从那个崩角处渗出一些液体，芳香奇特，等官员把"香石"献给皇帝宋徽宗的时候，不料香石的香气已散尽，变成了一块普通的石头。宋徽宗觉得被戏谑，一怒之下把那个官员以欺君之罪给斩了。

听关灵说完后，我们都惊出了一身冷汗，没错，九爷的确是捡到了一个宝贝，但如果这个宝贝磕破了，就等于一块普通的石头，毫无用处了。

关灵忽然想起什么，说："我估计有人带着这迷虫香石去卧龙山那里寻宝，所以才避开了那里的变异蜈蚣，盗走了宝藏。有可能他们的人发生了内讧，所以把这件宝物弄丢在卧龙山里，而你们看见的那两具尸骨有可能就是他们自己人干的。"

我问关灵："那有什么办法可以赶走这些虫子，夺回迷虫香石？"

关灵从背包里拿出一袋子黄色粉末状的东西说："幸好我早有准备驱虫的东西。"

我一看那包黄色东西，立即明白过来，这是硫黄粉。用硫黄驱虫，这个从古至今都有过，而且效果非常好。

关灵刚想走向迷虫香石那边，我立即拉住她说："让我来吧。"

关灵看着我说："你是在担心我吗？"

我一脸认真地对她说："没错，我是担心你……把事情弄坏了。"

说完，我也不管她愿不愿意，一手把那袋硫黄抢过来，然后走过迷虫香石那边。就要接近那些怪虫的时候，我开始往身边撒硫黄粉，那些怪虫起初还想往我这边涌来，但一闻到硫黄的味道，立即往后缩开，不敢向前。说时迟那时快，趁着那些怪虫一闪开，我立即冲过去捡起地上的迷虫香石，只见这东西就像一块玉石，形状不规则，大小有半个巴掌那么大，通体光泽圆润。但一看边角上有个崩口，我立即大失所望，那崩口处有湿润的液体流出，芳香奇特。

我拿着迷虫香石，疾步跑了回来说："坏了！这迷虫香石磕破了，估计撑不了多久就没用了。"

关灵皱着眉说："真是可惜啊……要是没了这迷虫香石，估计我们寸步难行啊。"

这个时候，眼见怪虫越来越多，我们已经没有了退路，只好向里面走去。怪虫虽多，但有这迷虫香石暂时护着，一时也不受侵扰。不过，这迷虫香石已经磕破，香气逐渐消失，也不知能撑多久，只好见步走步，见机行事了。

第二十九章　独眼鬼虫

七拐八拐走了很长一段路，周围倒塌的建筑也慢慢减少，再走一段路，前面突然出现了一座像之前看到的古怪石屋，看来这里是第二个四方纹路位置，那离目的地应该不远了。不过经历了之前的摄魂术事件后，这次就算石屋里面堆满了黄金，我们也不敢过去拿，继续按着玉佩上的纹路指示往里走。

上官锋突然"哎呀"叫了一声，我们连忙停下来，问发生什么事。只见上官锋弯下腰，在脚踝处抓起一只拇指大的怪虫，那只怪虫的样子有点像蛆虫，通体黑色，臃肿的身躯长着一层坚硬的黑色鳞甲，在头部的顶端只有一只黑色眼睛，嘴里还有一排锋利的牙齿，长得古怪且诡异。

见状，我立即看向手中的迷虫香石，再闻一闻，原来香气已经没有了，怪不得上官锋会被咬。不过也幸亏有迷虫香石这东西，要不然我们早就被那些怪虫啃个精光了。不过没有了香气的迷虫香石等于是一块普通的石头，再拿着也没用，于是我随手扔在地上。

九爷连忙弯腰捡起来，吹了吹上面的尘土说："这好歹也曾经是块宝石啊，跟了我那么久，我还是留着纪念一下吧。"

这时，只听见马骝惊叫了一声："是鬼虫！"

我说："是有点像，但这跟传说中的鬼虫还是有点区别。"

这种怪虫确实跟我们那边传说的鬼虫有点相似。鬼虫是一种只有在七月十四才出没的虫子，一般出现在山坟比较多的地方，靠吃死去的人的尸体为生，人一旦被咬，必死无疑。在国家未实施火葬制度之前，老百姓都是实行土葬，有的山头几乎全都是山坟。人死了埋在地下之后，不久便会腐烂生蛆，这些蛆虫有成千上万，但最后成为鬼虫的却寥寥无几。不过，鬼虫通体是红色的，并且都有两只眼睛的，而眼前这种鬼虫是黑色独眼的，估计是变异了。

独眼鬼虫在上官锋的手里不断挣扎，而那个头竟然可以三百六十度转动，嘴里还发出类似悲鸣的"叽叽"声。上官锋骂了一句，然后狠狠地把它摔在地上，拿起一块石头就砸了过去。这一砸不要紧，只见独眼鬼虫喷出一股黑乎乎的液体，突然迅速钻进了地下，一眨眼便消失得无影无踪，上官锋的速度也够快，但竟然砸了个空。而鬼虫喷出的那黑乎乎的液体散发出一股腥臭味，令人反胃，就像毒气一样。我们不得不捂住鼻子，免得中毒。再看上官锋脚踝上被咬的地方，已经肿了起来，周围开始变成了紫黑色，伤口的肉就像被什么撕开了一样，非常恐怖。

幸好这独眼鬼虫的毒还不至于致命，上官锋虽然被咬了，但还能忍着痛走路。

我们一直往里面走去，一路上都可以看见那些独眼鬼虫在四处爬行，它们似乎嗅到了生人的气息，纷纷向我们这边涌来。我们想用脚踩，但每次都踩空，这些鬼虫看起来虽然拖着臃肿的身躯，但却速度惊人，一下子就钻到地下消失不见。

突然，马骝痛叫一声，单膝跪在了地上。只见他飞快地脱掉左脚的鞋子，把一只独眼鬼虫抖了出来，这次马骝看准时机，当虫子一出来，还没落在地上的时候，手上的石头已经砸了过去，只听见"啪"的一声，那独眼鬼虫被砸成了一团黑乎乎的肉酱。

这时，周围越来越多独眼鬼虫，马骝也来不及处理伤口了，急忙穿上鞋继续往前走。刚走了几步，又听见九爷"哎呀"痛叫一声，只见他一脸惊恐地盯着自己的左手手臂上的独眼鬼虫，然后伸出右手就去打它。没想到那只独眼鬼虫顺着九爷打过来的手一跳，跳到了九爷的右手上，接着又听见九爷痛叫起来，显然他又被独眼鬼虫咬到右手了。

看见那只独眼鬼虫还趴在九爷的手上，上官锋连忙伸出手中的木棍一挑，把那独眼鬼虫挑飞到一旁的岩石上。那独眼鬼虫这次也没掉落地上逃走，而是直接往岩石的缝隙里钻了进去。

再看九爷的伤势，被咬的地方都立即肿了起来，挤出来的血也变成了紫黑色。九爷惊吓得脸都白了，舌头打结般说："死了……死了……这次真的死了……"

说话间，关灵的手臂同样被独眼鬼虫咬了一下，痛叫起来。我也突然感觉到小腿处一阵剧痛，只见一只拇指大的独眼鬼虫不知什么时候爬到我小腿上，狠狠地咬了一口，未等我拿出匕首对付，它已经消失不见了。

此时，身上被咬的地方传来阵阵刺痛，但我们连涂药的时间都没有了，只是随便挤了一下毒血，就逃命般在乱石堆中穿行。周围都黑压压一片，无数只独眼鬼虫对我们发起了攻击，要是被它们包围住的话，真的可能连骨头都会被啃光。

突然，九爷跑着跑着，整个人跪在了地上，然后全身无力般倒了下去。我们立即停下来，把九爷扶起来，只见他脸色惨白，双唇紧闭，不省人事。我叫了几声九爷，但他没有任何回应，我探了探他的鼻息，还好有气息。

我对大家说："再往前走段路，我们就到达目的地了，所以大家要撑住，就算死也要见到那些宝藏才死啊。"

于是，我和上官锋一人一边架起九爷，继续往前跑去。转了一个弯，前面突然开阔起来，这里本应是玉佩里最后一个四方纹路位置，但并没有看见那古怪石屋，出现在我们眼前的是一条地下河。难道玉佩上的地图不完整？或者说，对岸那边才是目的地？

我用手电筒照了照，只见这条地下河有两米多宽，那些河水就像染了墨一样黑乎乎的，而且水面很平静，似乎是一条不会流动的地下河。但手电筒的光照不到这条河的尽头，而黑水河的对面是一片空地，上面没有任何建筑物，这跟外面的情况大不相同。看见那些黑乎乎的河水，我们都紧张起来，这样的水不用说，一定有毒。

马骝这时问道："怎样斗爷，我们要跳过去吗？那玉佩上有什么指示没有？"

我说："指示到头了，但现在管不来那么多了，跳过去再说，反正不跳就会被那些鬼虫吃掉，我可不想连骨头都不剩。"

关灵说："那九爷怎么办？他现在这个样子，很难弄到对面去。"

我说："没办法的话，就像扔背包一样把他也扔过去吧，不可能留他在这里等死的。"

刚巧这个时候，九爷醒了过来，上气不接下气地叫道："我、我头很晕，好像……好像中毒了，快要死了……阿斗，你答应九爷，到时给我……给我烧多点元宝蜡烛香啊……别让我死了也是个穷鬼啊……"

我说："别胡说了九爷，你不会死的。"说着，我看向身后，趁着那些独眼鬼虫还没追上来，我连忙检查了一下九爷手上的两处伤口，发现情况跟我们的一样，也是肿起一块，伤口呈撕裂状，周围一圈都变成了紫黑色。我又检查了一下九爷的瞳孔和舌头，听说如果中了毒的话，这些地方最容易出现问题，但九爷的瞳孔和舌头都很正常，感觉不像是中了毒马上要死的人。

我叫马骝把水拿过来给九爷喝了几口，让他稍微缓了缓气，然后对他说："九爷，你不用担心，我们都跟你一样被那些独眼鬼虫咬了，但到现在还是好好的，要是毒性厉害的话，估计大家都撑不到现在。"

九爷喝过水后，身体渐渐恢复了力气，坐在地上说："那怎么会突然晕倒的……"

我对他说："你只是身体虚弱晕倒而已，刚才经历了那么多事，你又被那些鬼虫吓了一吓，加上又拼命跑了一段路，这里的空气又不是很好，不晕才怪呢。"

九爷摇摇头叹息道："看来老啰……"

这时，身后开始响起了那些独眼鬼虫的叫声，我连忙招呼大家把身上的背包扔过黑水河对面去。接着，马骝和上官锋先跳了过去，关灵虽然看起来像个经常运动的女子，但面对这样一条两米多宽、充满危险的黑河，她一时也胆怯起来，不敢跳过去。

我立即对她说："怎么？跳不过去吗？"

关灵看着我，表情有点尴尬和害怕："我、我怕跳不过去……"

我让关灵先等一下，然后我转头对九爷说："九爷，你能跳过去吧？"

九爷哆嗦着脚说："我也恐怕不行啊……"

我说："你就闭上眼睛，用力一跳就可以了。那边会有人接着你的，放心。"

九爷往前走了一步，看着黑乎乎的地下河水，又胆怯退了回来，"我还是不敢跳呀，这万一掉到这黑乎乎的水里，还不给毒死啊。"

九爷不敢跳，我一时也无策，身后的独眼鬼虫越来越近了，我急得恨不得把九爷抱起扔过去。这时，河对面的马骝突然大声喊道："斗爷，小心啊！那些鬼虫来了，赶快跳过来啊。"

我对九爷说："九爷，你不跳的话，你就会被那些独眼鬼虫活活咬死的。跳还是不跳，你自己选择吧。"

九爷喘着大气，回头看了看身后，生死一念之间，他咬咬牙，突然一蹬脚，大喊一声就跳了过去。由于九爷的体力还没恢复好，他这一跳跳得不够远，双脚刚好落在了岸边上，摇摇晃晃，眼看就要仰倒下河，上官锋和马骝急忙把他拉住，九爷这才稳住身子。

这时，我对关灵说："看见了没？你就学着九爷那样跳过去，然后我在另一边接着你。放心，我会保护好你的。"

关灵看着我，犹豫不定，她轻轻地咬着嘴唇，表情看起来紧张。如果我没猜错，她可能怕水。我走近一步，把双手放在她的肩膀上说："相信我一回，好吗？把命交给我，也好过交给那些鬼虫啊，起码哥比那些鬼虫帅多了。"

关灵"扑哧"一笑，擂了我一拳说："这时候你还有心情说笑……"

我心想：不这样说，你能消除紧张吗？哥可是学过心理学的。随即便说道："时间不多了，我先跳过去。记住，什么都别想，就想着往哥的怀里跳就好。"说完，我转身跳过对岸。

关灵深呼吸了几下，往后退了几步，看了我一眼，然后往前一冲，一跳，我已经做好了接人的姿势，等关灵差不多落地的时候，我立即一伸手把她揽入怀里，稳稳地抱住了她。

也就在同一时间，那些独眼鬼虫已经冲了过来，有几只不要命的独眼鬼虫也想跟着跳过来，但由于河道太宽，它们跳到一半就掉下了河里，后面跟来那些就在隔岸鸣叫，不敢往前。

突然，河里一阵翻滚，有个黑乎乎的东西探出头来，一下子就把那些掉落在河里的独眼鬼虫吃掉，然后迅速沉入河里。这下来得太快了，只有两三秒钟时间，以至于我们连那个东西是什么模样也没看清楚，只感觉是只黑乎乎的生物。对岸那些独眼鬼虫似乎害怕了这个黑乎乎的水中怪物，纷纷掉转头，很快就消失在黑暗中。

这时，马骝突然盯着我叫道："喂，斗爷，你抱够了没？"

被马骝这样一说，我这才意识到自己还抱着关灵，连忙松开手，想说点什么解释一下，但紧要关头却突然缺词了。再看关灵，她也红起脸，假装没事般去收拾自己的背包。

看见这样，我立即瞪了马骝一眼，马骝却一脸坏笑。

我们稍作休息，一边处理伤口，一边观察河里的情况。但观察了半天，那个黑乎乎的怪物始终没再出现过。

马骝对九爷说："九爷，幸好你没掉下去啊，要不然被吃掉了都不知道是怎么回事呢。"

九爷早已被刚才那一幕吓得三魂不见七魄，看着黑色的河水战战兢兢道："是啊，真吓人，这样下去，估计拿到宝藏都没命花了……"

我对九爷笑笑说："这就是探险寻宝，幸运的话可以荣华富贵，倒霉的话就丢掉性命，这也是俗话说的富贵险中求。"说是这样说，但我并不是为了荣华富贵，我作为夜郎国后裔，有责任去找到迷幻城的宝藏和发掘出更多关于夜郎国的秘密。

九爷说："这道理我明白，但这搞得人活不活，死不死的，再多钱也没用啊。要是这样的话，我还不如守着家里那两亩田过些穷日子呢。"

马骝说："九爷你这话就不对了，做人要有大志，你这样想就注定你一辈子都是穷鬼了。其实你孤家寡人，根本没什么可顾虑的，大不了就是一死。但我们这些有家人的，顾虑的比你还多呢。我们都不怕，你怕什么呢？"

马骝这番话把九爷说得哑口无言。

这个时候，大家也歇够了，收拾好东西继续去寻找传说中的宝藏。那些被独眼鬼虫咬了的伤口只是阵阵刺痛，并没有其他异常症状。但我隐约觉得，这样的情况反而会更加麻烦。

从过了黑水河，一直往里走都没有出现之前那样的残垣断壁，而是空落落的一片平地，似乎已经快要走到城池的尽头。玉佩的纹路地图已经走完了，而我们一直期待的宝藏也没有发现，这不免使大家有点失落之感。

马骝一边走一边问我："斗爷，我们会不会走错路了？这里看上去不像藏有什么宝藏的地方啊。"

我说："还是那句，越是不像的地方越有可能，咱们再走进去看看。"

大家又往里面走了一段路，这个时候，耳边隐隐约约传来了一些水声，而周围的环境也开始变得有点复杂，先是路面出现了一条青石板铺就而成的小路，而小路的两边从平地慢慢变成了黑色的地下河，河水还泛着丝丝黑烟。两边的岩石开始出现了青铜鬼头和一些不规则的洞穴，似乎有无数双眼睛在盯着我们。

第三十章　鬼头梯台

　　我们全神贯注，眼观六路，耳听八方，一步一步往前走，生怕会遇到不测。大家心里都明白，像这样的地方，肯定设有机关陷阱。而两边的地下黑河就是最大的陷阱，稍有不慎掉下去的话，一定会成为那个黑乎乎的怪物的口粮。

　　就这样沿着青石板路走了二十多米，前面突然出现了一条石阶，石阶下面是一条很宽的地下黑河。而石阶通往的地方，是在河对岸的一个很大的梯台，面积大约有半个篮球场那么大。首先映入我们眼帘的是梯台中间一个直径超过三米的大青铜鬼头，鬼头正对着我们，张着大嘴，似乎要把我们一口吃掉。梯台的周边还有许多个小青铜鬼头，每个青铜鬼头都喷出一些黑水，刚才我们听到的那些水声应该就是这里发出来的。

　　这一路上都不少见到这样的青铜鬼头标志，从佛面洞到石棺，再到石门和怪屋，现在这里又出现了，真想不明白巫官金为什么要弄这么多青铜鬼头在这个迷幻城里。难道这是他们夜郎巫师所崇拜的鬼神？

　　这时只听见马骝说："都这么多年了，怎么还有水喷出？难道这梯台里面的水不会干枯？"

　　我说："这个看起来应该是一个循环系统，你们看那些青铜鬼头喷出来的那些黑水，是落入梯台下面的地下河，而那河水又从梯台底部的小孔流入，再经青铜鬼头喷出来，这样就构成了一个很巧妙的循环系统。估计两千多年来这些黑水就是这样周而复始，永不间断。"

关灵问："这样的循环系统有什么作用？"

我说："这个我就不清楚了，估计是用来保护梯台中间那个大鬼头吧。听说秦始皇陵墓的地宫周围就有一圈水银河，作用就是保护地宫，科学家认为能起到防腐防盗作用。"

九爷立即叫道："那这些黑水不会就是水银吧？"

我对九爷说："不是，水银的学名叫汞，是一种银白色的液体，如果像眼前那么多水银，散发出来的蒸汽就能把靠近的人毒死呢。不过，刚才看见那个吃掉独眼鬼虫的怪物是生活在黑水里的，所以估计这些水就算有毒，也应该不会一下致命。"

这时，马骝突然指着梯台中间那个大青铜鬼头说："你们看那个鬼头的大嘴，看上去好像个洞口啊。加上这个千年不息的循环系统，有点像古人信奉的轮回之道，这里面会不会就是迷幻城的藏宝地？"

听马骝这样一说，我猛然想起《藏龙诀》的第二部分，也就是关于藏宝的那部分，其中有一句口诀是这样的："混沌乾坤，星辰度理，阴阳五行，周而复始。万物更生，有形有声，轮回之道，人畜鬼神。"根据我的理解，在这种周而复始的现象里面，必定有东西被收藏起来。因为古人信奉轮回之道，认为世间万物都是在一个永恒循环的过程中，包括我们每个人以及我们一生中的每个细节，都已经并且将要无数次地按照完全相同的样子重现，绝不会有丝毫改变。因此，眼前这个工作了两千多年的循环系统，里面一定大有文章。

我对大家说："走过去看看就知道了。"

于是，我们沿着石阶慢慢往梯台上面走去。每走一层石阶，我们都心惊肉跳，生怕又踩到了什么机关。所幸的事，一直走到梯台上面，都没有发生什么情况。

就在我们松了口气，想靠近那个大青铜鬼头的时候，梯台周围的地下黑河突然河水翻滚，看起来像是一种不祥的预兆。我们立即警惕起来，用手电筒在河里照来照去。只见黑色的河水里有好几处地方在不断翻滚、冒泡，很快，几个黑乎乎的怪物同时浮出了水面，我一眼就认出，这就是之前吃掉独眼鬼虫的怪物。但这种怪物并不是想象中那么怪，竟然是只全身乌黑的蛤蟆。但这只蛤蟆非同小可，它身形巨大，浮在水面就两米多长，要是伸展四肢，估计能达到三四米长。如此庞大的蛤蟆真的令人大开眼界，无法想象。

马骝惊讶道："他奶奶的，这家伙估计有两三百斤重啊，要是用来煲粥，得弄多大个锅才能装得下呀。"

九爷抱着身子说："这黑咕隆咚的你也敢吃啊？看着都怕……"

马骝笑笑说："别看它长得那么丑，但做成蛤蟆粥那个鲜美……九爷你没吃过是不知道的啰。"

我没有参与他们的讨论，因为这个时候，我忽然想到一个消失的物种，便对大家说："我们碰到的会不会是魔鬼蛙？"

关灵问："魔鬼蛙？什么生物来的？"

我说："我不确定是不是魔鬼蛙，因为魔鬼蛙是生存在白垩纪后期的古生物，和恐龙同一个时期，早就灭绝了。不过，夜郎国距今也不过两千多年，不可能出现这物种啊？我想有可能是我猜错了，但如果这些不是魔鬼蛙的话，那又会是什么怪物？"

马骝说："这家伙长这么大，又黑咕隆咚的在这黑水里泡着，不是魔鬼是什么？我看不是魔鬼蛙，也是魔鬼蛤蟆了。"

九爷说："蛤蟆比人大，这个说出去都没人相信啊。"

此时，周围又多了几个这样的魔鬼蛙，它们聚集在梯台下面，只是看着我们，并没有其他举动。看见这样，马骝连忙掏出手机说："九爷，用手机拍个照，就有人信了。"说着，他对准其中一只魔鬼蛙，点了一下屏幕，只见闪光灯一闪，现场如白昼般亮了一下。

与此同时，一直浮在水面的那些魔鬼蛙可能被闪光灯刺激了一下，突然张大了嘴巴，要是被这家伙咬一口，肯定连骨头都会被咬碎。被光刺激到的魔鬼蛙不断在水里游动，时不时对着我们这边张开大嘴，还鼓起下巴发出"咕咕咕"的声音，似乎已经被激怒了。

我对马骝说："你看你干的坏事，这一拍照，简直开启了打怪模式一样啊。"

马骝吐了一口水道："屌，我也不知道它们不喜欢拍照啊……"

看见那些魔鬼蛙似乎没有对我们造成威胁，我们也没心思去观赏它们，一起来到青铜鬼头前面。只见鬼头大嘴下面是一个大洞，深约七八米，在靠近洞口的地方有一堆东西，被手电筒的光一照，立即金光闪闪，分明是一堆亮灿灿的黄金！然而手电筒照的只是一小部分，不知道这个鬼头洞下面究竟藏有多少宝贝。不过从这个半个篮球场大的梯台来看，数量一定多得惊人。

我一阵惊喜，心想《藏龙诀》果然厉害啊！看来夜郎迷幻城的宝藏就在这梯台里面了。

马骝兴奋道："哈哈，斗爷，我们发达了！发达了！"

九爷也兴奋得脸色都好了许多，眼睛里放着光芒，搓着双手说："按照这个数量分赃，我们每个人都可以做到富甲一方啊！"

马骝叫道："我下去拿，你们在上面帮我拉着绳。"说着就从背包里拿出一捆绳索来。

我连忙说："等一下，先弄清楚下面有没有什么机关陷阱先，这样贸贸然下去很危险。你不记得上次的怪物了？差点要了你这条猴命啊。"

马骝点点头："嗯，还是斗爷你够冷静，想得够周到，我看见那么多宝贝，我都觉得我会腾云驾雾了。"

我吩咐大家仔细检查眼前这个巨大的青铜鬼头，看有没有什么古怪的地方，如果发现奇怪的地方，千万别去碰，说不定那地方就是机关装置。接着，我从背包里拿出那只大竹鼠，松开它的四肢，然后用绳索绑在它身上，慢慢放进黄金洞里。

那只大竹鼠在背包里闷了那么久，一落到那洞里就开始爬来爬去，还到处去嗅嗅，看起来非常精神，并无异常。这时其他人检查回来了，都说没有发生什么异常的情况。

大约过了几分钟时间，大竹鼠还在下面乱窜乱动，我见时候也差不多了，于是想把大竹鼠拉回来，却没想到拉回来的只有一根绳索，绑住大竹鼠的绳结竟然完好无缺。

大家都被吓了一跳，这在别人眼里肯定以为大竹鼠是挣脱逃跑了，但在我看来，这是不可能发生的。

马骝立即问我："斗爷，你不会没有绑紧那竹鼠吧？"

我说："我绑得很紧的啊，绝对没可能会逃脱的。"

马骝说："这竹鼠被你闷在包里那么久，这样放出来还不拼命逃走呀。"

我摇摇头说："不是这样，你看这绑竹鼠的地方，我打的是一种叫'四肢缠身锁'的绳结，这种绳结非常稳固，别说是大竹鼠，就算是一头野猪，如果用了这种绳结打法，任凭它如何挣扎，除非把绳索咬断，否则完全无法挣脱。"

马骝一边检查绳结，一边说："这打个绳结还有名堂啊？什么'四肢缠身锁'，听都没听过。"

一旁同样在检查的关灵却说："这个我知道，我也会打这种'四肢缠身锁'，这种绳结确实如斗爷所说的那样，一旦被绑上，就无法挣脱。"

上官锋插话道："这竹鼠的皮毛非常滑，会不会因为这样，所以才逃脱了？"

关灵摇摇头说："不会，这绑的又不是泥鳅、黄鳝，只要是四脚动物，都不可能逃脱。不过，这绳结上有些血迹，估计那大竹鼠是被什么东西硬生生扯出来的。"

上官锋问道："那知道是什么东西吗？"

关灵说："许多动物都可以做到，但具体是什么就不清楚了。不过，这下面肯定是有活的东西，搞不好又是些什么没见过的怪物。"

眼看着就要到手的宝藏又突然出现这样的事，大家的心情不免有点失落。如何取得这洞里面的宝藏，成了我们现在最主要的问题。但一心只想着取宝的我们，却偏偏忽略了黑水河下的魔鬼蛙。

第三十一章　魔鬼蛙

上官锋由于长年生活在天坑底下，所以对黑暗中的事物非常敏感，正当我们还在讨论着取宝的话题，他突然察觉到什么，对大家做了个噤声的手势，然后一把抓起我的手电筒，往身后照去。这一照不要紧，却把我们吓个半死，只见两只魔鬼蛙不知什么时候沿着石阶爬了上来，正悄悄靠近我们，此时它们已经距离我们非常近，要不是身体过于庞大笨重，它们跳不起来，要不然我们连躲开的机会都没有了。但这种看似笨重的魔鬼蛙，走起路来竟然可以做到毫无声息。

这时，魔鬼蛙可能发现自己的偷袭计划失败了，停了下来，对着我们鼓起了下巴，就像鼓起了一个超大的气球。面对这样两个庞然大物，我们都不敢乱来，快步退到了青铜鬼头的后面。

九爷对我们说："大家要小心它喷的气，在我们乡下，蛤蟆喷的气是有毒的，要是小孩子被喷了气就长不高的。"

马骝说："那怎么办？我们可以不靠近它们，但这地方就那么大，要是它们靠近过来，我们想躲都躲不了啊。而且我们这匕首那么短，根本起不了作用啊。"

上官锋举起手中的长棍说："我这棍应该能用得上，但那么多魔鬼蛙，我一个人也难对付啊。"

这时，又有一只魔鬼蛙从石阶爬了上来。这只魔鬼蛙似乎胆子很大，一上来就没像之前那两只那样待在原地，而是径直朝我们爬来。我们没有了退路，只能硬着头皮迎战。

就在魔鬼蛙要靠近青铜鬼头的时候，我忽然想起什么，连忙对马骝叫道："马骝，你的弹弓是吃素的啊，赶快拿出来啊。"

马骝被我这样一喝，这才想起身上的弹弓，急忙拿出来，从口袋里摸出之前装好的石子，对着魔鬼蛙的头部打了一弹。只见那只魔鬼蛙被打中之后，完全没事的样子，反而被激怒了，"咕咕咕"叫了几声，张开满是锋利牙齿的大嘴，对着我们冲了过来。

马骝一连打出几发石弹，但那只魔鬼蛙完全不当一回事一样，一点惧怕的样子都没有。看见这样，马骝也开始害怕了："屌，这没用啊，这家伙完全不怕我的弹弓。"

我立即说："你打他头部干吗啊？那地方的骨头硬得很，真枪也估计打它不死啊，你赶快射它的眼睛，眼睛是最薄弱的地方，先把它打瞎，减少它的战斗力。"

马骝应了声，再次拉开弓，可别小看这弹弓的威力，必要时候真的跟手枪差不多，特别是打在眼睛这样的部位。魔鬼蛙的眼睛虽然不大，但以马骝的能力，只要魔鬼蛙不走动，想打中也不是那么难。

这个时候，只听见"啪"的一声响，然后那魔鬼蛙"咕"的一声趴在地上，再看它的右眼，已经被马骝打爆了，流出一些黑色的液体。看见这样，马骝也不用我提醒了，换了个位置，对着魔鬼蛙的左眼又是一弹，同样是"啪"的一声，那左眼完全被打爆。

原本以为这样可以消减魔鬼蛙的战斗力，但是令人吃惊的一幕发生了，只见那只魔鬼蛙"咕咕咕"叫了几声，然后从那两只被打爆的眼睛里喷出一股黑色的液体后，竟然又长出一对新的眼睛来！

这下可把我们吓得不知所措，一个个都以为自己眼花看错了。九爷舌头打结般叫道："这、这是怎么回事？怎么会又长出眼睛来的……"

马骝二话不说，拉弓再次对准魔鬼蛙的眼睛打去，同样听见"啪"的一声，眼珠被打爆，但很快，一只新眼睛又长了出来。马骝又对着另外一只打去，同样的情况再次发生，这些魔鬼蛙竟然都有再生的能力。

马骝也没辙了，对着我叫道："斗爷，还有什么法子啊？这鬼东西打不死啊。"

我一时也想不出什么法子，眼看着爬在最前面的那只魔鬼蛙就要冲到面前，看它张开大口的样子，又是想喷烟雾了。说时迟那时快，只见上官锋突然大喝一声，拿起手中的长棍直刺魔鬼蛙。上官锋当兵出身，有着一身蛮力，那一刺非常的猛，刚好刺中魔鬼蛙鼓起的下巴，就像刺穿了一大气球一样，传来一下非常大的爆破声，然后溅出了黑色的液体。

那只魔鬼蛙显然被刺痛了，一下子趴在地上，由于气囊已经被上官锋刺穿，发出的声音有点诡异，想喷黑烟，但已经喷不出了，看样子那个气囊是魔鬼蛙的要害。上官锋趁着这个时机，再刺一棍，别看那只是木棍，但在上官锋的手里如矛如枪一样，这一刺又在魔鬼蛙身上刺多了洞。

此时，另外一只魔鬼蛙也爬了过来，上官锋如法炮制，对准这只魔鬼蛙的下巴就是一刺，魔鬼蛙身体笨重，也不及躲闪，木棍直直地刺入了它的下巴，气囊立即被刺破。上官锋抽出木棍，刚想再来一刺，不料魔鬼蛙的下巴飞溅出一些黑色的液体，上官锋一个闪身，但还是迟了一步，只听见他"哎呀"一声痛叫，倒在了地上。

我们立即冲上前去，只见上官锋大汗淋漓地指着脚指头痛叫道："那、那液体有毒，痛死了……"

上官锋刚才是躲开了魔鬼蛙喷出的毒液，但由于穿的是草鞋，那毒液还是溅到一点在大脚趾上，这毒液如同硫酸一样，一沾到肉就开始冒出丝丝白烟，然后慢慢腐蚀上官锋的大脚趾。我连忙拿出刚才绑竹鼠的绳索，绑在上官锋的小腿上，以防毒液流向心脏。但即使这样，上官锋的大脚趾还是如灌脓般恐怖，脚指甲开始变成黑色，然后脱落，皮肉也开始一点点变成黑色的液体流下来，照这样下去，很快就要见到骨头了。

这个要是别人，肯定会痛晕过去，但幸好上官锋体质非常好，忍耐力也很强，他似乎意识到了事情的严重性，忍住痛对我说："斗爷，用、用你的匕首，帮我把脚趾给……给剁了。"他连说话的声音都变了，很明显这痛苦非同一般。

220

虽然我也有这样的想法，因为不这样做，恐怕上官锋的脚难以保住，说不定还会因此丢掉性命。但我平时连杀只鸡的机会都很少，现在要我剁去一个人的大脚趾，这一时间也令我为难起来。

上官锋一下子抓住我的手，一脸痛苦道："斗爷，别磨蹭了，我相信你，要不然我会死掉的……"

这种情况下，再犹豫恐怕会对上官锋不利，于是我一咬牙，拿出匕首，然后对准上官锋的大脚趾就切了下去……上官锋痛叫一声，终究是因为太痛，晕死了过去。我们七手八脚地帮上官锋包扎好伤口，再看那被切断的大脚趾掉在地上，很快就化成了一摊黑色的液体。

这个时候，刚才被上官锋刺倒的那两只魔鬼蛙开始挣扎想爬起来，身上的伤口也在慢慢修复，连原本瘪了下去的气囊也开始一点点鼓起来。我心想，这他妈到底是何种怪物？为什么会有如此强大的再生能力？能有什么办法对付？

我在脑海里过了一遍《藏龙诀》，里面虽然有灵物篇的口诀，但并没有提到如何对付这种拥有再生能力的魔鬼蛙。

就那么一阵子工夫，那两只魔鬼蛙重新站了起来，一副毫无损伤的样子。魔鬼蛙叫了几声，怒视着我们，然后冲了过来。我们没有兵器阻挡，只好抬着还未醒来的上官锋往旁边躲开。但还是慢了点，两只魔鬼蛙对着我们喷出了两团黑色的烟雾。这地方的空气虽然流通，但烟雾却难以散去，如同一张巨网般罩住我们，而且那些烟雾带有一股腥臭味，令人作呕。我们被熏得头晕脑胀，一个一个都张大嘴巴呕吐起来。

这时，石阶那边又陆续爬了四只魔鬼蛙上来。如果还想不出办法对付的话，我们肯定会成为它们的口粮。我忽然想到，这地方叫迷幻城，那里面的东西肯定不同寻常，有没有可能这魔鬼蛙是巫官金修炼法术之物，而不是自然界真正的怪物？

想到这里，我立即看向关灵，她刚好也看过来，四目相接，我的心突然扑通跳动了一下，想说的话竟然一时不知如何开口，一种前所未有的感觉瞬间麻痹了我的思想。出现这种感觉，连我自己都吓了一跳。

关灵似乎看穿了我的心思，问我："是不是有话要对我说？"

我呼了口气，赶紧将那种感觉压下去，刚想说话，不知从哪里突然蹿出一只魔鬼蛙，直冲过来，大家连忙分散躲开。但关灵还是迟了一步，只见魔鬼蛙张开血盆大口，用一条如绳索般粗的舌头将关灵卷进嘴里，然后快速跳回黑水河。

我大吃一惊，急忙冲过去，但已经来不及了，魔鬼蛙连同关灵一起消失在黑水河里。我跪在地上，心中一阵悲痛。突然，黑水河一阵翻滚，只见关灵一下子冒出头来，在水里不断拼命挣扎。看见这样，我立即站起身来，刚想跳下去救人，背后突然被人拍了一下，一个声音在身后响了起来："斗爷，你要干吗？"

我转过身来，不禁大惊失色，跟我说话的不是别个，竟然是关灵！再看黑水河，那里的关灵还在拼命挣扎。我一下子蒙了，怎么会突然出现两个关灵？哪个才是真？

我知道出现这种情况，有可能是幻觉，说不定中了什么邪术。但就不知道是我出现了幻觉，还是关灵的问题。我再看看大家，除了躺着地上没有醒来的上官锋外，九爷和马骝的样子似乎都有些异样。我暗暗吃惊，难道我们都中了邪？

我忍不住问关灵："我们第一次见面是在哪里？"

关灵皱了一下眉："都什么时候了，你问这个干吗？"

我说："快回答我！"

关灵焦急起来："这时候你还那么无聊干吗？"

我心想，她是不想回答，还是不知道？看着还在黑河里挣扎的另一个关灵，我脸色一沉，继续追问："我在什么时候碰过你的屁股？"

关灵显得有些生气了："金北斗！你到底想要怎样？"

旁边的马骝也有点看不过去的样子，对我说："你这家伙，自己摸了人家屁股偷着乐就是了，怎么还好意思问人家姑娘这些问题啊。"

我没理会马骝，看着关灵厉声喝问道："快给我回答！"

关灵被我一喝，立即向后退了一步，没有回答我的问题，脸上出现了警惕和害怕的表情。难道眼前的关灵是个假货？我再看黑水河里的那个关灵，此时她已无力挣扎，正用一双幽怨的眼睛看着我，然后慢慢沉了下去。我咆哮一声，立即拿出匕首，不由分说便向眼前的关灵刺了过去。

马骝看见这样，一下子抓住我的手，大声道："你发疯啊？那人是关灵啊！"

九爷也在一旁劝道："是不是有啥误会啊？有事慢慢说，别冲动啊……"

我叫道："不，她是假的！真的关灵已经掉进黑水河里了。"

我刚说完，立马发现马骝的表情都有点不对劲。他突然也拿出匕首，表情凶狠地对我喝问道："你他妈到底是谁？"

我一脸愕然，怎么马骝也不认得我了？难道眼前这个马骝也是假的？我立即对他说："我是你斗爷啊。"

马骝冷笑道："不，你是假的！真的斗爷已经掉进黑水河里了，我亲眼见着呢。"

听马骝这样一说，我不禁吃了一惊，明明是关灵掉进黑水河里了，怎么会变成是我？为什么说我是假的？我看向九爷，寻求他的支持："九爷，我是阿斗啊，你不会连我也不认得了吧？"

九爷一脸惶恐的样子对我点点头说："我知道你是阿斗，我认得你。但是……"他说到这里，悄悄伸出一把匕首指着马骝说，"你、你又是谁？"

马骝叫道："九爷你老糊涂啊，我是马骝啊。这个斗爷是假的，你千万别信他的话。"

九爷哆嗦着身子说："不不不，你不是马骝……马骝已经掉进黑水河里了。"

马骝一脸杀气："你他妈在胡说什么？"

趁着这个时候，我一把挣脱马骝的手，举起匕首对着他说："你别装了，九爷都说你是假的了，快说！你到底是谁？为什么要假扮马骝？"

未等马骝回答，一旁的关灵突然也拿出匕首指着九爷说："你不是九爷！九爷已经掉进黑水河里了。"

我又吃了一惊，难道他们全都是假的？或者说，我们都中了邪术？从一开始我看见关灵被魔鬼蛙咬住跳进黑水河，到出现另外一个关灵，而我认为这个关灵是假的，想对付她，不料马骝说我是假的，想对付我，接着九爷又说马骝是假的，现在轮到关灵说九爷是假的。我们四个到底谁看到的才是真的？但不管是谁，我都不愿意这些是真的，因为这意味着有人会死。

这时，马骝对我大喝一声："快说！你他妈到底是谁？再不说我就不客气了啊。"

我一时也不知怎么回答和解释，脑袋被各种问题挤得快要爆炸。这个时候，我甚至连自己到底是真的还是假的都无法解释清楚。可能见我没回答，马骝突然冷笑一声，手中的匕首直直地向我刺来。

就在千钧一发之际，一个声音突然响起："你们在干吗？"

我立即打了个冷战，整个人如同被泼了一脸冰水，瞬间清醒过来。再看关灵、马骝和九爷三个，也如梦初醒般状态，一个个你看我，我看你，都似乎不知道发生了什么事。但当看到各自手中都亮出了匕首，并且对着其他人时，大家都吃了一惊，纷纷把匕首收好。

上官锋挣扎着从地上站起来，对着我们叫道："你们刚才干吗了？怎么一个个都亮出了匕首？"

我晃了晃脑袋说："他奶奶的，我也不知道怎么回事，好像中邪了。"

马骝也大骂起来："去他大爷的，这什么邪术，害我差点杀了斗爷。话说，斗爷，要是真的打起来，你肯定不是我的对手。"

我笑道："你就吹牛吧，就你这只脸无三两肉的猴子，我一招如来神掌就能收了你。"

一旁的九爷还惊魂未定，哆嗦着说："你们还有心情开玩笑，我都吓得差点尿裤子了，想想都害怕啊，你看，都起了一身鸡皮疙瘩了……小时候就听老一辈说蛤蟆喷出的气有毒，果然是真的。"九爷说到这里，忽然对上官锋竖起了大拇指，"上官老弟，真的是千谢万谢啊，不愧是人民子弟兵啊。也幸亏你及时醒来，救了大家一命，否则我们自相残杀起来，就这样一窝熟了。"

说话间，我注意到那些魔鬼蛙不断爬上梯台来，似乎倾巢而出，它们在石阶那边排列开来，足足有十多只，它们排列的方式看上去很像一个阵法。这次不能被它们靠近喷烟雾了，要不然自相残杀的事又会上演了。

我连忙走到关灵身边，对她说："对不起，刚才差点伤了你。"

关灵笑了笑说："没事，我知道你是紧张我。但你想杀我的样子很可怕。不过，为什么会这样？难道是那些魔鬼蛙喷出的烟雾作怪？"

我说："很有可能，就像之前马骝中的摄魂术一样，估计这又是巫官金的一种邪术。幸好上官锋他晕死了过去，思想没有受到影响，要不然后果难以想象啊！"

关灵忽然想起什么，说："对了，我记得中邪术之前，你有话要对我说的。"

我点点头说："嗯，我就是想跟你说这事。是这样的，我想这些魔鬼蛙有可能是巫官金的修炼之物，所以我们可以尝试一下用法术对付它们。"

关灵皱起眉头说："这个啊，我还以为你想要说什么呢……"

我问她："你以为我要说什么？"

关灵的脸顿时红了红，但很快淡然一笑说："没、没什么……对了，你说要用法术对付？用什么法术？"

我摇摇头说："我也不知道，但法术是你的强项啊。"

关灵说："我学过很多法术，但我不知道哪个法术能对付这些魔鬼蛙。"

我说："有没有一种跟光有关的法术？"

关灵一脸疑惑道："跟光有关的法术？"

我点点头说："你还记得马骝给那些魔鬼蛙拍照的情景吗？那些魔鬼蛙在这黑暗的地下生存了那么久，一定对强烈的光线很敏感，而我们手电筒的光还不够强，手机的闪光灯虽然可以影响它们，但就这么一点光源似乎起不到作用。"

关灵想了想，忽然兴奋道："对了，我可以用爷爷教我的'三光正炁术'试试看！"

我知道所谓的三光，是指日、月、星三光。但在这个不见天日的迷幻城里，何来日、月、星？这法术能施展开来吗？这种情况，我也不想过多过问，目前只好将希望寄托在关灵身上了。

只见关灵从包里拿出那面铜镜和一包类似朱砂一样的东西放在地上，接着又拿出一包糯米，将糯米在地上撒开，并在上面画出一个八卦图。关灵站在八卦图中间，用朱砂在那铜镜上画了一道符，一边画一边嘴里念念有词，好像在念咒，画完符后，她对大家说："你们拿着手电筒，把光全部照在这铜镜上面。"

这个时候，那些魔鬼蛙已经开始发起攻击了，分左、中、右三个方向包抄过来。事不宜迟，我们立即举起手电筒，四支手电筒齐刷刷地照在铜镜上，不可思议的一幕发生了，只见从铜镜反射出来的光立刻强了不知多少倍，有如激光般强烈，即使不正对着那束光，但眼睛看过去的时候依然有些灼热的痛感。

那强光照射在那些魔鬼蛙身上，立即呈现出关灵所画的那道符，不知是符起了作用，还是强光起了作用，只见那些魔鬼蛙如遇天敌般乱作一团，乱冲乱撞，不用多久，竟然全部化成了一摊黑水。

我们暗暗吃惊，这些魔鬼蛙果然不是自然界的东西，也许是巫官金的修炼之物。也就是说，我们看到的魔鬼蛙只是一个幻象。如果这样，那么我身处的地方是真实的，还是又只是一个幻象？

第三十二章　藏宝洞

解决掉了梯台上面的魔鬼蛙后，大家都累得一身汗了。虽然累，但大家还是把心思放在了黄金洞上。马骝提议，说用绳索绑住他，放他下去把黄金一点一点拿上来，但考虑到刚才大竹鼠的情况，大家都不同意他这样做。

马骝有点丧气说："他奶奶的，这看着就要到手却不能拿，真令人揪心啊。"说着，恼怒起来拿起弹弓，对着洞里射了一弹，只听见"铛"一声金属的响声，石子明显打在了那些黄金上。

就在无计可施的时候，我忽然摸到口袋里有个东西，拿出来一看，原来是一个打火机。看见这个打火机，我忽然想起在卧龙山用火阻挡那些变异蜈蚣的情况，于是对大家说："反正都没什么法子，我们干脆用火试试看吧。"

关灵连忙问："用火？怎么用法？"

我说："直接拿点东西烧着，扔下去看看，如果有怪物，看见火光应该会有动静的，说不定还会逃出来。"

大家都感觉这个法子还不错，于是说干就干，关灵找来一包纸巾和一件替换的衣服，我立即把纸巾点燃，然后烧着衣服，扔进洞里。一时间，洞里被火光映得一片通红，但眼看衣服就快烧尽了，里面依然没有任何动静。看来用火这个法子，并不能试探出洞里的情况。

等衣服烧完后，马骝对我说："斗爷，你看，这哪里有什么怪物，要是有，这么大的火还不把它吓走啊？我真的怀疑起那只竹鼠是不是被什么东西卡住了身体，然后被你硬生生拉扯掉的。"

马骝最后那句说得我也开始怀疑起自己来，按照竹鼠的体重来看，应该很轻易就能拉上来，但当时我把竹鼠往上拉的时候，确实花了些力气。开始我也没注意到这个细节，现在被马骝这样一说，情况好像还真的是这么一回事。

看见我不说话，马骝又说："斗爷，不会真的被我猜中了吧？"

我尴尬一笑说："感觉好像是这样，但我也说不清楚。"

马骝一拍大腿说："那就对了。那还是按我说的，把我吊下去，把黄金一点一点拿上来，反正有什么事我马骝一个人负责，绝不会怪你们。"

九爷这时也赞成马骝的作法，他说："我看马骝老弟说得也有道理，能拿多少是多少嘛，反正现在也没有其他办法，阿斗你说是吧？"

我看了看关灵和上官锋，他们也表示同意，关灵说："虽然这样做有点危险，但始终要有人下去的。要不然，我们这一趟就白来了。"

上官锋也说："没错，试试也无妨，如果有什么危险，咱们就立即把马骝拉上来。要不我下去也可以，但我可能会重了点。"

马骝摆摆手说："还是我去吧，我马骝的外号不是衬的，虽然没有孙悟空那般厉害，但上树下河、穿山过洞，我马骝还是有一手的。再说，上官老哥你那身材，我们几个人可能都拉不住你啊。"

既然大家都一致同意，我也找不到反对的理由。综合考虑马骝的确是最合适的人选。一来是他体重轻，我们在上面拉着他比较容易控制，二来是他这方面有些经验，第三点就不用说，他早已对那黄金垂涎三尺了，早就想进去摸上来了。但同时，我也考虑到一点，这么大一个充满未知的宝藏洞，让马骝一个人下去有点欠妥，要是有突发情况，连个照应都没有。虽说有绳子牵住，但谁也不保证没有意外发生。

于是我对大家说："这样吧，我和马骝两人一起下洞，大家有个照应会比较好，九爷和上官大哥就拉住绳子，以防不测。"

关灵立即不放心道："斗爷，这下洞不是玩玩的，你对这方面有经验吗？"

我笑笑说："卧龙山我都逃出来了，区区一个藏宝洞能奈我何。"

马骝嬉笑道："对对对，我和斗爷本该就是合为一体的，俗话说孟不离焦，焦不离孟呀，哈哈。"

我"呸"了一声："滚，谁他妈跟你合体啊，我是对这家伙不放心，要是扔你一个人下洞摸宝，我怕你被迷惑，耽误了时间拖累了大家。"

马骝依然那副嬉笑的嘴脸摆摆手说："不不不，斗爷你还没看清楚我马骝的本质，我马骝为人正直，一身正气，两袖清风……"

我连忙制止马骝说下去。这家伙不光嘴皮子厉害，脸皮似砧板般厚，说起谎话来连眼都不眨一下。

我和马骝把绳索绑好后，他留下弹弓，像我一样换上了两把匕首，然后把自己的背包清空了背上，再把手电筒戴在了头上。我们这种手电筒是可以两用的，既可以手持，又可以戴在头上，只是平时我们不戴在头上，因为背包已经太重了，再戴上头灯的话，更加增重了负担。但现在下洞的话，双手要腾出来拿黄金，所以只能把手电筒戴在头上。

我们做好一切准备后，趴在青铜鬼头大嘴的边缘，只听见马骝说了声"老孙去也"，我们便慢慢抓着绳索滑了下去。九爷和上官锋拉着绳索，关灵在一旁打着手电筒，照下洞里，为我们增加点光。

那堆黄金就距离洞口大概七八米的地方，我和马骝很快就滑到了底，用手电筒照了照周围的地方，不禁倒吸了一口凉气，这洞里的面积比我们想象的还要大，只见周围一片珠光宝气，所见之处都是金光闪闪，有黄金白银，也有白玉玛瑙，种类繁多，更有各种说不出名字的宝物堆在一起，分明是一个藏宝洞！又见白玉做石阶，玛瑙为装饰，黄金白银铺满一地，可谓应有尽有，令人眼花缭乱，如梦如幻。

但令我感到震惊的除了这些金银珠宝外，还有五根黄金巨柱，这些巨柱直径有四五十厘米，分东、南、西、北中五个方位排列，形成一个方阵。东、南、西、北四巨柱上面各雕饰着一种不同颜色的古代神兽，分别为东方巨柱雕饰着青色苍龙，西方巨柱雕饰着白色猛虎，南方巨柱雕饰着红色朱雀，北方巨柱雕饰着黑色龟蛇，而正中间的巨柱雕饰着一个金黄色的鬼头。

想不到置身于宝藏之中，也会出现如此阵法，真是令人吃惊。但我一见这样的五柱排列阵势，就知道这当中必定机关重重，因为我记得《藏龙诀》的机关篇中有一口诀云："五行四柱，四柱阴阳，阴阳四时，四时四兽，四兽日躔。"我以前看过这方面的书籍，知道这是对五行四兽机关的描述。口诀又云："日躔胃维，月轨青陆，一柱归中，自然无间。"而中间那根鬼头柱，正正符合口诀中的"一柱归中"。在阴阳五行中，中央属土，色黄，本应没有配对的神兽，但这中间的巨柱却雕饰了鬼头，这似乎跟古代思想体系里面中央方位代表着皇权相同，也就是我们自己。这就可以解释，为什么一路来只看到青铜鬼头，而没有其他象征性的雕饰物或图了，因为夜郎巫官金用鬼头代表了自己。

虽然我还不能完全弄懂口诀的意思，但如果真的被我理解中了，恐怕机关的要害是在这中间的鬼头柱上。也就是说，要破解这个机关，只能从中间那根鬼头柱下手。

这时候，马骝突然两眼放光说："我的妈呀……这么多金银珠宝，看来夜郎国不容小觑啊，这下注定我马骝也富可敌国了，花几辈子也花不完啊，哈哈哈哈……"马骝的笑声在空洞的黄金宫殿里显得异常诡异。

我怕他像之前那样丢了魂，连忙一巴掌扇过去说："别他妈做梦了，赶快醒醒！"

马骝"哎呀"痛叫一声，捂着脸叫道："我顶你个肺，你他妈的无端端扇我一耳光算什么意思？"

我说："我以为你又被这些黄金迷惑丢了魂呢。这不打醒你，我怕后患无穷啊。"

马骝摸着脸，吐了一口水说："屌，猴爷我清醒得很！我告诉你，只此一次，下不为例，要是再乱来的话，小心我本能反应刺你一匕首，到时你就死啦死啦地。"

马骝说完，往前走了几步，我感觉有点不对劲，立即把他拉了回来："别急！先看清楚环境也不迟。你看那几根巨柱，每只神兽的嘴都张开的，并且朝向不同方位，这当中必定有机关。"

马骝半信半疑道："这都遍地黄金了，还会出现什么机关？我看就是几根受力用的柱子而已，别被那几只神兽吓了自己。"说完，又要往前走去。

就在这个时候，东方的青龙柱突然动了一下，三支青铜箭从龙口里射了出来，朝着我们这个方向飞来。果然有机关埋伏！马骝大惊失色，一个狗急跳墙往左边跳去，我也迅速跟着跳到左边，避开那些青铜箭。

但还没站稳脚，南方的朱雀柱同样射出三支青铜箭，我和马骝不得不闪回原来的地方。但东方的青龙柱似乎能看见一样，我们刚回到原位，三支青铜箭又立即飞了过来。这次，我们不得不朝右边避开。但跟我预料的一样，北方的龟蛇柱同样被启动了机关，射出三支青铜箭。如此一来，除了西方白虎柱上的白虎背对着我们，没有启动机关外，其他三只神兽都被开启了机关，我们被迫在三个方位上跳来躲去，无法逃出困境。虽然这些神兽每次只射出三支青铜箭，但似乎有无穷无尽，只要一到那个方位，就会立即射出箭来，一直不肯消停。现在就算知道中间那鬼头柱是机关的破解之处，我也无计可施，别说过去了，目前根本不敢走偏一步。而此时距离滑落下来的绳索有点距离，想打退堂鼓没有可能了。说不定还没到绳索那边，背上已经被青铜箭射中了。

这时，马骝大嚷起来："斗爷，快想办法啊！这跳来跳去的，我他妈真的成了猴子了。"

我骂道："你他妈真的没放错花名，要那么猴急干吗？我都说了有机关，硬是不听。现在好了，咱就这样跳死为止吧。"

我一边骂马骝，一边在脑里回想《藏龙诀》里的那句口诀："日躔胃维，月轨青陆，一柱归中，自然无间。"我知道这前两句出自《文选·颜延之》，说的是日月的运动轨迹。《汉书·天文志》中也提到："月顺入轨道。"而青陆，东道也，意思是指东方。我在心里不禁焦躁起来，这他妈的连日月运动轨道都来了，未免太玄了吧？跟这个五行四柱机关有何关联？

日躔……月轨……轨道……我念着念着，脑海里突然灵光一闪，没错了！这不就是破解的方法吗？太阳和月亮的运动是有轨迹的，如果每天同一时间对太阳拍一张照片，得出的太阳运动轨迹是一个"8"字形，是由地球的椭圆轨道运动以及太阳赤纬角变化所致，这种现象叫作"日行迹"。而月球以椭圆轨道绕地球运转，这个轨道平面在天球上截得的大圆称为"白道"。白道平面不重合于天赤道，也不平行于黄道面，而且空间位置不断变化，月球轨道（白道）对地球轨道（黄道）的平均倾角为5°9′。再看那些青铜箭射出来的方位角度，确实有一处小空隙，我不知道古人能不能计算出"5°9′"这个精准数值，但这个空隙应该就是所谓的月轨。

《藏龙诀》果然博大精深啊！这蕴含了多少中华文化在里面呀，仅仅几个字就可以弄出一大堆东西来。

生死关头，我也不能多想了，立即对马骝说："等下你骑在我背上，记住，一定要稳住，别偏了。"

马骝也不懂我要干什么，叫道："斗爷，我马骝虽然身子轻，但背在一起，还能灵活躲闪吗？你想的什么办法啊？这简直是送死啊！"

我焦急道："你他妈的我什么时候推过你去送死？况且你在我身后，要中箭也有我帮你挡住啊，想要活命就照我说的做！"

我真的没时间向马骝解释那么多，因为这个时候，多浪费一分时间就离死亡进一步。马骝也似乎明白了这个道理，照着我说的，立即骑在我身上。我背着马骝，看准那处小空隙，计算好方位角度，然后提了口气，一下子跃过去，脚刚站稳，只听见"嗖嗖嗖"的射箭声，我能感觉到，那三支青铜箭贴着衣服擦身而过，要是偏那么一点，肯定会被射中。

按照同样的方法，我带着马骝一时跳到南边，一时跳到北边，这时候才发现，跳动的轨迹虽然只有一个圆，但正正符合"日行迹"的"8"字形。真不敢想象，这机关涉及了阴阳学、天文学、数学和轨迹学等知识，要是没有《藏龙诀》在身，而我又刚好有那么点知识储备的话，后果真不堪设想。

不用多久，我们便跳到了中间的鬼头柱那里，这根鬼头柱刚好在"8"字形的交叉点。我和马骝立即双手抱住鬼头柱，这个方位，无论东、南、西、北哪只神兽，都无法将青铜箭射中我们。

一旁的马骝喘息着问："斗爷，你怎么知道这机关的走法？"

我一边用手电筒检查黄金柱上的鬼头，一边跟他说了个大概，但马骝听得一头雾水，我也没心情解释那么清楚。突然，我发现鬼头里面有个类似机关装置的东西，立即拿出匕首往鬼头的嘴里插了进去，只听见"咔嚓"一声，好像是什么被折断了一样，但随着这个声音的响起，四只神兽一下子停止了射箭，看样子应该是破解了机关了。

直到这个时候，我才松了口气，一屁股坐在地上。此时马骝已经从背上取下了背包，迫不及待地抓起地上的黄金塞进包里。我没有去帮忙，而是留意着周围的情况，脑海里突然浮现出噩梦里那个老人的模样，耳边立即响起他说的那句咒语："凡我后人者，必有光复心，如是异心者，必中夜郎符。"我微微吃了一惊，难道这是对我的警告？我身为夜郎后裔，却带着几个财迷进来摸宝，这会不会已经触动了咒语？

第三十三章　触　手

　　然而刚想到这里，眼前突然一花，我立即意识到危险，刚摸出匕首，双腿立即被一条沾满黏液的东西缠住，仔细一看，那条东西金黄色，上面长满了肉牙，分明是一条触手。那触手一下子就把我撂倒，有一道非常大的力量想把我往黑暗处拖过出。我能感觉到黑暗处有一个庞大的物体，似乎已经张开了大嘴等待着我。但我倒在地上，想伸手抱住鬼头柱已然来不及，即使手里有匕首，也一时无法施展，脑袋被撞在那些金银珠宝上，痛得嗡嗡直响，差点没昏过去。

　　眼看就要被拖走，千钧一发之际，只见一个黑影扑了过来，寒光一闪，缠住我腿的触手立即被砍断，然后听见马骝抓住我的手臂喊道："斗爷，快逃！"

　　话音刚落，马骝突然一个踉跄扑在地上，原来不知从哪里又蹿出来一条触手，把马骝缠住，同样往里拖。我急忙撑着地爬起身，想扑过去解救，但那触手的力度实在太大，而马骝体重又轻，一拉一拖就毫无踪影了。

　　我大声呼叫马骝，远处立即传来马骝的回应声："我在这里……"我用手电筒照射过去，原来马骝伸手抱住了青龙柱，这才没被拖走，但看他的样子也坚持不了多久。此时，只见手电筒的光亮下，又有一条触手从一堆黄金底下探出来，往马骝那边伸过去，这还了得，要是两条触手一起拖的话，估计能把马骝拉扯成两半。

说时迟那时快，我一个飞身扑了上去，挥动匕首，把缠住马骝的触手砍断。这个时候，另一条触手已经伸了过来，但我和马骝急忙一个滚地沙滚到中间的鬼头柱，触手像长了眼睛一样，一个拐弯，又朝我们伸了过来，但没抓到我们，却一下子缠住了鬼头柱。不知是年深日久，还是触手的力量太大了，鬼头柱突然松动了起来，随时都有倒塌的迹象。

　　事不宜迟，我和马骝拼命往洞口处跑去。上面的人不知道我们在下面发生了什么，但一见我们抓住绳索往上爬的狼狈样，都明白情况危急，拼命往上拉绳子。

　　就在我们刚被拉上去的时候，整个青铜鬼头突然震动了一下，好像是鬼头柱倒下了。紧接着，一条很长的触手从洞里面伸了出来，打在青铜鬼头上，然后又缩了回去。再迟一点，估计我们又被缠住了。

　　我和马骝瘫坐在地上，那被触手缠过的大腿上沾满了黏黏的液体，湿湿的一片，连裤裆都被弄湿了，传来一阵恶臭。我刚才还以为自己猜错了，以为没有怪物，原来还藏着这么一些恐怖的触手怪，而且从刚才那触手来看，这些怪物非同小可。

　　这时，只见关灵一脸担心，蹲下身来问我：“怎样？没被伤着吧？”

　　我摇摇头，苦笑一下说：“没什么大碍，不过得跟你说明一下，这裤裆是那些东西弄湿了，不是吓尿了。”

　　关灵立即别开脸：“呸，谁管你那裤裆是怎么湿的……”

　　一旁的马骝立即嚷嚷道：“他奶奶的，这怪物把老子大腿的几两肉都几乎缠没了……”

　　九爷连忙问：“那有看清楚是什么模样的怪物吗？”

　　马骝摇摇头说：“没看见是什么鬼东西，只看到有很多触手，不会是八爪鱼吧？”

　　九爷说：“那么说，宝藏我们是拿不了啦？”

　　马骝叹了口气说：“恐怕是了，幸好我拿了一些上来。我还想多拿一点的，但看见那条触手突然把斗爷拖走了，我就不敢再拿了，还不赶紧救命啊。谁知刚把斗爷救出，自己又被那鬼东西缠住了，幸好斗爷反应快救了我，要不然我被分尸了。”

我对马骝说："这次你该信了吧，幸好我们逃得快，要是慢一点，被拖进里面的话，拉上来的恐怕又是只有一根绳子了。"

话音刚落，几条触手突然毫无声息地从里面伸了出来。大家急忙逃跑，但我还是迟了，其中一条触手已经缠住了我的身体，那触手上面全是密密麻麻的肉牙，还有黏黏的液体，看起来既恶心又恐怖。我连忙举起匕首切了过去，那些触手没有骨头，一下子就被切成两段。被切断的一段掉落在地上摆来摆去，另一端迅速缩了回去。

我刚脱身，另一边的关灵突然惊叫一声，原来她也被触手缠住了，而上官锋因为脚伤，也没来及逃跑掉，同样被触手缠住了小腿。见关灵和上官锋被触手攻击，马骝举起匕首想冲过去施救，却被另外一条触手一扫，把马骝扫出几米远，差点掉落黑水河。而逃到石阶那边的九爷抓着匕首，早已吓得腿都软了，更别说过来救人了。

眼看关灵就要被拖进洞里，我急忙飞身扑了过去，也顾不得男女授受不亲了，一把抱住了她，然后用匕首切断了那条触手，把关灵救了回来。但同时，我们俩互相抱着滚落在地上，我压着关灵，能感受到她急促的心跳声和呼吸声。虽然身上的触手黏液一股恶臭，但关灵身上的体香还是窜进了我的鼻子，拨动着我的心弦，真想把脸埋过去大力呼吸几口。在这恶劣的环境下，还能闻到如此香味，也难怪我会有这龌龊的想法。

与此同时，上官锋已经被拖到了洞口边。他脚上有伤，被触手缠着小腿拖倒在地上，他想用手中的木棍刺过去，但刺了几次都无法命中。眼看他就要被拖进洞里，突然一个黑影扑了过来，用匕首一砍，把那触手砍成两截，再看那个人，竟然是九爷。

这时，我才意识到自己压着关灵，连忙一个翻身起来，然后把关灵扶起来问道："你没受伤吧？"

关灵摇摇头，一脸羞涩地说了句没有。看她的样子，并没有讨厌我刚才的举动，似乎对我有那个意思。这个时候，我才发现自己的心也跳得非常厉害，耳根也热了起来，我吃了一惊，心想这次中招了，该不会是喜欢上了这个女人吧？也真是的，非要在这种情况下才撩起哥的肾上腺素，有何趣味？

这个时候，那些触手受了伤，全部缩了回去。如此恐怖的触手令我们大惊失色，比起庞大的魔鬼蛙，这些触手更加难以对付。

但未等我们缓过气来，又有新的几条触手从洞里伸了出来，它们好像长有眼睛一样，四处嗅探一番，忽然对准我们伸了过来。但这次我们有了防备，连忙往石阶那边退去，那些触手没抓到我们，突然一下子转了方向，径直地伸向了那只魔鬼蛙，然后把魔鬼蛙卷了起来，上百斤重的魔鬼蛙就这样被几条触手慢慢拖进了洞里。

这个时候，我忽然发现梯台边缘一直喷着黑水的小青铜鬼头突然停止了运作，像被人关了水闸一样，而黑水河里的魔鬼蛙也同时消失得无影无踪。我一看这样的情况，突然有一种不祥的预感，连忙招呼大家赶快走下梯台。

第三十四章　逃出生天

就在我们刚从梯台退下来时，整个梯台突然震动起来，而我们刚走下来的石阶也一下子被震断掉进了黑水河里。要是在上面逗留多一两分钟，估计就下不来了。

梯台的震动使周围的黑水河像烧开了一样，开始不断冒泡。过了一阵，整个梯台突然开始慢慢往下沉去。我们开始还以为是地震，但发现只是梯台在下沉而已，其他地方并没有异常情况出现。大家都被眼前这一幕看傻眼了，这情景如同科幻电影一样，来得是那么的不真实。

这时，马骝突然对着梯台大叫起来："宝藏啊……我们的宝藏啊……"

九爷也一脸绝望的表情在呢喃："完了……这下全都完了……"

我也心有不甘，这千辛万苦地找到宝藏，竟然会是如此的结局。难道真的是命运的安排吗？难道巫官金早就预料到，有朝一日会有人进入迷幻城寻找宝藏，所以才设置了这样一个机关？想让宝藏和盗宝贼一起同归于尽？或者，是因为年深日久，刚巧出现了地陷？但不管是哪种原因，我们这次寻宝算是彻底失败了。

此时，梯台已完全沉没，眼前立即出现了一个大黑洞，黑色的地下河水不断往里面灌。我们不敢靠近过去，生怕这周边也会跟着往下沉，只好离远观望。

238

黑洞如同一张大嘴，仿佛要把周围的一切吞进去。

关灵看着大黑洞说："这好好的，怎么会突然就沉了呢？难道是那个怪物在作怪？"

马骝哼了一声，说："我看肯定是那东西弄沉的……他奶奶的，我们连这鬼东西是什么模样都没见到，就这样被它搞沉了全部宝藏，真他妈心痛啊！"

我也叹了口气说："也许这就是命运吧。俗话说，命里有时终须有，命里无时莫强求。注定我们跟那宝藏没有缘分，再辛劳也没用。我们还是赶快离开这里吧，等下这大黑洞可能又不知道会冒出些什么来呢。"

马骝拍了拍背包说："那最好冒些宝藏上来啊，就这点金子怎么够我们分啊……"马骝说到这里，突然变了声调叫起来，"斗爷，你真的乌鸦嘴啊，那怪物上来了！"

果然，恐怖的触手从无底洞里攀爬了上来，但这次不只是触手，那个怪物也慢慢现身了。只见怪物长得像一个圆溜溜的大肉球一样，身形有台面那么大，在头顶的上方有个开口一张一合，应该是个嘴巴，但除了这个，并没有发现眼睛和耳朵等五官。而这怪物全身长满了可以伸缩的触手，那些触手支撑着地面，就像许多只脚在爬行。如此古怪的生物真的是闻所未闻。

就在这只触手怪物刚爬上来，后面竟然又出现了好几只同样大的触手怪物。这几只怪物一上来，就用触手嗅探起来，难道这些触手就是怪物的眼睛？嗅探了一阵，触手怪物就锁定了我们这个方向。

我对着马骝喊道："马骝，赶快开弓射它。"

马骝立即拉开弹弓，对准怪物射了过去，只见石子打在怪物身上，立即被那些液体牢牢黏住。这些液体似乎是一层保护膜，马骝连射中怪物几次，但都被那些液体黏着，而那怪物毫无损伤。这种触手怪物又不同魔鬼蛙，没有眼睛可给马骝去射，这弹弓在这时完全起不了作用了。

九爷说："宝藏都没有了，还跟它们斗什么啊，赶紧逃出去吧。"

九爷说得最有道理的就是这次了，宝藏都没了，就算杀死那些怪物也没用，还是逃命要紧啊。于是我们掉转身子，拼命往出口方向跑去。

但就在我们全部人跳过了黑水河的时候，窸窸窣窣的爬虫声音就开始响了起来，原来那些独眼鬼虫还没走，好像专门在这里守候着我们。这次真的是腹背受敌，被来了个前后夹攻了。

大家都慌了起来，在原地急得团团转。眼看那些触手怪物就要爬过黑水河，我突然急中生智，连忙脱下身上的背包，把一些不能点燃的东西扔掉，把可以燃烧的全塞进了背包里，然后拿出打火机。

马骝问道："斗爷，你这是干什么？打算用火攻吗？那怪物可能不怕火啊，咱们之前不是试了吗？"

我边往背包绑绳索边说："不是攻那些怪物，而是用来阻挡前面那些独眼鬼虫。我在前面拉着这个火背包开路，你们在后面跟着就是了。"

这个时候，不管这个法子行不行得通了，所谓马死落地行，只好一搏了。看着背包烧了起来，我立即拉起绑在背包上的绳索，身先士卒般往前冲去。还别说，这火还真管用，本来密密麻麻的一片独眼鬼虫，看见我冲过来，立即分开了一条路。

我们踩在乱石堆上，拼了命往前跑，跑了一段路，突然听到马骝在后面大叫起来："斗爷，上官锋不见了！"

我连忙收住脚步，转过身，身后只有关灵、九爷和马骝三人，上官锋果然不见了。我连忙问走在最后的马骝："怎么回事？你不是跟他一起吗？怎么会不见了呢？"

马骝喘息着说："一开始是啊，但跑着跑着就不见人了。"

九爷说："不会人有三急吧？"

马骝说："这都什么时候了，就是急也要忍着啊，还有时间去解决啊？不会像九爷你在卧龙山那样，借尿遁去捡宝贝吧？"

九爷被马骝这样一说，有点尴尬说道："哎，要是在平时，这情况还可能会发生呢，但这都火烧眉毛了，估计他没那么蠢吧？会不会是被那些怪物追上来，把他吃了？"

这时，周围的独眼鬼虫在吱吱狂叫，而背包也差不多燃烧到绳索那里，只要这火一灭，这些独眼鬼虫准会冲过来，把我们咬死。我问马骝："你不知道他的脚伤了吗？你得带一下他啊，不用每次都要我提醒吧。"

马骝看见我埋怨他，也忍不住回击说："我屌，你以为是我丢下他的啊？我马骝是那种没义气的人啊？是他自己说可以走的，哪知道他是在逞能呢……"

看见我们说话带着火气，关灵连忙劝说道："你们别说了，谁都没有错。赶紧想想怎么办吧，回头救人还是继续逃命？但现在这种情况，回头救人的话，可能大家都会葬送在这里。就算把我们这几个背包烧起来，也支撑不了多久的。"

九爷说："那、那只能为大家舍小家了，牺牲他一人，保住我们四人，怎么想都是这样划算啊。说句实在话，他已经在这天坑下生活了那么久，他的家人也早已认为他死了，要不是我们闯了进来，估计他一辈子都在这里了，这比死还难受啊。"

九爷的话也有他的道理。不过，我们和上官锋只认识了很短的时间，但他已经属于我们的队友了，抛下队友这种事，我实在做不出来。一旁的关灵似乎看穿了我的心思，皱着眉对我说："阿斗，你是想回去救他？"

我看了她一眼，点点头道："说不定他正在等着我们去营救呢。如果我们就这样抛下他，自己跑了，这良心怎么能过得去，会内疚一辈子啊。"

关灵说："那好，我听你的，你想回去救人，我不会阻拦，我会陪着你。如果你想出去，我也不反对。"

有了关灵的支持，我忽然感觉浑身充满了劲儿。我看了看马骝和九爷，说："你们怎么想？救还是不救？如果你们想出去的话，悉随尊便。"

马骝立即说道："我也听你的，你说怎样就怎样，反正我马骝也死过几回了，不怕死多一次。"

我看向九爷，对他说："九爷，如果您想出去的话，恐怕就没人陪您走这一趟了。是我带您来这里寻宝的，我也有些责任，要是有个不测，算我金北斗对不起您老人家，来生给您做牛做马便是了。如果大难不死，逃了出去，我答应您，马骝身上那袋黄金，我和马骝那份都不要，全给您。要是马骝不肯，我就把他的头拧下来一起给你。"

九爷低下头，脸上的肌肉抽搐了一下，忽然抬起头笑笑说："呵呵，头就不要了……大家都这样了，我也不能怕死啊，死就死吧，所谓命由天定。况且没有你们，我一个人也不可能走得出去。"

得到了大家的同意，我立即拉着绳索掉转头跑回去。跑了没多远，眼前突然出现令人惊心动魄的一幕，只见有几只触手怪物把上官锋围在中间，一些触手已经缠住了上官锋的身体和四肢，并把他吊了起来。即使上官锋还在拼命挣扎，但已经没有用了。

眼看着那些触手越缠越紧，我连忙把手中的绳索一扯，把还有火的背包往那几只触手怪物身上扔去，然后拿起地上的石头砸了过去。那几只怪物被火烟一熏，立即松开了触手，上官锋一下子掉落下地。

趁着这个空隙，我连忙一个箭步冲上前去，把上官锋拖了出来。这个时候，关灵已经点着了她的背包，按照我之前那样，用她的绳索绑住背包往前拉去。我和九爷扶着上官锋跟在后面，马骝殿后，他不断用弹弓射过去，防止那些触手怪物追来。

这个时候，周围聚集了许多独眼鬼虫，但一时还不敢近身。跑出一段路，关灵的背包差不多就要灭了，我连忙叫九爷把他的背包点燃，用同样的方法在前面开路。兴许借着这个烧背包的办法，我们可以逃出这个迷幻城。

但在距离出口还有一段路时，九爷的背包也烧没了，现在只剩下马骝身上背着黄金的背包。但这个背包早在鬼头梯台那时就被马骝清空了里面的东西，而黄金又不可以燃烧，如果单单只烧背包的话，也支持不了多久。

就在最后一点火光灭掉的时候，周围的独眼鬼虫终于放胆慢慢爬了过来。这时，只见走在后面的马骝突然脱掉了外套，拿出打火机点着，一边挥舞一边叫道："你们先走，我来抵挡他们一下。"

看见马骝这个方法可行，我和九爷也三下五除二把外套脱下来点着，一时间，火焰飞舞，比起之前的火烧背包更胜一筹。但这衣服就那么大，不经烧，烧着烧着很快就剩下一团烟了。不过，前面不远的地方出现了一丝亮光，看来是快要到洞口了。

我们兴奋得难以形容，立即加快了速度。突然，一团黑影不知从哪里闪了出来，像堵高墙一样挡住了去路。我们拿起手电筒一照，不看也罢，一看吓得腿都软了。原来挡住我们去路的并不是什么别的东西，竟然是之前碰到的那条大怪蛇。

只见大蛇横在地上，吐着芯子，竖起两米多高的头俯视着我们，一副随时准备吃人的样子。这个时候我也不管迷信不迷信了，拿出玉佩对着它摇晃起来，又说了梦里那句咒语："凡我后人者，必有光复心，如是异心者，必中夜郎符。"但大蛇并没有像上次一样离开，这样看来，并非关乎玉佩或者"咒语"的事，有可能上次的走开只是一次巧合。不过，也有另外一种情况，可能是鬼头梯台沉陷所产生的震动，才把这大蛇引来的。它是迷幻城的守护神，而我是夜郎后裔，说不准以为是我贪财才毁了这里，所以才一改态度，对我们如此大怒。

此时，身后追过来的那些独眼鬼虫似乎也畏惧这条大蛇，在距离我们三四米的地方停了下来。那条大蛇显然看见了那些独眼鬼虫，突然摆了两下脑袋，发出"咝咝咝"的声音，独眼鬼虫也发出了叫声，然后乱作一团不断往后退缩。

看见这一幕，我们都暗自高兴，难不成这条大蛇是来救我们的？但我们高兴得太早了，就在独眼鬼虫刚刚退去的时候，大蛇突然对准我一口咬了下来，那速度很快，我纵身一跃，扑在了岩石峭壁之上，我立即感到脊背一阵疼痛。

接着，那条大蛇的尾巴突然一摆，关灵他们四人全被扫倒在地上。大蛇张大嘴巴，眼看就要往关灵身上咬去，我想扑上去阻止，但脊背立即传来撕裂般的剧痛，刚站起来又倒了下去。

千钧一发之际，只见上官锋突然一个翻身，从地上站起身来，然后顺手拿起一块石头朝着蛇头就扔了过去。大蛇一歪蛇头，避过了石头，但同时合起了嘴巴，缩回身子没再咬下来，而是把目标对准了上官锋。

上官锋对我们说："我和这条大蛇在这里生活了五年，多多少少也熟悉它的脾性，却从来没有看见过它如此暴躁，看它的样子，好像是我们杀了它全家一样。"

我心想：我们确实毁了它守护的家呀，我也觉得很可惜，但事出突然，而且我们也不是故意弄坏的，也情有可原吧。祖宗保佑，别让我们葬身此地啊……

马骝问上官锋："那有什么办法对付吗？"

上官锋摇了摇头说："大家随机应变吧。蛇这种动物一旦发起脾气来，那真的非同小可，有时连主人都不认的。"

话音刚落，大蛇突然对着上官锋发起了攻击。上官锋连忙往旁边一闪，躲过大蛇攻击。大蛇扑了个空，立即"咝咝"叫了起来，忽然把头一转，好像跟我有仇一样，再次张嘴对着我咬来。

我这次有了防范，连忙往旁边的空地跳了过去。突然间，我感觉右脚好像踩到了什么东西，微微往下一沉，我立即想到了进洞之前，马骝踩到的那个铜箭机关，心里一惊，于是想踩住机关不放，但此时大蛇再次扑了过来，我不得不松开脚再往另一边跳开。心里想，这下糟糕了，大家准会因此而被铜箭射中。

就在我暗自惊慌的时候，周围并没有铜箭射出，而是从洞口的方向突然传来一声巨响，只见一块千斤大石从洞口的上方慢慢往下滑落。原来我刚才踩的不是铜箭机关，而是这大石的机关。这一下把大家吓得六神无主，因为这大石一旦滑落下来，就会把整个洞口堵住，把我们困在里面，这就意味着，我们全部人都葬身此地。但我们现在被大蛇缠住，一时间也无法逃脱。

上官锋忽然对我说："斗爷，刚才要不是你们返回来救我，估计现在大家都逃出去了，是我连累了大家，真的很对不住大家。我也没什么好报答，我就给大家敬个军礼吧。"说着，他真的对着我们敬了个军礼。虽然他穿着一身兽皮，披头散发，但此时的军礼是那么的崇高。

我也不知道该怎么回话，只好说："这、这客气什么呢……"

上官锋只是神秘一笑，没有再说话。这时大石已经把洞口遮住了一半，如果再逃不出去，就全完蛋了。但大蛇横在地上，我们试了几次都无法冲过去。

就在我们感到绝望的时候，上官锋突然大喝一声，趁着大蛇再次俯下身攻击时，一个飞身扑向大蛇，像骑马一样骑在了大蛇的脖子上，然后用双手紧紧抱住大蛇的脖子，大声对我们喊道："赶快逃出去……"

大蛇猛甩脖子，想把上官锋甩下来，但上官锋死命抱住，还用双脚钳实，任凭大蛇怎么甩都没有松开。但大蛇也不是那么笨，它突然一仰脖子，用自己的身体撞向石壁。这一撞，把上官锋撞得口吐鲜血，也同时腾出了空间让我们过去。

此时此刻，也容不得我们多想什么，纷纷冲向洞口，此时大石离地面也就只有半个人高。等大家钻出去，再回头看向洞里时，上官锋已经倒在了地上，不知道是不是踩中了机关，周围突然射出了无数支铜箭。与此同时，大石"轰"一声把洞口封住，再也看不到里面的情况，洞口上面的岩石被震松了，塌陷了一大片下来，把整个洞口完全封死。

　　我大喊一声，瘫坐在地上，心中的悲痛无法形容。上官锋的这个举动令我感到非常的愧疚和自责，如果不是我们闯了进来，把他也带上寻宝，或许他就不会死……但现在想这些都没用了，一个认识不久，却如此重情重义的陌生人，可以为了别人而牺牲自己，那种精神是多么的高尚。

　　这时，天坑上空突然乌云密布、雷鸣电闪，老天爷像在为上官锋送别，哗啦啦下起了大雨。关灵搀扶着我，把我从地上拉起来。我抹了一把脸上的雨水，举起右手，对着洞口敬了个军礼，其他人也不约而同举起了右手……

第三十五章　危在旦夕

雨越下越大，毫无停息的意思。当我们跑回上官锋住的石洞里时，已全身湿透，一个个都筋疲力尽般躺在地上喘息起来，彼此的心情也非常沉重。直到大家都饥肠辘辘，这才发现所有吃的喝的都被扔在迷幻城里，而此时外面正下着大雨，我们无法出去找吃的。没办法，只能在洞里找一下，看有没有东西可暂时充饥。

忽然，我在一个兽皮制作的袋里找到了几包压缩饼干和几块巧克力，我一眼就认出这些东西是昨晚跟上官锋聊天时给他的，没想到他竟然舍不得吃。我苦笑一下，这只是很普通的东西而已，但上官锋却当成宝贝一样收藏起来。不过，他的这一举动无意中再次拯救了我们，我们把饼干和巧克力分了来吃，又拿下挂在石壁上的竹筒，从洞外装了些雨水回来喝。

关灵一边吃着饼干，一边对我说："阿斗，这是我刚才找到的东西，你看怎么处理？"说着，她递过来一个兽皮袋。

我打开来一看，里面有一张相片，这相片保存得很好，看样子应该是上官锋的全家福。相片里面的上官锋穿着军装，满脸笑容，非常的幸福。

我摸着相片，有点伤感道："把它带回去，交回给他的家人吧，也算我们为他尽点心意了。"

暂时缓解了饥饿后，我想拿出手机来看看时间，一摸口袋，发现手机竟然不见了，也不知道什么时候掉了，这下坏了，许多拍下来的资料都没了，真是天意弄人啊。而马骝的手机被撞碎了屏幕，一时也用不了。关灵和九爷的手机因为被雨淋湿了，也开不了机。不止这样，大家身上的打火机竟然都被雨淋湿了，全都打不着火，想生火烤干衣服都不行。这下真是屋漏偏逢连夜雨，船迟又遇打头风。

　　马骝指着那堆柴说："刚才找吃的时候，我发现那堆柴下面有几大块松香，这肯定是用来烧的，就不知道上官锋是怎么生火的……会不会是用火石、火折子之类的东西生火？"

　　马骝这样一说，大家又在洞里寻找一番，但并没有找到所谓的火石和火折子，看来生火是没希望了。

　　忽然，我一眼瞥见地上的巧克力锡纸，大喊一声："有了！"

　　我立即捡起地上的两张锡纸，把锡纸的一端撕成细条状，接着拔出手电筒的电池，分别把没撕的一端放在电池的正负极，用拇指和食指按住，同时用包装纸垫上手指按住的地方，防止高热烫伤。然后，小心翼翼地将电池两级连接的锡纸慢慢接触，很快，那些条状的锡纸真的燃烧了起来，我连忙把锡纸放到准备好的干草柴里，不用多久，火就生起来了。

　　大家看见这一幕，都觉得很神奇。马骝对我赞道："斗爷你真是鬼点子多啊，这样的方法你都能想得出来，这东西没有火药和天然气，怎么就能燃烧呢？"

　　我解释说："这是利用电流的短路现象。"

　　这石洞的气流很好，我们也不担心一氧化碳中毒。现在有了火，不用多久，衣服慢慢被烤干了。虽然不知道时间，从天色也无法判断，但感觉应该快要入夜了。大家经历了这么一场惊心动魄的寻宝之旅，早已累得不成人样了，躺在火堆旁就睡了起来。

　　这场雨足足下了一整晚，一直下到第二天早上才停了下来。我们起身做了简单的洗漱，忽然发现九爷还睡在地上没起来，过去叫了两声，九爷迷迷糊糊地应答，我意识到什么，连忙伸手摸了摸他的额头，非常的烫手，估计是淋雨受寒导致发烧了。

我把九爷扶起来，问他："九爷，感觉怎样？还能走路吗？"

九爷昏昏沉沉说："头痛……全身没力……走路可能有点困难了……"

马骝说："九爷，要撑住了，死在这里就真的太不划算了。"

关灵帮九爷把了把脉，又摸了摸他的额头，接着叫九爷吐出舌头看了一下，只见舌头已经有点发黑、发紫了，应该是毒气攻心所致。再看他身上的伤口，果然已经开始溃烂，还渗出些黑水。看见这样，我们连忙检查一下自己的伤口，发现也有同样的症状出现。

事不宜迟，我立即吩咐马骝把墙角那几块松香拿出来，裹在墙壁的那几根木棍上，点燃再走。

马骝问："这大白天的，点着火把走要干什么？"

我说："你忘记了悬魂梯了吗？现在我们的手机都不行了，单靠手电筒的光肯定看不清那些石阶，所以这些火把才要派上用场。"

马骝说："斗爷，还是你想得周密啊，要不然千辛万苦逃出来，最后却在那悬魂梯困住的话，那真的要在这里活一辈子了。"

我们点着火把，搀扶着九爷向迷幻城那边走去，算是对上官锋做最后的告别。走到一看，发现洞口那堆泥石被大雨冲刷了一整晚，已经把周围变成一片泥塘。我在附近找来一块大石，用匕首刻了个碑，然后插在洞口那堆泥石上。

突然，我感觉石碑好像碰到了什么金属东西，连忙放下石碑，挖开泥石一看，原来是石门上面那个青铜鬼头，敢情是坍塌的时候从石柱上脱落下来的。我用手掂了掂，足足有好几斤重，我把青铜鬼头清洗了一下，装进了马骝的背包里，然后再把石碑立好。大家对着石碑鞠了三个躬后，便转身前往佛面洞。

马骝一边走一边对我说："斗爷，要不我们等下去把石棺上的那些青铜鬼头也敲下来带走？"

我摇了摇头说："凡事留点余地，这样做未免太损阴德了。"

马骝见我不同意，便打消了这个念头。这次有了火把，加上之前走过一次，我们很顺利就走出了佛面洞，来到了天坑上面的丛林里。呼吸着这上面的空气，感觉整个人都精神了许多。

不费多时，我们便沿着原路走到了鬼仙道，马骝立即冲我叫道："斗爷，赶快发信号筒，让银珠妹妹来接我们吧。"

听马骝这样一说，我这才想起那个信号筒来，但这个时候哪还有信号筒的踪影。我身上除了一把匕首和一支手电筒外，再也没有其他物件。这个信号筒本来是放在背包里的，我烧背包的时候，就顺手把它放进了外套的口袋里，但后来在烧外套的时候，我压根儿没想起这信号筒来。

看见我为难的脸色，马骝忍不住问道："斗爷，信号筒不会也丢了吧？"

我点点头说："这说起来，你也有责任啊，谁叫你烧什么外套，我学着你也把外套烧了，可那信号筒就在外套的兜里啊。"

马骝瞪大眼睛说："这还怪我啊，不烧外套难道脱了裤子来烧啊？要不是我急中生智，想到烧外套这个方法，估计大家现在已经被独眼鬼虫啃得只剩下外套呢。"

关灵说："你们要说相声也等回去了再说呀，现在没了信号筒，该怎么办？这么复杂的鬼仙道，恐怕我们走不出去。"

我说："实在没办法的话，也只能再冒一次险了，总不能待在这里等吧。我对这条鬼仙道还是有点记忆的，生或死，只能赌一把运气了。而且九爷现在这个样子，不赶紧送去医院的话，估计会危及生命。"

马骝说："可是这条道复杂得就像一个迷宫，走不出去的话，肯定会被困死在里面啊。而且我们现在缺水缺粮，到时不困死也会饿死，与其这样，我还不如像上官老哥一样，在这天坑底下过上世外桃源般生活呢。"

我对马骝说："这么说，你是不信我啰？"

马骝笑笑道："斗爷，我不是不信你，我是信不过我自己这条命呀。我不是跟你说过，我马骝的命格从没出生就已遭人破坏吗？"

就在大家争论不休的时候，鬼仙道里面突然传来一阵脚步声，不久，一个女孩从鬼仙道里冒了出来。我们仔细一看，来者不是别个，正是银珠。

银珠一见我们，高兴得叫了起来："果然是你们几个啊，我在里面都听到你们在吵闹呢。"

我连忙对她说："银珠妹妹，你来得正是时候啊，我把你给我的信号筒弄丢了，这不，大家就为了这事争吵起来了。对了，你怎么会突然过来的？"

银珠说："我已经来过两次了，但都没看见你们回来，我还担心你们遭遇了不测，于是今天早上一停雨，我又赶来看看，果真撞见了你们。"说着，银珠打量着我们几个人，好像发现了什么，便问道："咦，你们的背包去哪里了？哎呀，怎么身上还有伤呀？那位伯伯怎么回事？"

我一时间也不知道该如何解释这些，只好对她撒了个谎，说只是遇到了一点意外，背包弄脏了所以就没要了，九爷得了个病晕倒了而已……银珠虽然半信半疑，但也没有再追问下去。

在银珠的带领下，我们很快就走出了鬼仙道，来到了仙龙乡。由于身上有伤，加上九爷等着救命，我们也没过多逗留，跟银珠和老族长告别后，便急匆匆赶回了市里。

我们第一时间把九爷送去了张大牛所在的市医院，同时各自也处理了身上的伤口。经过救治，九爷暂时是保住了性命，但还是一直昏迷不醒。医生说九爷是因为太过劳累，身子虚弱，加上又被毒虫咬伤，毒气攻心，所以才导致昏迷不醒。医生还说，我们几人所中的毒非常罕见，不保证可以全部清除，如果九爷这样一直不醒，有可能会成为植物人，甚至会突然死亡，叫我们做好心理准备。

而另一边的张大牛早已醒了过来，除了行走不便，并无其他大碍。对于自己失去了一只脚，他也慢慢接受了现实。马骝跟他说了我们去天坑寻宝的事，听得张大牛一惊一乍，但同时也一脸羡慕，拍着大腿说只恨自己的脚不争气，要不然可以见识一下几千年前的夜郎迷幻城。

接下来，我们把那袋黄金按人头分赃，上官锋和张大牛也算了进来。我之前答应过九爷，说要是能逃出来，就把我和马骝那份都给他，而我自己则要下了那个青铜鬼头。相比那些黄金，这个青铜鬼头对我来说更加有意义，因为这是唯一一件可以证明是夜郎时期的东西。而马骝虽然爱财，但这黄金分开来也不多，加上九爷现在这种情况，他也没过多计较，只留下了一块作为纪念，便全给了九爷。而关灵也同样留了一块作为纪念，然后全分给了九爷和张大牛。

九爷有了这些黄金，虽然不能说成了有钱人，但在农村过日子的话，也够九爷盖栋楼房，娶个婆娘，然后安安定定过完下半辈子了。不过从目前的情况来看，这些都暂时不能实现，因为九爷能不能醒过来，还是个未知数。而张大牛那份，算是补偿他失去了一只脚，除去医药费，剩下的也够他用一段时间。至于上官锋那份，我们找到了他的家人，连同相片一起交给了他们，当然，我们没有说出实情，只是编了个故事，说了一个善意的谎言。大家做完这些事后，便各自分手。

原本以为事情就这样了结，在偶然的一次冲澡中，我无意中发现背上竟然出现了一个诡异的符号。这符号呈六边形，中间的图案有点像那个青铜鬼头，怎么擦洗也洗不掉。而这个符号对应的位置还隔三差五地刺痛一下，那种痛楚就好像有什么东西在皮肉里面撕咬一样。

我第一时间想起了那些独眼鬼虫，因为身上被咬的伤口至今还没有好起来，开始以为是医术问题，但转了多家医院治疗，还是看不好，那伤口还是时不时隐隐作痛，一痛就奇痒无比，就算强忍不挠不抓，还是会有些黑色的液体破痂流出，此症状反反复复，令人难受。

我起初以为只有我是这样，后来一打听，才知道马骝、九爷和关灵他们三个都有伤口久而不愈的问题。但是除此之外，他们身上并没有出现什么诡异符号。

"凡我后人者，必有光复心，如是异心者，必中夜郎符。"这句话总是反反复复出现在我的脑海中。难道我背上的诡异符号就是"夜郎符"？没错了，我是夜郎后人，本应担负起光复夜郎的使命，却利用《藏龙诀》破坏了迷幻城的多处机关，弄沉了鬼头梯台和藏宝洞，毁了巫官金多年的心血，虽是无意，但也难辞其咎，所以才深受其害，或许这就是我伤口久而不愈，背上种了"夜郎符"的原因吧。

然而时隔一个多月后，关灵突然找到我和马骝，并带来了一个惊人的消息。原来那些独眼鬼虫乃是夜郎巫官用来修炼邪术之物，一旦被咬，重者尸骨即化成黑水，轻者百日之后也必死无疑。若想治愈，只有一法可试，那就是去蓬莱仙岛上寻得人间珍宝之首，世间至阴之物，传说秦始皇所寻的长生不老药——血太岁。

（我们三人此去蓬莱，一路险恶诡怪超出想象，蓬莱仙岛是否真的藏有血太岁？难道长生不老药并非传说？我身上的诡异符号究竟暗示着什么？《藏龙诀》第二部即将解密。）